HISTÓRIAS DA GENTE DO MEU BAIRRO

Catalogação na Fonte
Elaborado por: Josefina A. S. Guedes
Bibliotecária CRB 9/870

Veiga, A. César
V426h Histórias da gente do meu bairro / A. César Veiga.
2023 1. ed. – Curitiba : Appris, 2023.
226 p. ; 23 cm.

Título da coleção geral.
ISBN 978-65-250-5133-8

1. Contos brasileiros. 2. Bairros. I. Título.

CDD – B869.3

Editora e Livraria Appris Ltda.
Av. Manoel Ribas, 2265 – Mercês
Curitiba/PR – CEP: 80810-002
Tel. (41) 3156 - 4731
www.editoraappris.com.br

Printed in Brazil
Impresso no Brasil

ACésar Veiga

HISTÓRIAS DA GENTE DO MEU BAIRRO

FICHA TÉCNICA

EDITORIAL	Augusto Coelho Sara C. de Andrade Coelho
COMITÊ EDITORIAL	Marli Caetano Andréa Barbosa Gouveia (UFPR) Jacques de Lima Ferreira (UP) Marilda Aparecida Behrens (PUCPR) Ana El Achkar (UNIVERSO/RJ) Conrado Moreira Mendes (PUC-MG) Eliete Correia dos Santos (UEPB) Fabiano Santos (UERJ/IESP) Francinete Fernandes de Sousa (UEPB) Francisco Carlos Duarte (PUCPR) Francisco de Assis (Fiam-Faam, SP, Brasil) Juliana Reichert Assunção Tonelli (UEL) Maria Aparecida Barbosa (USP) Maria Helena Zamora (PUC-Rio) Maria Margarida de Andrade (Umack) Roque Ismael da Costa Güllich (UFFS) Toni Reis (UFPR) Valdomiro de Oliveira (UFPR) Valério Brusamolin (IFPR)
SUPERVISOR DA PRODUÇÃO	Renata Cristina Lopes Miccelli
ASSESSORIA EDITORIAL	Daniela Nazario
REVISÃO	Katine Walmrath
DIAGRAMAÇÃO	Renata Cristina Lopes Miccelli
CAPA	Sheila Alves

AGRADECIMENTOS

Todo o projeto literário que busca o sucesso tem suas dificuldades, e é justamente nesses momentos que o escritor reconhece quem o estimula e prestigia seu trabalho, e vocês mostraram não somente o apoio financeiro como empatia e vontade. Obrigado por estarmos juntos, agora esperando por mais sucesso.

O melhor está por vir, e quando chegar será muito pela parceria com vocês!

Gratidão aos amigos:
- Ademir Ferreira
- Alderico Jorge Toldo Nogueira
- Alexandre Rohlf Morais
- Antonio Ortiz Romacho
- Diego Petrarca
- Jackeline Kornalewski
- Newton Luiz Terra
- Odilon Tadeu Braga Sanhudo
- Tânia Regina Secco Araújo

APRESENTAÇÃO

Neste livro sou trilogia: autor, espectador e personagem, o que tornou escrevê-lo um corpulento desafio.

Os textos que seguem não são apenas sobre histórias privadas e muito menos a respeito de exclusivos fatos acontecidos no bairro onde morei na infância, adolescência e parte da vida adulta. Muito além disso, procuro compartilhar lembranças e experiências de vida que trouxeram lições que em nenhum momento até então imaginei conhecer.

Sim, *Histórias da gente do meu bairro* também fala de fulanos daquela época que eram aspirantes à vida de adulto. O livro também conversa sobre você que viveu naquele período, no mesmo bairro — para que você nunca esqueça quem você é, e de onde veio — ou não.

Muito além disso, este livro fala da relação entre pessoas, baseando-se na amizade daquele momento inusitado repleto de amor incondicional, que atualmente na nossa fase de idoso jovem, auxilia vencer todos os obstáculos das diferenças, mesmo aquelas que chegam para devastar o que temos de melhor: as nossas lembranças.

São sinceros relatos que exigiram destreza para escutar, observar, memorizar e reproduzir...

...que começam na década de 1960, perambulam pela de 1970 e arranham a de 1980.

Em algumas ocasiões, no silêncio da noite, consigo ouvir pessoas ecoando na memória.

Sim, maravilhosos e benditos fragmentos de lembranças:

– Tardes ensolaradas, conversas sob uma antiga aroeira, lorotas que acabavam em suspense deixando sempre com gostinho de mais.

Histórias (?!) que muita gente conhece, mas que bocadinhos lembram. Elas ocorreram em inúmeras esquinas, armazéns, clubes e locais conhecidos.

Escrevi essas memórias espalhadas como se você estivesse no meu lugar, sentindo o glamour dos episódios, locais, figurões, e das famílias em suas mãos.

Comecei a escrever os inúmeros relatos, inicialmente como algo restrito, e foi quando lancei o primeiro livro, *Gente do meu bairro*...

...a questão foi que se tornou um sucesso, ao ponto de conseguir leitores virtuais e presenciais espalhados por diversos bairros, cidades, estados e alguns países — Argentina, Uruguai, Cuba, Portugal, França e Israel — estimulando a escrever este segundo livro, intitulado *Histórias da gente do meu bairro*.

Tenho o desejo de distribuir diversão, saudosismo e muitos momentos de recolhimento. Mas não se iluda comigo, leitor, pois para resgatar uma fatia dos inúmeros acontecimentos foi preciso uma sólida pesquisa, unir o professor com alma de escritor, e aquele defeito crucial.

Uma curiosidade imensa e o amor pelo bairro.

Eu tenho.

Que você possa lembrar os dias em que o cheiro de café recém-feito se misturava com o das vozes antigas, criando um refúgio perfeito de contos e memórias.

Como não sou egoísta, oportunizo da mesma maneira àqueles que nos chamarão de ancestrais esses relatos, e que sintam um pouco do que foi aquela memorável e única época.

E a você, que fez parte daquele tempo, desejo que com o livro firmemente nas mãos saiba que um pedaço do seu legado também possa estar aí.

Bem-vindos!

ACésarVeiga

SUMÁRIO

DA GENTE

DO BAIRRO

CURIOSAS HISTÓRIAS

MELHOR DA MEMÓRIA

DA GENTE

CÉLIA E SEUS DOIS MARIDOS

Meus contos refletem o interesse de compartilhar com os moradores do bairro um pouco daquilo que ouvi, vi, e por diversas oportunidades vivenciei, mas que esteja transparente; não há plágio de *Dona Flor e seus dois maridos* nesse que irei contar (as coincidências a seguir são sem dúvida desimportantes acasos).

A nossa protagonista parece que veio para o bairro com espinhosa missão; se apaixonar por dois homens que eram muito, mas muito amigos (por vezes a paixão oferece perigo letal aos envolvidos). Não quero isentar nossa amiga — que chamarei de Célia — de culpa, mas sim procurar defendê-la do contágio desse vírus urbano chamado "julgamento" que por vezes moveu a maioria desinformada e mal-informada do nosso bairro.

Denominarei os dois maridos um de FULANO e o outro de BELTRANO. Quando chegou para vivenciar o bairro, por seu jeito introvertido escolheu conviver com a solidão mesmo na multidão, e olhando exclusivamente para o momento ditou sua lei: "A partir de hoje, minha memória só guarda o que merece ser salvo" (assim, levantou as brasas cobertas pelas cinzas do pessimismo e da desilusão, resolvendo seguir em frente).

Durante os cinco dias da semana, o trabalho; nos finais de semana, procurava distração em reuniões dançantes. Em altura, não passava de 1,60 metro, reforçada, cabelos longos moreno-escuros, seios fartos e atraentes com tornozelos e pernas grossas — não se deixava de notar —, que lhe valeram o apelido pelo qual seria conhecida pelos rapazes do bairro: "Rolinha del possito".

Célia certa feita na saída de uma reunião dançante do clube Tristezense havia se excedido na bebida alcoólica — disse estar muito triste — ao ponto de nem saber onde estava e naquele momento confirmou que isso nem tinha importância. "Estava de pacote" — contou, iria para onde a levassem, passiva, cega, em transe, sabendo apenas que estava muito mal.

Carregada para o "Posto Dioga", foi entregue a uma garçonete que atendia e que lhe ofertou mel e água — que Célia bebeu com vontade. No balcão estava FULANO, cabisbaixo por mais uma noite abraçado à solidão. Havia uma cama atrás na cozinha, e a garota atendente pediu sua ajuda para levar a embriagada e colocá-la de barriga para cima — para ver se melhorava. Nosso amigo, penalizado pela situação da desconhecida moça, resolveu ficar ao seu lado esperando que curasse o "pileque".

Conta Célia que ao acordar olhou para o recente amigo e ficou imediatamente interessada nele e assim começaram a compensar amorosamente o tempo — até aquela data — que haviam perdido (ele cansado de relacionamentos nada duradouros, e ela oprimida por homens que só tinham interesse numa noite obscena).

Depois de determinado tempo, criaram um relacionamento atípico, que Célia assim descreveu: "Na época nossa vida era um mar de imagens, por isso nossa intimidade tornou-se inundada por filmes picantes que não passavam em nenhuma matinê, emoldurados com blocos de textos eróticos que caíam sobre nós por todos os lados. Nossos cérebros, superestimulados, foram obrigados a se adaptar rapidamente para processar aquele rodopiante bombardeio libertino. E era isso que nos estimulava, já que estávamos aprendendo a não ter vergonha dessas emoções. Afinal, eram elas que nos tornavam homem e mulher com desmedido ardor e carícias. E assim vivíamos uma linda experiência de amor".

Passaram meses nesse romance e então — aparentemente do nada — surgiu o BELTRANO!

Passado bastante tempo, ele decidiu relatar: "Certa feita estava no bairro Camaquã, onde se compravam galinhas vivas, pois apreciava aquele ritual macabro de torcer o pescoço do bichano, arrancar suas penas, fritar em banha de porco bem quente e depois saborear a ave. Estava na dúvida de qual escolher para levar, quando uma moça — Célia —, se aproximou e disse:

— Bom dia!

— Bom dia — surpreso respondi.

E a jovem prosseguiu:

— Dúvidas em qual escolher?

— Sim, sou somente um comilão — comentei.

— Há um teste simples — ela disse. — Coloque a galinha fora do cercado e a assuste batendo palmas. Se tiver força suficiente para voar ou se movimentar rapidamente, pode comprar, pois goza de boa saúde".

E assim foi testado um dos bichanos, que voou tal qual falcão-peregrino rumo à vizinhança. Ambos caíram em gargalhadas e isso gerou o estopim para iniciarem seu famoso "amancebamento" (Célia inicialmente excluiu a informação de que tinha um amante).

Célia gostava de comentar que entre quatro paredes tudo podia acontecer entre ela e o BELTRANO; mas não havia como dizer o que viria. A penumbra da alcova não constituía a causa do perigo, mas sim o habitat natural da incerteza — e, portanto, do medo de se excederem em seus desejos inconfessáveis, mas praticados (Célia adorava as coisas incomuns e isso ambos separadamente confirmaram. Fiquei repleto de espanto com os relatos).

A própria Célia parecia excitar-se quando definia a magia sexual que ocorria entre ela e os dois amantes: "Sempre antes de fazer amor gosto de orar. Invoco proteção ao amante presente; mas, ao unir-me sexualmente a ele, me converto em Deusa. O fogo do sexo é como fogo de um vulcão indomável e penso que a origem da 'transa' tem raiz na própria criação da natureza. O sexo está em mim, assim como a chuva está no céu; mas os olhos daqueles que me condenam não podem ver esse encontro, então que o Papai do Céu tenha piedade deles e que cada um vá para a PQP".

Um dia perguntei a Célia qual foi o segredo para conquistar aqueles dois amigões, que eram lisos como "peixe ensaboado" quando o assunto era compromisso com uma mulher. Então com sorriso travesso confessou: "Magrão, aconteceu, para ambos, de uma maneira muito sutil. A maioria das mulheres é que seduz os homens, mas os seduzi de uma maneira tão imperceptível que a mente pré-histórica de ambos não conseguiu entender isso. Eles pensaram que estavam tomando toda a iniciativa, mas continuei 'me fazendo de defunto para ganhar sapato novo'; sabia quem estava no controle. Visivelmente, para ambos não dei um único passo por conta própria. Sempre permiti que a abordagem fosse deles; tive paciência e soube esperar. Confiei no meu próprio taco e na minha capacidade de sedução. Não quis mostrar ser "fácil", e consegui convencê-los a acreditar com certeza que foram eles que tomaram a iniciativa e que seriam únicos. Simples assim!", finalizou.

Os mais íntimos sabiam que ambos os maridos tinham conhecimento da existência do outro e a confirmação veio de outro amigo — assim como "eu" — íntimo dos três. Ambos relataram também a ele que Célia apreciava consumir de forma ritualística frutas — banana e melancia, pão sovado puro, vinho tinto doce, peixe frito, e finalizava esse piquenique com o ato sexual.

Realço que esse comportamento imoral (?!) dos três jamais foi compreensível no contexto da época. Será que hoje seria?

DONA CECÍLIA

"Dona Cecília pra cá e Dona Cecília pra lá" — era assim que o pessoal da direção, da secretaria e os professores do colégio Padre Reus a incluíam na rotina diária do colégio (e ela adorava!). Apesar de brigar e chamar a atenção, era como se fosse uma "mãe emprestada" dos alunos.

Tinha apaixonados de toda sorte, até os desinteressados. Não queria nada, nem um olhar, nem um sorriso, nada. Bastava-lhe ter disciplina. Chamavam a isso "convívio sem conflitos", onde até a mãe ignorava alguns pequenos deslizes (era assim o nosso convívio com Dona Cecília).

Conservava o hábito de caminhar pela Escola com "suavidade dengosa e açucarada", por vezes confidenciando aos mais íntimos que era uma cristã — que nunca foi à missa —, instruída, desbocada e livre (tudo dito com a gargalhada de alguém que acabasse de beber do "suco da alegria").

Assim como em torno da santa flutua uma auréola de paz de espírito e bondade, com ela não era diferente.

Estudei com um dos seus filhos — Paulo, o "Pereirão" — desde o primário e não teria como descrever o forte laço entre nós. Amigo, irmão e meu advogado (estendeu seu amor pessoal e profissional em um momento crucial da minha vida. Tenho gratidão eterna!).

Nos divertimos muito no tempo escolar e, quando nos encontramos ainda, não é diferente. Seu humor inocente e sapeca ornamenta qualquer conversa com divertimento fazendo a ocasião superagradável.

Então, recentemente, a "morte", que chamo de uma das "pequenas piadas de Deus", encontrou o filho do nosso amigo, restando a ele continuar existindo apenas respirando no espaço limitado da razão.

Fui ao sepultamento...

...e quando nos encontramos só ouvi o choro de "desatino" partindo do interior da sua alma, como se depois de certa idade a dor do desespero ficasse amortecida tentando acreditar que nada realmente é permanente.

Não consegui dizer palavras bem pensadas e nos abraçamos em profunda ligação de almas que naquele momento procuravam entender.

Deixamos de ser apenas dois amigos, dois pais, dois idosos e passamos a ser um só (isso porque creio que os anjos estão sempre presentes e nada mais que o silêncio da voz foi necessário).

Gostaria de escrever algo, e achei uma frase esquecida escrita em algum lugar na neblina dos meus 66 anos que passo a você, amigo Pereira: "A vida obriga a aceitar a ideia de que a morte não é suficientemente poderosa a ponto de aniquilar por completo a nossa existência. Então que você encontre paz de espírito, pois o tempo é um grande sacerdote — você não consegue tocá-lo, mas ele toca você".

Desejo que uma luz imensa, quase ofuscante, siga você, sua companheira e a sua vida.

FÁTIMA E JOEL

Na cerimônia do casamento, Joel não poupou o verbo, e perante os convidados com a "ardência da paixão" urrou para toda a igreja escutar (até o "Padre Aleixo" ficou perplexo):

— Que para sempre possamos apadrinhar com grande ardor nossos desejos. Te amo, Fátima! (tudo decretado com o "noivo" de joelhos, braços estendidos na direção da "prometida", lábios trêmulos e olhos encharcados de lágrimas).

Fátima nunca tinha ouvido falar de Joel até ser apresentada — por uma amiga em comum — no verão de 1972 em frente à confeitaria "Rony Francês". Não sabia que era sambista de carteirinha — "ele" amava batucada —, nem que era escoteiro... e virgem — detalhe que também não sabia. Mas um elemento saltava aos olhos: Joel era um homem muito atraente — "um pão", como se dizia na época.

No dia seguinte ao encontro, estava apaixonada — contou para as amigas. Foi o tipo de relacionamento que "apalpou desolação no final" — afirmava com mágoa e desgosto —, e um desmedido erro que no futuro repetiria após passar tempos ásperos.

Fátima foi criada com mais quatro irmãos — Ra..., Re..., Ri... e Ro... —, em uma rígida família católica da classe média. Salientamos que os nomes fornecidos no texto na maioria não são verdadeiros. O pai, "Seu Dieter", dono de uma funerária lá na avenida Azenha, era também especialista em arquitetura mortuária. A família morava no belo sobrado com vista parcial para o lago Guaíba, na rua Dr. Mario Totta — próximo de onde atualmente é o Centro de Treinamento da Procergs (a casa ainda está lá no mesmo lugar — fui conferir).

Ra..., o irmão mais velho, cujo apelido nas redondezas era "Cambota", foi precocemente embora de Porto Alegre estudar folclore no Ceará (os demais irmãos aqui ficaram trabalhando na funerária). Tímida e insegura, Fátima teve a infância cercada de problemas — tinha medo de "bagulhos grandes" e com "ruídos repentinos": elefantes no circo; bolos de casamento; ônibus papa-fila; o Rei Momo; sirene de ambulância; sino da igreja (medo de tudo que fosse grande e provocasse alvoroço)...

Muito apegada à mãe, "Dona Frida" — significa "*paz*" em alemão —, adquiriu trauma na adolescência quando na festa dos seus 15 anos "Frida" tomou uns "drinks a mais", e acabou vomitando nos convidados (a situação foi mais constrangedora do que se possa imaginar, segundo relatos na época).

Então, após passado aquele aborrecimento, "Fátima" tornou-se o que hoje denominariam de "patricinha", preocupada exclusivamente com roupas e aparência. Descobriu que namorar era bom e sua vida começou a girar nas "reuniões dançantes" — fosse em clubes do bairro ou garagens de vizinhos próximos.

E então houve o encontro no "Rony Francês" (o namoro com Joel solidificou como concreto da empresa "Redimix")...

— Eu e Joel sempre falamos sobre tudo — as mesmas coisas que você fala com alguém que é seu amado —, ele era um homem surpreendente. Quando desfrutávamos nossa intimidade, vivenciava como se fosse a única mulher do planeta a sentir aquele clímax. Joel nunca esquecia o que meu corpo e minha mente cobiçavam — quer se tratasse de coisas puras ou eróticas. Não fazia de conta que estava fazendo amor, ele realmente estourava a "boca" de "qualquer balão" — até aqueles feitos de câmara dos "pneus de trator" — dizia ela com sorriso libertino. — Éramos amantes ardorosos — balbuciava a saudosista Fátima aos íntimos.

Joel, um cozinheiro habilidoso, frequentemente produzia "sopinhas", que colocadas na tigela eram ofertadas para Fátima — escarrapachada no "leito" — em dias frios no inverno. Um gentleman que muitos amigos (?!) do bairro diziam que levava em segredo absoluto uma vida aventurada... de temperamento debochado, libertino, colecionador de mulheres, tratante e ainda com fama de possuir livros proibidos escondidos no porão da residência.

Então, a mãe de Joel — Dona Aldecir —, como tempestade calamitosa, entrou no cenário desse romance. Bem, para ela, Fátima era mais do que "um pouco desrespeitosa" ("é uma 'oportunista de classe média'" — gostava de dizer).

A situação piorou quando Dona Aldecir fez uma chocante descoberta (sim, a família de Fátima era de descendência alemã puríssima e, para completar, racistas. E Joel? Bem, esse um afrodescendente "original"). Aquela explosiva informação era adubada por Dona Aldecir dia e noite dentro de casa (de forma rotineira e perversa, atormentando Joel).

Dizia para o filho se separar daquela "rata branca", pois caso o pedido ocorresse alcançaria perdão, por aquela simples e desprezível "travessura sexual", com a bênção da Igreja Católica. "Mas eu amo Fátima, mãezinha adorada" — dizia Joel (enquanto Dona Aldecir respondia: "Ela é seu maior erro, filhinho amado e cheiroso da mãe!").

Joel procurou não mudar seu comportamento com Fátima, apesar de sentir que aquela paixão inicial estava minguando (o fardo das intrigas da mãe ficava excessivo e Joel sentia o "contravapor" de tudo aquilo).

Com o passar do tempo, começaram — como era de se esperar — as mudanças... Joel, não mais preocupado com o relacionamento, relaxou, e sua alegria começou a desaparecer (e assim as perspectivas felizes para o futuro tornaram-se desfavoráveis). Ele começou a dormir sem tomar banho, sem escovar os dentes e com roupas íntimas rasgadas... E Fátima seguiu a "cartilha", adotando o abrigo antigo do colégio como pijama, e quando deitava só lavava os pés (no "frigir dos ovos", ver televisão e ficar no escuro fingindo que estavam dormindo foi a melhor opção ao casal).

Flores, palavras de amor, as variações do *Kama Sutra*, luzes especiais, roupas íntimas provocantes, e os brinquedinhos motivantes foram jogados na privada do cotidiano (como se houvessem arremessado o interesse de um para com o outro no ventilador).

Joel assumiu o papel de endossar a opinião de Dona Aldecir sobre Fátima, piorando as coisas para o casal (Joel e Fátima acabaram se separando, deixando um rastro enorme de sofrimento para ambos). Hoje Joel existe para pregar a "palavra" ("Abandonei tudo por Jesus" — disse).

Já Fátima, após a catastrófica separação, envolveu-se profundamente com um ex-colega de Joel — um tal de "Turcão". "O amor com Turcão não é tão excitante como o de Joel, mas pelo menos deixa a sensação confortável em vez do vazio que devora" — certo dia desabafou Fátima.

E Dona Aldecir? Bem, essa continuou acrescentando mais um novo elemento a essa história (após a separação do filho, engravidou do vizinho e tornou-se doceira).

Cabe salientar que atualmente "Frida" — mãe de Fátima — e a "Dona Aldecir" ainda não abandonaram a carcaça (sim, aparentemente estão "bem vivinhas"). Mas "Seu Dieter" — fiquei sabendo — desencarnou, e seus filhos — como previam todas as lógicas sabidas —, continuam com a funerária, que não é mais na avenida Azenha.

POR DENTRO DA CALÇA LEE

Quem não ouviu falar dessa "fulana", que durante todo verão, no dia a dia como pêndulo, percorria a avenida Wenceslau Escobar de cima para baixo, de baixo para cima (do cartório Salvatori até a frente da residência do Dr. Pelin; depois retornava). Apresentava-se com aquela calça "Lee" colada ao corpo acompanhada daquele "bustier" que aguentava a combinação da enormidade com a formosura. Sim, ela mesma. Sempre maquiada, perfumada, cuja mãe era mestra no cerzido de "eslaque", em consertos e diversas outras costuras — principalmente de roupas usadas (contudo um tanto mexeriqueira).

Ainda não lembrou? Aquela garota que era o xodó do "Cleiton Barata" e adorava as coisas do além (morava na rua Dona Paulina — se não me engano!). Pois bem, como em poderosa encenação teatral certa feita meu amigão "Cleiton" contou que o pai daquela lindeza fez de tudo para que "ela" praticasse todo tipo de esporte, o que no bairro daquele tempo era tido como bastante incomum para meninas respeitáveis. Assim a "moça" jogava futebol, lutava boxe, jogava "taco", e tornou-se nadadora do Clube Náutico Gaúcho — aquele da avenida Praia de Belas.

— Meus brinquedos são os dos meninos: patins, bicicletas, revólver — dizia constantemente.

Ainda gostava de subir em árvores, roubar "peras" no campinho do Coronel e pescar no Guaíba, mas... o que não sabiam é que durante certo período, que durou até a adolescência, foi nutrida por uma ama de leite — vizinha bem ao lado da sua casa ("fui amamentada por uma ama cujas tetas eram muito bem lavadas a cada vez que fornecia o alimento amoroso" — contava orgulhosa aos íntimos).

A nossa queridíssima "boniteza" não lia nem escrevia (só sabia contar dinheiro — para desgosto de "Cleiton"). Certa oportunidade, contou "Cleiton Barata" — pediu sigilo extremo a mim —, que ele e a "moçoila" estavam sozinhos em casa quando, completamente vestida de forma insinuadora e exibindo com graça seu porte majestoso com curvas esculturais, adentrou o recinto e diante dele olhou tão intensamente que "Cleiton" sentiu que estava tão vestido quanto indígena dos confins da Amazônia (chegando a vivenciar aquela brisa fria da floresta nas suas vergonhas).

Em completo silêncio e perfeita concentração, compartilharam uma taça de "grapette" — colocada anteriormente por sua amada na "Frigidaire". Nesta magnífica posição, amorosamente abraçados, beijam-se longamente e seguem se acariciando, esfregando lentamente as costas um do outro (as carícias são intercaladas com longas inalações verbais e exalações feitas de forma rítmica e compassada — como poesias do poeta gaúcho e ex-morador do bairro Tristeza na adolescência — o querido Diego Petrarca).

Ao fechar os olhos, ambos começam a sonhar, e nesse sonho:

...a jovem vê a si mesma caminhando reverentemente numa espetacular igreja com paredes suntuosas e magníficas colunas revestidas de santos cristãos. Num dado momento, curva-se reverente frente à figura da Virgem Maria, a quem dirige então uma prece cerimonial em que solicita sua preciosa cooperação nesse trabalho santificado, para que o casamento entre eles aconteça.

...o rapaz, da mesma forma, sobe com igual reverência os íngremes degraus da Igreja Nossa Senhora das Graças — aquela da Praça da Tristeza —, e ao adentrar prostra-se em êxtase místico aos pés do altar — local onde dirige uma prece semelhante.

Cleiton abre então os olhos, pois o arroubamento pornográfico envolve sua essência corpórea e espiritual e lá estão os dois... (mas seus lábios e os lábios da amada não querem esquivar-se). Ele acredita contemplar que dos seus corpos é emitido "fogo azul", e não chamas laranjas e vermelhas como a do fogo comum. Esse fenômeno é peculiar — um "fogo azul" límpido e único (meu corpo realmente titubeou — confessou com os lábios tremelicantes).

— A linguagem deliberadamente crua e devassa que era confessada pela voz voluptuosa e doce da amada fez que o desejo dentro de mim ficasse ainda mais supremo — complementou.

Mas de supetão a campainha toca! Um rugido do tipo: "uáááááááúuuuuuuu!" foi expelido de dentro daquele tubo que contém as pregas vocais — tecnicamente conhecida por laringe, presente na garganta — por Cleiton (muito urgente — quase como coçar uma coceira —, os dois ofegando de regozijo se erguem das almofadas — naquele momento amassadas mais parecendo lenços íntimos).

E assim, quando pensaram que tudo estava terminando, surpreendentemente as coisas apenas se encontravam no debute. Correndo tal qual um "anjo saltitante", ela vai e abre a porta de forma abrupta...

...e quem está lá? Sim, o nosso amigo "Buxexa", na época *office boy* do "Seu Canani", oferecendo "Carnê do Baú" (cada uma!).

MARIA DAS GARRAFAS E "COMPANHIA"

...também decodificada como "M das garrafas" (porém, para os íntimos, era simplesmente "M").

Entenda-se por "Companhia" as inseparáveis irmãs Caveirinha, e a volumosa Dadaia — entre outras, igualmente de grande expressão, mas que não serão citadas (o texto ficaria extenso e a maioria tem preguiça de ler). Todas elas adoravam "ver submarinos" na Pedra Redonda quando a madrugada comparecia, mesmo que para isso tivessem que abrir caminho a foice. Levadas a "ver submarinos" foi uma expressão que traduzia a vontade dos rapazes da época de repartir procedimentos profanos com as moçoilas na beira do lago Guaíba.

"M" trabalhava numa lojinha de sapatos fora do bairro, e como relâmpago tornou-se na colossal apaixonada pelo amigo da turma — o tal de "Raposa do Morro do Osso". De forma surpreendente, "M" adorava ficar olhando diretamente para a "luz negra" do salão durante os bailes do Clube Bandeirantes, escoltada com o barato da "tonturinha" propiciada pela famigerada cuba libre — era uma mistura superlotada de rum, suco de limão e refrigerante à base de cola... Sem contar aquela cor brilhante das camisas dos guris que a iluminação produzia ("M" revelava que caso aquela sensação tivesse cheiro certamente seria de perfume deslumbrante).

E quando o "Raposa do Morro do Osso" não comparecia, hein? Bem, aí "ninguém era de ninguém". A primeira reação da nossa amiga era a melancolia para depois exceder-se nos drinques até ficar fora do ar; momento em que sempre alguém não tão bem-intencionado visitava "M" para fazer companhia (?!) — os denominados "amigos urubus".

"M" não cansava de dizer que o Bandeirantes servia o melhor conhaque das redondezas — opinião autorizada julgando os diversos copos que mandava goela abaixo durante a noite (comentava que aquele elixir amarelado era mortífero e oferecia uma garantia de ressaca épica).

Cabe dizer que uma garrafa de cerveja não custava pouco dinheiro para a maioria do bando da "M", o que significava que muitos não podiam pagar e tomar. Assim, muitos bebiam à custa de alguém que os convidava, e "M" sempre quebrava o galho de alguém nesse quesito; outros, mais íntimos, exerciam o direito constitucional de pedir dinheiro emprestado a ela — jamais a vi recusar essa benevolência. Mas também havia a instituição dos "espertinhos" que borboleteavam ao redor da pista de dança, bebericando no copo dos outros (segundo esses astuciosos, dez voltas representavam uma garrafa de "Brahma").

Por muito tempo após enxaguar a goela, "M" ficava sujeita a longos períodos de amnésia parecendo dominada por forças obscuras e ocultas. Fingimento ou realidade? Ninguém sabia (o que se sabia mesmo é que "M" deixava alastrar para quem desejasse acolher seus desejos íntimos transbordantes de devassidão).

E as irmãs Caveirinhas, hein? (conhecidas também por "Nestorretes"). "Nestorretes" eram as garotas que ficavam em frente ao palco do disk jockey Nestor. Sua presença causava alegria e animação na reunião dançante com direito a várias coreografias ensaiadas quando a música era embalada e de sucesso (fizeram muito sucesso seus bailados na época).

Como descrevê-las?

Bem, tinham olhos pequenos, como geradas por orientais, seus corpos magérrimos... Segundo descrição de colegas — alguns aposentados e morando em Santa Catarina —, o quesito voluptuosidade — de ambas — não tinha limites (duas tempestades incontroláveis de sexualidade — dito por alguns).

Eram aficionadas em dançar bem juntinhas ao companheiro, e esses desejos invadiam suas mentes como uma espécie de poeira encarvoada produzindo uma imensa avalanche de hormônios sensuais em todos os envolvidos.

Já a baixinha "Dadaia", muito conhecida pelo par de "robustez" que apresentava, não podia ver alguém solitário que imediatamente convidava para dançar (era uma "limpa-trilho"). "Era pregar no deserto" desejar que "Dadaia" tivesse uma maneira mais moderada de proceder. Diziam que os conselhos para abandonar esse hábito caíam em saco esburacado e o desejo da patifaria continuava como se nada além existisse para ela (respondia aos que censuravam: "Sou, mas quem não é?").

Tinha um particular ritual: ao chegar no clube Bandeirantes, independentemente da hora, sempre estava disposta a fazer tudo pelo objetivo de reconhecer se o momento estava propício para um assédio amoroso (quando na "campana" se sujeitava até mesmo a ficar saboreando ovo duro na "copa"). "Campana" significa ficar de olho, supervisionando, tomando conta, observador, que presta atenção, guardando, monitorando, ficar de guarda.

Já se a música fosse de "dor de cotovelo", "Dadaia" sempre chorava quando dançava. Muito ombro deixou encharcado de lágrimas. "Dadaia" culpava os namorados que somente desejavam satisfazer suas imundícies carnais a si próprios ("Só querem aquilo" — dizia frequentemente).

Um fato pitoresco é que após as festas, como se "os próprios pés conhecessem o caminho", muitos casais com relacionamentos subterrâneos se sentavam na pequena escadaria no açougue do "Seu Neco" até quase amanhecer, fazendo o relatório da noite, abraçadas aos seus escolhidos relatando até mesmo os pormenores mais escabrosos.

Não cabe censurar a conduta dessas amigas com a palmatória da moralidade mesmo que aqueles comportamentos tenham sido vagos e nebulosos (eram inquietas, sim, mas livres). Por muitas vezes, descambaram na loucura que cada um de nós certamente deve possuir, mas não deixavam de carregar alguns pontos de simpatia. Com todas aquelas confusões — por vezes excessivas —, creio que tiveram a coragem de usar "a torto e a direito" o que sentiam.

Você alguma vez teve esse tipo de coragem?

*Agradecimento especial ao colaborador "fulano" — testemunha ocular de muitos fatos descritos — que preferiu que o nome não fosse publicado.

MACABRO "BEIJA-MÃO"

É dele a frase: "Quem casa com prima, nunca mais levanta a crina".

O que marcou sua adolescência perto da rua Santa Vitória — nas cercanias do colégio Mãe de Deus — foi um macabro "beija-mão", pois no funeral foi obrigado a desse jeito ofertar "adeus" ao tio. Mas, como os acontecimentos estão submetidos a um amplo espectro de possibilidades, devemos ser sempre otimistas (o ser humano já deveria nascer otimista)... então eis que um muro de alegria e êxtase se ergueu para ele.

Próximo ao ataúde, bem sedutora de trajes pretos — emoldurada por um vestido bem justo ao corpo —, lá estava aquela deusa escurecida que instantaneamente fez o nosso amigo ficar fascinado (era a filha do tio falecido — uma prima que não conhecia). Ao ser apresentado, não conteve seus impulsos e "lascou" um beijo na testa da moça (ao retribuir, a jovem erra o alvo e seus lábios roçam os dele). Uau! "Ali teve início a nossa ligação erótica e exótica" — contou posteriormente.

Disse que a relação começou tão subitamente quanto foi o infarto do já nostálgico tio, e a partir daquele momento iniciou a tratá-la com bons modos e sem demonstrar aqueles "apetites" constrangedores (não queria atuar com insistência enjoativa — afirmou).

Quando posteriormente foi visitá-la, contou que conversaram muito, mas as frases eram pronunciadas a uma distância que só o ouvido podia alcançar, enquanto os olhos de ambos como esmeril no metal chispavam desejos inconfessáveis.

— Foi coisa de arrepiar, excessivamente aterradora. Assim que meu organismo começou a pressentir os espasmos voluptuosos da atração corpórea, deu início a agitação, primeiro em silêncio, mas depois em grasnidos animalizados, angustiosos e apavorantes — de baixo som — que se alongaram por eternos minutos.

Quando na primeira vez a prima pressentiu o que estava ocorrendo, gaguejando e amortecida fez parecer mais encantadora quando exalou uma espécie de brisa fogosa do corpo... e assim murmurou:

— Vai... vai chover amanhã? (nosso amigo gostava de relatar por inúmeras vezes essa peripécia ocorrida entre os dois — de tanto ouvir, sei de cor e salteado).

Passavam muito tempo juntos, e assim se entregavam com mais liberdade a seus folguedos sexuais. A prima desempenhava a tarefa com enorme competência ao ponto de juntos degustarem e porem em prática posições como: os "patinadores", "carrinho de mão" e até o "arco sagrado" ("cruzes, credo; que maravilha!" — descrevia).

E o tempo passou, e passou!

Então a prima começou a insinuar — com a mesma despreocupação com que se atira no lixo um papel — que gostava mais das safadezas que faziam do que de um possível romance duradouro (me converti em um umbigo para ela. Só isso, um umbigo. E para que serve o umbigo depois que nascemos? Para nada! — com desolação expressava).

Ela começou a preferir divertimentos, movimentando-se constantemente entre as ruas do bairro, e como "vaca de presépio" ficava "eu" esperando, esperando... esperando talvez um pouco de atenção (várias vezes "ela" foi além dos limites geográficos do bairro e só Deus sabe onde ela se embrenhava). "E dessa forma nossa relação ficou sem combustível" — tristemente balbuciou.

Contou que quando houve certeza disso empalideceu um pouco e com os olhos arregalados falou a ela:

— Vou botar minhas coisas na mochila e ir embora — na realidade falou "vou clarear a pata do bairro" —, não estou habituado a tanta luxúria e desejo, sim, um ninho caloroso e repleto de amor conjugal (e foi viver com o avô no Belém Velho perto do cemitério).

Para os curiosos, antecipo que o paradeiro da prima jamais soube.

O PADRE E O MEU AVÔ

Meu avô "Dim" contava que durante a construção da nossa casa (±1954) na rua Liberal ou rua do Cemitério, como é mais conhecida, certa tarde na ocasião em que tratava do madeirame do telhado, o reverendo senhor "padre" — não contou a qual igreja pertencia — chega na construção para visitar. Bisbilhotar seria o vocábulo mais adequado.

No exato momento da chegada do "presbítero", meu avô atingiu o dedo da mão esquerda com o martelo.

— PQP! — berrou ele.

O "padre", que se encontrava próximo proseando com meu pai, ouviu o grito e censurou:

— O senhor não pode usar esse tipo de palavreado aqui. O bairro também pertence à casa de Deus, além do que as crianças podem estar ouvindo.

— Perdão, padre, mas o que um trabalhador cristão deve dizer quando quase perde o dedo com uma martelada? — retrucou o saudoso avô.

— Você pode dizer: "Deus me proteja" ou "Jesus me cure" — sugeriu o sacerdote.

Na semana seguinte, lá estava o "padre" novamente fiscalizando a construção, por assim dizer, quando ao serrar um pedaço de madeira meu avô decepou — com azar do destino — seu dedo, que caiu no chão obedecendo às leis da gravidade.

— "Deus me proteja" e "Jesus me cure!" — gritou o pai do meu pai.

Imediatamente o dedo saltou do chão de volta à mão, cicatrizando instantaneamente.

— PQP! Gritou o "padre".

Suspeito que uma descrição como essa é completamente estranha aos tempos atuais, e não seria hoje aceita por ninguém, mas na época meu avô apresentava suas narrativas quase sem referência aos nomes reais, deixando que os curiosos especulassem com um grau de certeza variável sobre as origens dos reais personagens, preservando suas privacidades, e obedecendo à liberdade de os ouvintes decidirem se aquilo que dizia era ou não fantasioso.

Afirmava que esse mesmo "padre", numa missa dominical antes de iniciar os dizeres religiosos, ofereceu a palavra ao frequentador assíduo, que em alto e bom tom relatou que alguém havia lhe batido no rosto. Aproveitando a brecha, o padre lascou para toda a igreja ouvir:

— Jesus disse que, se alguém bater em uma face, deve oferecer a outra (por vezes uma frase dita por "Jesus Cristo" pode ser sutil e fina como uma navalha).

Meu avô, que estava presente na missa, caminhou em direção ao homem que acabara de relatar o episódio e bateu-lhe bem forte em uma das bochechas. O homem foi realmente coerente com o que havia escutado do "padre" e ofereceu a outra face. Mas meu avô, que também era obstinado, bateu mais forte ainda na outra bochecha! (na realidade ofertou um belo "murro").

E então foi surpreendido: o tal homem saltou sobre ele e começou a espancá-lo ferozmente! Em meio à agressão, meu avô conseguiu dizer:

— O que você está fazendo? Você é um cristão e acabou de escutar que se alguém bater em sua face você deve dar a outra como fez o nosso Messias.

À vista disso, o tal "fiel" esclareceu:

— Sim, já ofereci as duas faces e não tenho uma terceira para dar.

"Virou as costas e foi embora sem ao menos olhar para o altar e de joelhos fazer o sinal da cruz" — insosso finalizou meu avô seu relato.

Confesso que ainda gozo de saudades das histórias daquele tempo, mas bem sei que, quando se tem recordações, estamos vivos. A saudade não é saudosismo; a saudade não é vontade de reviver... a saudade é simplesmente: nossa alma a balbuciar sua alegria.

PANTALEÃO GAÚCHO

Para entender o bairro, precisamos conhecer melhor seus personagens folclóricos, os mitos que nas muitas oportunidades perambulavam nas calçadas como nós — assim como seus moradores comuns —, para que possamos estabelecer uma identidade e as características singulares daquela época.

Nosso relato começa num mundo não tão distante de tempo atrás: o nosso querido bairro entre as décadas de 60 e 70. Uma época mergulhada naquela atmosfera na qual fervilhavam os sonhos, a alegria e que em possibilidade alguma se clamava por mudanças (causa primordial das recordações estarem em triunfo até o momento).

A razão da escolha do apelido — que não tenho permissão de revelar — do amigo a que farei referência permanece obscura. Embora algumas fontes sugiram que a alcunha era a denominação de um cão da família que desapareceu numa noite de muita chuva, raios e trovões, não há provas documentais disso.

Nosso "amigo" sempre suportou com resignação as provações — e não foram poucas — pelas quais precisou passar com o "pai", que era excessivamente austero (estávamos sujeitos a perigos inimagináveis, "sequer" pensados pelas atuais gerações).

Certo dia chegou em casa e vertia sangue do rosto. Disse que havia se metido em um "quebra-pau". Então o pai perguntou:

— Fulano, por que saíste da briga?

Ele respondeu: — Porque estou ferido.

Pensando estar ferido de golpe mortal no corpo, o pai falou:

— E como está ferido?

— De um "murro" que me deram na cara — ele respondeu.

Então pegando-o firmemente pelos ombros o pai disse:

— Volta lá, pois com tal golpe um bom rapaz deve se enfurecer, e não sair da luta como uma "mariquinha" (e esse fato foi apenas a ponta do iceberg de situações encaradas durante muito tempo pelo nosso amigo).

Mas a sua presença em cenas de acontecimentos costuma ainda hoje ser lembrada, negada e por vezes desconversada (narrou muitas aventuras engraçadas).

Uma das histórias que contava aconteceu na ocasião da morte de um parente que morava na rua Sargento Nicolau Dias de Farias — próximo à Praça Comendador Souza Gomes. Nesse período, era o único familiar residente em Porto Alegre, então herdou uma dívida de 11 cruzeiros, por falta de pagamento de conta de luz.

Sem saber como pagar a dívida, questionou um vizinho, que lhe disse para ter calma, confiar nos "pretos velhos" e esperar, sem se preocupar muito com isso. Passados alguns dias, um homem bate-lhe à porta, perguntando se ele era o "fulano", dizendo que fora avisado da morte do parente e que queria entregar o pagamento por uma "bombacha" que o finado havia vendido tempos atrás.

Quando abriu o envelope, para seu espanto, havia exatamente 11 cruzeiros no seu interior, dinheiro que foi usado para saldar a dívida da CEEE.

Mas há esta outra história ocorrida quando já estava casado... (contou-me nos dias de hoje em frente do atual local da "Loja Veja" — av. Wenceslau Escobar).

Uma noite, chegou em casa muito tarde, deviam ser quatro horas da madrugada. Sem a chave, teve de bater na porta. Sua mulher estava enfurecida, mas assim mesmo ele disse:

— Espere! Antes me dê um minuto para explicar, depois você pode começar a carraspana... ...estava com um amigo muito doente.

Prontamente sua mulher retrucou:

— Essa é boa... mas diga-me o nome desse seu amigo.

Pensou, pensou e então expressou triunfante:

— Ele estava tão doente que nem pôde me dizer o nome!

Suas histórias ainda originam uma "risadaria" geral naqueles que delas tomam conhecimento e, com a rapidez do relâmpago, essas divertidas narrativas, por assim dizer, ainda dão voltas ao redor do bairro e são lembradas até o dia de hoje.

NASCEU EM ÉPOCA ERRADA

A palavra "precocidade", de maneira fingida, é definida nos dicionários da língua portuguesa assim:

Precocidade s.f.: que se desenvolveu ou ocorre antes do tempo usual (Houaiss).

Mas a definição correta deveria ser:

Precocidade *s.f.*: a vida dos irmãos — Iris, Morcego e Ventania (que a partir de agora direi que são os "Rodrigues").

Sempre a família contava a "traquinagem", mas não definia qual dos três "havia cometido". Aos dois meses de vida, sorria quando "moçoilas" acercavam seu "bercinho", mas botava a boca no mundo com gritos apavorantes quando homens — excluindo o pai, é claro —, também se aconchegavam.

Nos primeiros dias de aula, "Rodrigues", já com sete anos, escreveu uma carta de amor para a professora... Segundo contam, a "missiva" iniciava deste modo: "Minha querida mestra..." — e prosseguia com dizeres apimentados saídos diretamente do seu coraçãozinho. Concluía carregando seus sentimentos com atributos românticos e decisivos: "Com amor eterno, do teu 'Rodrigues'".

Os descendentes da professorinha dizem que a coitadinha guardava a referida declaração de amor no baú que fazia morada em frente ao seu leito (do mesmo modo, afirmam que a "profe" foi cremada com o baú).

No dia do seu décimo primeiro aniversário, "Rodrigues" fez pela primeira vez a barba. Com quinze anos, já havia atravessado três vezes o lago Guaíba (saía da Ponta dos Cachimbos — nadando tipo "borboleta" — e chegava até a Praia da Alegria em Guaíba. "Flertava" por lá, e depois retornava — agora com nado tipo "crawl".

Aos dezoito anos, foi servir a Pátria... Quando chegava ao portão do quartel — prestou serviço militar na "Serraria" —, era recebido pela "guarda" com um toque de clarim específico: Píiiiiii Póoooooooooooo... (se era "chacota" ou não, jamais a família foi informada). Evidente que quando o "Comandante" chegava também recebia essa honraria. Só que agora era: Fióooooo Fuuuuuu... Foram inúmeras honrarias e advertências ofertadas pelas Forças Armadas...

Já na fase adulta, após os 21 anos, nas noites frias de inverno, juntava--se a um grupo de senhores e senhoras benevolentes do bairro... Com esses misericordiosos seres, avançava pelas vielas ainda pouco povoadas de Porto Alegre à procura de moradores de rua para dar-lhes sopinha — muitas vezes em suas bocas gélidas —, e vesti-los com roupas e calçados bem quentinhos (dizem que cansou de vir com os pés descalços para casa...).

Por diversas ocasiões, viram "Rodrigues" trilhando pela Praça da Alfândega — fica no centro da cidade de Porto Alegre —, abraçado a mais de uma dezena de pessoas desprovidas de abundância, vocalizando hinos de times de futebol, agraciando com "bênçãos" e a narrar histórias sobre o bairro Tristeza.

Serviu de "modelo-vivo" no Instituto de Belas Artes da Universidade Federal do Rio Grande do Sul... Aparecia repentinamente saído como de um alçapão de mágica nas reuniões dançantes dos diversos clubes do bairro... Os compromissos do cotidiano raras vezes ofereceram mais consistência do que gelatina... Tão cético que chegava a não acreditar na sua própria morte.

Duas casas noturnas, com investidas dos próprios proprietários, quiseram levá-lo para ser garçom do estabelecimento! (nesse setor era um verdadeiro "pau para toda obra"). Numa casa de tango aqui em Porto Alegre, o patrão — argentino — ficou deslumbrado ao vê-lo dançar... (bailou "La Cumparsita" com a bailarina número "um" do castelhano).

Certa vez com um "sambista do bairro" saiu na comissão de frente de uma escola de samba (ambos paramentados de gladiadores romanos — com espada e tudo). E digo mais: essa façanha carnavalesca ocorreu numa cidade litorânea do Rio Grande do Sul, durante o desfile apoteótico das escolas de samba daquela região! (pronto, agora é só os interessados conferirem).

No entanto, hoje "Rodrigues" mora e vive... (bem, isso contarei em outra oportunidade...).

SOLTEIRÃO IRREDUTÍVEL

Existiu o tio de um colega no período escolar que foi ímpar em todos os sentidos (nasceu e morreu solteiro — seu legado!). O citado aparentado fez o ginásio no colégio "Santos Dumont" e depois o científico no colégio "Padre Reus". Mas não é sobre esse tema que pretendo escrever...

Quero dizer que se o "ego" humano desejasse sentir a densidade de uma realidade em três dimensões e houvesse que escolher um corpo como morada certamente teria fixado endereço nesse singular protagonista! Como acredito fervorosamente que não há empregos acidentais, não há relacionamentos nem encontro casuais, considero privilégio tê-lo conhecido. Era um homem que certamente sentia o seu poder... Não atendia nem acreditava no que os outros pudessem fazê-lo crer, mas tinha consciência — segundo o próprio —, que o amor estava no mundo, mas não era do mundo.

Compareci por diversas vezes na casa do colega para estudar, onde o enigmático personagem nos fundos do quintal habitava (era uma garagem espaçosa completamente mobiliada). Sabia das coisas! Um ícone na área do conhecimento geral (um devorador de livros — lia de tudo). Jogou sua existência naquele foco e trilhou de forma obstinada e sagrada com o corpo e a alma...

— *Isso é minha vida* — dizia ele (nunca senti alegria naquela frase!).

Contam que foi criança e adolescente muito pobre, em razão disso investia muito no que poderia ter... entretanto é melhor que os detalhes sejam mantidos ocultos, pois o desapego material era um inimigo em vigília sobre ele.

Aprendi muito de história e ciências com esse "tio" patrocinado! Considerava qualquer ação "*um sucesso*" só quando as coisas saíam conforme o planejado (não concebia que toda experiência em si já é um sucesso! — sempre ficava faltando algo a mais). E assim teve que experimentar a crença do sofrimento e da dor como validação da base de suas experimentações.

Ele ocasionava tremor aos mais jovens quando se aproximava... (acredito que não tinha consciência disso). A maioria dispunha de medo, e não respeito por aquela presença física! Não havia motivo de sorrir ou de mostrar nosso afeto, bastava continuar a fazer o que já estávamos fazendo, impassíveis à sua chegada. Mentalmente com fervor em conjunto dizíamos:

— Siga seu caminho, deixe-nos em paz.

Por praticar e atingir esse estado de prepotência, jamais teve o amor e o carinho dos amigos do sobrinho (mas acredito que o amor imutável de Deus, isso ele teve!).

Passaram-se muitos anos e um dia passei por ele na frente da Farmácia Johnson... Não me conheceu?! Fiquei tomado de dúvidas na época se era descortesia. Mas acompanhei com os olhos a escoltar sua história. Ainda se vestia como um nobre; com o igual andar ligeiro (sozinho, com pensamentos certamente envelhecidos e ocultos na mente!). Parecia ser o mesmo... com as mesmas paredes da soberba (paredes essas que sempre o mantiveram numa prisão invisível).

Muitos anos depois soube que ele havia falecido... Confesso que senti uma tristeza; não uma tristeza da morte em si, mas na dúvida... Teria enfim se libertado da ilusão?

O MÉDICO BATEU ASAS E VOOU!

"Dim" — meu avô — contava histórias (?!) incríveis ocorridas ao longo do tempo em que esteve na rua Liberal, ou rua do Cemitério, assessorando meu "pai" na construção da nossa futura casa durante a década de 1950 no estimado Morro do Osso. Ele seguidamente costumava dizer aos meus pais antes de se mudarem definitivamente:

— A rua onde vocês vão morar é assombrada e embalada por um clima misterioso!

Certo dia disse que cedo da manhã foi ao fundo do quintal buscar material de construção e esbarrou com um velho, sentado sobre as telhas de barro, dando os ares dos seus 80 anos. Cachimbo na mão direita, fósforos na esquerda e coberto com roupas elegantes (encontrava-se completamente imóvel prostrado ao sol, que iniciava seu despontar no céu).

— Quem será o intruso, e por que está paralisado sem fazer o menor movimento? — indagou-se.

O que chamava atenção era a mosca passeando por seu rosto antiquado — gorda, verde, brilhante — e que após fez morada manhosamente na sobrancelha. "Olhei para o longevo e não consegui conter um sorriso — do tipo que damos quando uma criança começa a se exibir para os parentes" (Dim, sem exceção, complementava essa parte da história com a mesma frase nas diversas ocasiões em que relatava esse episódio).

Havia tempos que muitos ao entregarem o material na construção contavam que um homem das redondezas da rua Liberal, desprezado pela noiva, havia fulminado a pobre criatura com uma bala de ouro (o tiro fora provocado por pistola "Luger P08" — segundo relato da época). Posteriormente meu avô soube do causo do crime passional e do noivo abandonado — sim, era real —, mas a bala de ouro fundida com a aliança de noivado, isso era ficção.

Não estaria ali sentado o tal noivo sanguinário? — curioso "Dim" em pensamentos analisou. Mas de repente, do nada, escutou a voz, que disse:

— Dim — chamou meu avô pelo apelido —, vou te contar uma história... Tem uma senhora moradora aqui perto da casa que vocês estão construindo que revelou certa vez que vivia doente do estômago e com muita dor na barriga... (a dita cuja era empregada doméstica na Vila Conceição, tinha quatro filhos para criar, desquitada e não podia mais trabalhar naquela situação).

Contou que pediu ajuda a um médico — "o tal de Doutor" —, que prometeu fazer a cirurgia no órgão que incomodava (só não iria garantir nada, porque sabia que pelos sintomas a enfermidade já estava muito avançada). Executaria a cirurgia, mas para isso teria de encaminhá-la ao hospital Santa Casa de Misericórdia — na época ainda não era um Complexo Hospitalar —, pois era o único local que realizava esse procedimento.

Marcaram o dia e o horário da cirurgia. Ela foi, e chegando lá "o tal de Doutor" estava fazendo outro procedimento e não pôde atender, pois a dela era de "caridade". Marcou então para outro dia o procedimento (mas no dia seguinte foi exatamente quando o mataram. Nunca se soube o que motivou o homicídio).

A pobre enferma relatou que voltou para casa e as dores continuaram cada vez mais intensas e insuportáveis. Se desesperou da vida, mas também garantiu que apelou à alma do médico assassinado implorando ajuda. Tempos depois ficou completamente curada (mas sempre dizia: "não sei se foi milagre e nem sei se mereço; mas aconteceu a cura").

Terminado o relato ao meu avô, o idoso afastou-se da pilha de telhas e se manifestou:

— Dim, sabes quem sou?

Ao que o avô respondeu:

— Não faço a mínima ideia.

E sorrindo prosseguiu:

— Sou "o tal de Doutor"! (o que brindou o meu avô com a companhia de monstruoso "espanto").

Depois, o "médico fantasma" caminhou em direção ao fundo do quintal — flutuando a poucos centímetros do chão —, abriu os braços, pegou impulso e correu na direção da cerca onde havia bananeiras... e alçou voo rumo às alturas do Morro do Osso ("para nunca mais voltar" — segundo meu avô).

E o noivo que matou a amada com o disparo da bala de ouro? Bem, esse "causo" em outro momento relato.

UMA PROFESSORA COM "P" MAIÚSCULO

Lembra daquela "professora" de Geografia do colégio Padre Reus, que ofertava suas aulas usando minissaias cobrindo não muitos centímetros da região que se estende ao sul da cintura? Hein? Abancava sobre a classe na frente do quadro verde e corriqueiramente acendia um cigarro com gestos harmônicos dignos de uma clássica bailarina; e ao tragar, aquela fumaça envolvente misturava-se ao que narrava, ocasionando um misto de admiração, êxtase, inveja, firmeza, domínio e contagiante alegria enquanto os alunos... bem, ficávamos simplesmente atônitos degustando tudo aquilo.

Quando o sinal anunciava a iminência da aula de Geografia, sabíamos ter pela frente uma aventura e tanto com muitos sobressaltos no meio do caminho, onde quem sabe ninguém enxergaria nada, pois ela via tudo. Suas aulas, como "bolhas de sabão", cresciam para todos os lados, estouravam sobre nossas cabeças e ao terminar desapareciam sem deixar vestígios, a não ser aquele "ensinamento total" para quem estava alerta à vida (sabia combinar a ousadia com decisões de ações muito prudentes a nós jovens).

Tinha tanta certeza de que tudo mudaria para aquela geração, que em vez de procurar afastar os temas contrários e proibidos, provocava-os tornando as palavras um tipo de antessala onde nossos sonhos se tornassem reais. E assim, quando soava o sinal indicando terminada a aula de Geografia, escutava-se:

— Óóóóóóóóóóóó! — na totalidade pronunciado pelos rapazes (éramos muito estudiosos e interessados no saber — risos).

Essas narrativas na aula de Geografia — que se espalhavam como fogo em feno pela escola — não chegaram a formar um quadro demonológico na comunidade escolar, mas se convertiam no assunto predileto dos alunos, isso não podemos negar... (e certamente não ficarão para trás, pois deixaram fartas saudades!).

Hoje sei que suas ideias avançadas para a época (década de 70) encontraram ecos contrários muito maiores nos discursos dos retrógrados — manobra típica dos conservadores — do que nos endereçados à exaltação do novo. Sim, atraiu para sua órbita possíveis aliados e adversários, pois não seguia estas regras impostas, isto é, as que estavam sujeitas a votação, nem que eram questões de opinião. Mostrava para aquele que desejasse ver os caminhos de sucesso, que iam além dos estereótipos da mulher dona de casa e do negro jogador de futebol — tão presentes entre os estudantes da época.

Sua sensualidade, opiniões e personalidade eram perigosos e ao mesmo tempo libertadores de muita gente (esses temas já se mostravam francamente problemáticos na ocasião). Naquela geração, às mulheres não era aconselhável usar cabelos curtinhos, pintar os cabelos, vestir de maneira provocante ou empregar qualquer artifício de sedução fora do padronizado. Isso era tão importante que a desobediência em relação a essas regras poderia impedir a mulher de receber aceitação dos demais, podendo ser interpretados como símbolos de descontração sexual, ardor erótico, temperamento impetuoso ou mesmo proximidade a atitudes patológicas...

Mas apesar disso nossa "profe" mostrava que considerava a mulher, por essência, não um ser lascivo, insaciável, destinado à luxúria, e que a beleza demoníaca de suas formas era a causa do enfraquecimento masculino e sua ruína... ...bem pelo contrário, sua imagem feminina era exuberante, viril, agressiva — por assim dizer —, autossuficiente, lúcida e sobretudo revelava que havia conquistado a liberdade de ser ela mesma (uma mulher que dificilmente algum macho conseguiria banalizar).

E nós os jovens nunca imaginávamos que na época calávamos não por medo de perder, mas por medo de vencer com os terríveis custos que a vitória de ser livre poderia trazer. Em cada dia, enfrentávamos lutas diferentes e em todas elas estava presente a ideia da liberdade. Em cada lugar, algo diferente, pois diferentes eram as guerras e nem sempre seria possível não lutar.

A tentativa do impossível transformava-se pelo sonho e pela esperança. Em todo lugar a inscrição: "é proibido" originava uma luta constante contra todas as formas da repressão — fossem elas sociais e/ou familiares. Por consequência "Ela" mostrou que determinadas crenças, que muitos desdenhavam, estavam corretas e que não deveríamos ficar na cena do cotidiano mais como um maluco qualquer, mas como um maluco de respeito social.

Certo dia disse na sala de aula:

— Na pergunta, mais que na resposta, está o grande pulo do gato de toda a vida. Então questionem sempre!

Essa foi a professora Ana Marlene (Anna Marleine Bittencourt Selbach) de Geografia! Gostaria muito de dizer que para muitos a vida após aquela vivência escolar dividiu-se em AAM e DAM (antes da professora Ana Marlene e depois dela). Foi um ícone. Uma professora com "P" maiúsculo.

Alguém gostaria de dizer mais alguma coisa?

QUATRO CASAMENTOS E NENHUM FUNERAL

Um certo amigo — atual morador da rua Dr. Mario Totta — acabou de anunciar seu quarto casamento (em dois enlaces fui padrinho — sim, cerimônias bem simples e hiperdiscretas!). Fiquei matutando se essas peripécias, casar-se e separar-se de tempos em tempos, justificariam a razão por que vive doando felicidade como se o coração estivesse interditado ao espírito perverso do desprazer.

Ao leitor curioso, oferto essa informação dos bastidores da vida: nenhuma esposa — estejamos falando de "quem não é mais" ou a "atual" — é nativa do bairro Tristeza; no entanto o nosso "Casanova" pelo contrário é "tristezense", tanto de nascimento como de coração.

Para aqueles que o censuram — que não são "mixaria" —, sem rodeios lasca um mirabolante contraveneno ao especulador:

— Mas você consumou núpcias quantas vezes?

Se o "indagado" estufa orgulhosamente o peito, e em bom tom lasca um número diminuto como "duas vezes", ou o minguado "uma vez", sem a mínima delonga recebe a convocação para ouvir:

— Bem-feito para ti, prezado índio missioneiro! (borrifando — conjuntamente e gratuitamente — o ambiente com aquele sorriso maroto e privativo de satisfação).

Aos mais íntimos, sem o mínimo de sigilo, costuma declamar:

— Não fico um minuto sequer desacompanhado. Sempre estive e sempre estarei casado o tempo inteirinho — exalta com feitio sólido e determinado.

Mas e o vácuo entre uma separação e o outro relacionamento? — perguntei certo dia.

— Quando estou separando de "uma", praticamente já estou casado com outra. Esse vácuo para mim não existe! — retrucou com ar de indignação dirigido quem sabe à minha imperícia na questão.

Aquilo ficou ruminando dentro do guarnecido crânio e instantaneamente fiz a pergunta:

— Será que todos os homens agem medrosamente com o fantasma da solteirice quando saem do casamento?! (a conclusão foi que: sim, "quase todos", passando a crer que "todos" seja uma regra geral).

Sinceramente é de ficar cabreiro! O que motiva o homem a proceder em tais intempéries comportamentais a essa conduta sem cheiro, gosto e cor à semelhança desse nosso amigo?

Reflito que são fartos "porquês" pelos quais os homens não toleram a solidão!

Será a nossa marcante "imaturidade" congênita? (bem, admito que seria precipitado e simplista afirmar que é somente isso). Então a peculiar forma inquieta que nós homens vivemos? (sim, também somos amigos da forma desorganizada e improvisada de existir). Ou por que não suportamos a nós mesmos?

E quando aparentemente conseguimos — costumeiramente agarrados ao "permanecer sem rumo" —, empacamos cercados de ideias fantasmas e fossilizadas ditadas pelo machismo. É muito triste!

Sem contar com essa variável a mais dessa equação que é a falta de namorar. Sim, é um forte fundamento daquela "deprê" assassina (principalmente se o sexo era delicioso com a ex-cônjuge). Julgamos que a solidão nos coloca naquele adiantado estado de abandono, e que assim seremos carcomidos pela desesperança (é importante aceitar essas emoções e não omitir. Procure acolher esse luto!).

Mas e as "festas" regadas a falsas alegrias e euforia não bastam para o atual "desacompanhado" se encher de valentia?! (ilusão, pois "festa" é aceitável de vez em quando, raramente ou mesmo nunca). A vida noturna é um imenso buraco — profundo, triste e sombrio (um verdadeiro quadro infernal com a música por vezes atrativa, e muitas mulheres amargas como moldura).

E os amigos?! (igualmente um grande engano, pois somos inexperientes na arte de consolar). As "sugestões" oferecidas pelos amigos (?!), na maioria, degeneram na fragilidade das nossas vivências (nós homens somos frágeis; excessivamente fracos). Os conselhos "ditos" com vigor por alguns funcionam praticamente somente na esfera dos "paliativos" (são legítimas recomendações "sem eira nem beira"). Escancaramos ao "coitado do pedinte" um caminho aparentemente mais alegre e salvador... (mas é uma reta muito, mas muito sinuosa).

O autêntico é que ninguém tolera muito tempo tentando se distrair comparecendo a churrascos, ao futebol e saindo à noite! Para isso observem os homens adeptos desse cardápio e que portam essas expectativas. A maioria são tristes, solitários e amargos! (saturados de uma nostalgia negativa, mas "eructando" falsa felicidade).

Vivem por instantes como aquele personagem ideal... (só que muito afastado de si mesmo). O autêntico fantoche que criou vida naquela noite, mas ao amanhecer percebe que está sem as "cordas". Então a vida continua, mas escolhem desconhecer esse flagelo, e são poucos que sentem felicidade com a vindoura luminosidade do dia, pois quando amanhece os experientes sabem que a esperança de forma frequente se dissolve no ar — tal qual fumaça!

Dessa maneira, muitos libertam os olhos para enxergar a realidade como ela "não é" (será que treinar mais a "alma" traria algum repouso?). Bem, a você, amigo da Dr. Mario Totta, de quatro casamentos e nenhum funeral, meu desejo de que não "sejas bendito" entre os que não fazem como tu... pois, para os que buscam fora de si a alegria, a expectativa é de que serão levados — de acordo com os velhos padrões de sentimento — à "falta" e à "dor".

E, finalizando minha diminuta contribuição, espero que o que sabe ficar com ele mesmo — estacionado ali, "aparentemente" sozinho — passe a crer que o andar é solitário, mas nunca desacompanhado!

REUNIÕES DANÇANTES NA "TIA SUZY"

As recordações que carrego dessa maravilhosa amiga têm um significado elogiável, pois contar o que ela representou para muitos não se trata somente de testemunhos externados, mas também das recordações relacionadas a sentimentos, convívio, acolhimento e emoções. O que muitos certamente têm a dizer é sobre a sua importância para a individualidade de cada um e a coletividade de todos. Sabemos que a recordação, por vezes, exclui muita coisa e, por vezes, só o que temos é o mais marcante, pois a memória prega determinadas peças fazendo lembrar de detalhes sem importância e esquecer outros interessantes (por isso prometo um esforço sobrenatural para brindar a todos com este relato).

Quem não lembra?

...gritos de animação partiam às sextas-feiras, e por vezes aos sábados, do interior da casa — ficava na esquina da rua Nossa Senhora de Lourdes com a rua Padre Reus — e tantos eram que o barulho resultante mais parecia de uma centena do que o de dúzia.

Os frequentadores?

A maioria moradores das proximidades: eu, Edson Tiririca, Dona Suzana, Nico, Chu, Nara, Boxexa, Rosa, Joval, Joana, Cirilo, José Nelson e por ocasiões muito mais gente (parecíamos invadidos de uma alegria inacabável!).

Em altas conversas, uns contavam suas peraltices, enquanto outros tomavam suas bebidas, dançavam ou interpretavam canções do toca-discos (Secos e Molhados, Agepê, Benito de Paulo, Cat Stevens, Paulo Diniz etc.). Quem avistasse diria que estávamos em pleno lugar onde Deus colocou Adão e Eva, e todos — certamente os mais felizes dos loucos — como se das nuvens bem brancas tivessem escapado! Os que pelas cercanias passavam com certeza queriam saber qual pó mágico impactara aquela gente toda (deviam dizer que éramos perseguidos por estranhos magos).

Ocorria também que os dançarinos não procuravam impor seu estilo; cada um dançava à sua maneira, o parceiro poderia resistir e dançar seu estilo, ou se submeter de bom grado procurando se ajustar um ao outro (nosso lema: "Para ser feliz, é preciso ser feliz, isso é tudo. E você é feliz exceto quando escolhe ser triste!").

Lá estava toda a "patota" reunida ao redor de uma fortíssima amizade... juntos numa terrível vontade de viver!

Na cozinha sempre havia alguma coisa "para saborear".

E nossas roupas hein? As roupas... bem, preferíamos a vestimenta de nós mesmos, e daquela forma cada vez mais éramos abraçados pela moda da época. Vivíamos selvagens e pacíficos, e apesar da aparência diferente reuníamos algo semelhante: "Aquele lugar era nosso. E era melhor não atrapalhar" (simples assim, não existiam intermediárias palavras).

Depois partíamos fazendo barulho pela madrugada rasgando a rua Nossa Senhora de Lourdes rumo ao Bandeirantes olhando a noite escura, como se o Sol no céu lá ainda estivesse (naquele momento nosso cavalo de batalha era a diversão).

Por vezes a lembrança é de extrema importância para a saúde mental; então que sejamos outra coisa que não um modo particular de contarmos o que fomos... e, assim, para relatar o que passamos, talvez não tenhamos outra possibilidade senão percorrermos novamente as ruínas da lembrança, procurando recolher as memórias que falam por nós.

Onde estará a Tia Suzy? (saudades daquela querida amiga).

CHARUTO DE OUTRO MUNDO

Esse amigo tinha peito de aço e coração de passarinho.

Nenhum morador conhece todos os detalhes, ensinamentos, ações e circunstâncias históricas necessárias como datas e atividades específicas para um enfoque mais detalhado da vida desse amigo, tendendo mais o "disse-me-disse" das pessoas (mas com certeza seu passatempo era viver costurando uma rede de amizades voltada exclusivamente aos moradores do bairro).

Soube que a família o abandonou à própria sorte. Se não fosse socorrido, teria morrido na infância — a sua fraqueza se transformou na sua força. Apresentava uma vivacidade extraordinária — e disso sou testemunha. Gostava de dizer:

— Os animais são felizes, as árvores são felizes, os pássaros são felizes. Toda a existência é feliz, exceto o homem. Somente o homem é tão engenhoso para criar infelicidade — ninguém mais parece ser tão talentoso.

"Não preciso dormir para sonhar e acredito piamente nas coisas esotéricas. Na verdade, o olho da minha mente é mais poderoso que meus olhos reais" (estava escrito num quadro na sala da casa).

Comentava que seu corpo era um dos lugares onde habitam as divindades. "É como aquele altar vivo da divindade; um corpo-altar ambulante". Tanto acreditava nisso que em seu terreno mandou orientar uma bananeira ao norte na direção do colégio Mãe de Deus — na rua Mario Totta —, enquanto outra, ao sul, era orientada em direção à rua Liberal, onde se encontrava o Cemitério Municipal.

Narrou a um amigo em comum o seguinte: "Matei um pássaro hoje com a pedra que arremessei ontem" (nunca se preocupou se alguém tentaria de fato acreditar ou explicar o mistério dessa inconcebível afirmação).

Numa noite enluarada de verão, pela madrugada, caminhava relaxado pelas proximidades da Floricultura Winge, com uma camisa branca e calças "topeka" — lembrando as roupas do início dos anos 70, que usou muito para suas "idas" aos domingos pela manhã no armazém do Nézio.

Disse que de súbito determinada luz com formato de charuto veio do céu aproximando-se, e aquele foco iluminou suas pernas (pronto, ficou paralisado, não pôde mais se mexer). Apavorado gritou, mas o charuto luminoso não se afastou e parecia não querer ir embora!

Contou que, após pouco tempo, outra luz — agora verde — saiu da ponta daquele charuto, e que agora iluminava todo o seu corpo. A seguir — vinda não sabe de onde — apareceu de forma real uma mulher nariguda de chapéu preto que olhou fixamente como se estivesse fazendo um exame minucioso, e disse:

— Filho, você está com um espírito maligno encostado ao corpo e tem de ser afastado o quanto antes, do contrário vai morrer.

Assim dizendo, arrancou sua roupa como mágica em plena rua e começou a colocar mãos à obra. Em primeiro lugar, deu-lhe uma grossa surra de urtiga corpo afora, até que ficou completamente vermelho e empapuçado (essa cena foi assistida por outro transeunte que nem sequer reuniu coragem para salvar o infeliz das garras da mulher — desapareceu pulando a cerca da Floricultura Winge na direção do matagal).

Após com ramalhete da planta espada-de-são-jorge — como se fosse um facão em punho — começou a retalhar o corpo do nosso amigo, que se contorcia de dores. Não satisfeita ainda com o resultado colocou brasa acesa na sua boca e fechou. Por último, como se fosse remédio salvador, introduziu em certa cavidade natural da vítima grande quantidade de "fumo em rama" misturado "com urtiga", até que o paciente vertesse gases abdominais bagunceiros (foi quando desmaiou!).

Ao amanhecer a vítima estava jogada na porta da sua casa, onde foi encontrada pelo vizinho, que o arrastou para dentro. Quando acordou soube com grande surpresa que sua gata — "Joaninha" — havia desaparecido deixando um rastro de fezes e vômito felino com penugens espalhadas pelo chão (ficou totalmente desolado. Ao que parece, o tal "charuto luminoso" havia estado lá).

Seguindo uma praxe fetichista, além de flagelá-lo ilegalmente, a referida mulher raspou completamente sua cabeça.

Como viu que era inútil ficar se lamuriando, procurou no mesmo dia a 6ª Delegacia de Polícia da Tristeza, a fim de trazer à tona o que havia ocorrido e quem sabe identificar e prender o terrível "charuto luminoso" e/ou a mulher misteriosa para proceder a um castigo, como mereciam (mas, pelo que sei, o ocorrido até os dias de hoje não teve algum esclarecimento plausível).

Nosso amigo sempre espalhou aos quatro ventos que tinha grandes poderes paranormais, o que não o impediu de vivenciar aquela aventura fantástica e indecifrável como outras que com o tempo "hei de narrar" (no entanto suas façanhas alcançaram mais sucesso fora do bairro — principalmente no bairro Camaquã, onde era assíduo frequentador do clube 1º de Maio. Lembram?).

Sua extinção física deste mundo e a passagem para outra dimensão ocorreu em anos recentes (dizem que foi uma morte "bonita" — sem dor e sem doença).

AMANTE À MODA ANTIGA

Certa ocasião fazendo compras no açougue do seu "Neco" se deparou com frases escritas no papel do qual o peixe havia sido embrulhado.

Ao ler ficou fascinado pelos ensinamentos ali contidos, acabando por comprar todos os pedaços de papel que restavam.

Juntou tudo, encadernou e transformou no que chamou de "sua Bíblia de cabeceira" (o conteúdo do "tal" livro? Até hoje ninguém tomou conhecimento).

Sim, tudo isso foi revelado pelo protagonista!

Quem?!

Apontado como legítimo "amante à moda antiga" sem o mínimo pudor afirmava que suas carinhosas artimanhas eram respaldadas em experimentos planejados e na tal Bíblia, que perpetuamente geravam efeitos bombásticos (é claro que nenhuma pessoa recatada da época acreditava nos resultados; mas era ver para crer!).

Nunca abandonou aquele inconfundível ritual: ao entardecer quando o sol estava a se pôr e as ruas do bairro começavam a ficar transbordantes de vida, descia o Morro do Osso e seguia na direção da esquina do "Canani" — marchando como um soldado sem farda ou como aquele gigante acorrentado; como preferir (todos os dias, sete vezes por semana, doze meses por duradouros anos. Só cessou quando o estabelecimento comercial do seu "Canani" fechou as portas).

Por muitos domiciliados pela redondeza era considerado uma das figuras mais emblemáticas do bairro — extremamente popular —, seu carisma, aliado ao seu jeito ímpar, beleza singular, sensualidade natural e bom humor, o tornou inesquecivelmente amado por inúmeras pessoas que seguem existindo até os dias atuais (o homem certo na época certa; um nanico com aparência impactante — é o que tenho a declarar).

Porém, para os que tinham filhas solteiras, houve abundante demora para aceitar aquele exemplar humano que disponibilizava constante ameaça de feitiço e voluptuosidade às suas meninas.

No estilo, a sua influência foi bem maior do que a maioria do "pessoal da esquina" gostaria de admitir, a atitude, as roupas e seu penteado — com topete longo — entraram para a história do Morro do Osso, influenciando o visual de muitos adolescentes; inclusive o meu (enquanto tive cabelos, usei pente no bolso de trás da calça como "ele", plagiando inclusive as suas delineadas costeletas que davam a impressão de caminhoneiro selvagem).

No verão, quando passeava pela beira do Guaíba — na Praia da Pedra Redonda —, da cintura para cima permanecia com o corpo imóvel, enquanto seu quadril, com cadência repleta de luxúria, orquestrava seu corpo — como uma "planonda" flutuando pelas areias ainda brancas e não contaminadas pela poluição daquele nosso querido lago Guaíba.

Era o "muchacho" do visual comportado, que tanto no verão como no inverno esbanjava um estilo combinando perfeitamente com a década de 1970 (usou topete na vasta cabeleira bem antes do penteado virar moda — o genuíno Capitão Marvel tristezense).

Era costume na época, e "ele" não fugia à regra, o hábito de ofertar o assovio flertante para garotas atraentes que pela calçada em frente ao "Canani" circulassem, alcançando sucesso de um lado, sucesso do outro (era quem "ele" era, e o que sentia confortável em ser).

Entre suas preciosidades para seduzir moças do bairro, atestava que comer "chucrute" o tornava mais erótico, e que colocar maçã na axila até que ficasse saturada de suor antes de oferecer essa "maçã do amor" às namoradas exercia algo poderoso na libido feminina (havia algo mágico na fragrância dos seus "sovacos", pois, de certa forma, que não sabia explicar, aumentava a potência das atitudes "devassas" nas moçoilas — sempre afirmou aos amigos com muita firmeza).

Também deixava certa plantinha amarela de molho no álcool — infusão conhecida como "catinga de mulata" — para depois borrifar sobre todo seu peludo corpo.

Sim, da cabeça aos pés! (sorridente garantia que as raparigas ficassem voando à sua volta como abelhas, ao ponto de ser obrigado a rebatizar sua casinha de "Barracão do Amor").

Para muitas garotas — hoje "senhorinhas" — da época, "ele" sempre foi um combatente ardente e de vanguarda quando o assunto era sedução.

Muitas, ao falar do nosso amigo naquele período, confessavam espontaneamente:

— Seus olhos são os de uma águia assassina que acabou de farejar uma presa. Ele não se mexe, apenas olha fixamente, em pose imóvel — como se de concreto fosse constituído.

— O sapeca não vê, ele mira.

— Seus olhos faiscavam com um poder assustador.

— Sua presença revela uma aparência, um aspecto, uma elegância e um brilho natural irresistíveis.

Os mais íntimos diziam que era muito generoso com suas namoradas. Quando presenteava uma delas, não se esquecia das demais — que não eram poucas, não! (por vezes ficava a noite inteira em claro esperando a oportunidade de entregar o presente à "dita cuja", ao ponto de seus olhos ficarem vermelhos, inflamados e inchados por essa atividade excessiva — injustamente muitos imaginavam que fumava maconha).

Suas narrativas continuamente instigavam os moradores do bairro com um "mix" de ódio, admiração, desconfiança, adoração. Mas em uma coisa todos concordavam: era vítima de seu próprio sucesso!

Morava nas cercanias da parte alta do bairro Tristeza e segundo dizem também é dele essa frase com tendências místicas: "Creio no invisível, creio na levitação das bruxas, creio em vampiros, e igualmente também creio em lobisomem; porque os há" (para "ele" as fronteiras entre imaginação e mundo real eram, por conseguinte, realmente muito frágeis).

Na calçada em frente de onde morava a família Frantzeski, meu irmão Poxôxa, muito amigo desse "fulano", contou que ele desembuchou a narrativa: completamente nua, exibindo com graça seu porte majestoso e suas curvas esculturais, uma jovem adentrou o quintal da casa onde morava — era noite — e se ajoelhou diante de um pequeno galpão, ao lado da residência, sobre um tapete dourado brilhante.

Ao contemplar pela janela, o "amante à moda antiga" saiu de dentro de casa tão vestido quanto Adão no paraíso (em completo silêncio e perfeita concentração, foi constatar aquela aparição noturna).

A jovem sem pressa leva morosamente à boca uma lasca de torresmo — que tira não soube de onde — e entrega uma outra parte a ele (enquanto mastigam, de olhos fixos e abertos, se fitam de maneira muito singular).

Ela acende uma gigantesca vela azul para em seguida o casal marchar — como se alguém do mundo espiritual os comandasse — na direção do matagal próximo, onde acocoram de pernas cruzadas (nessa posição de lótus, um de frente para o outro, começam a se acariciar pouco a pouco).

Ele passa a massagear delicadamente a fronte e a longa cabeleira da moça, tocando a seguir seus ouvidos, seu pescoço (tal qual aquele exímio microneurocirurgião).

Seus dedos descem alcançando os braços da fenomenal mulher (a jovem tem suas palmas firmemente apoiadas nos seus ombros enquanto ele mostra sinais evidentes de titubeação...).

Nessa suprema posição, amorosamente olhando um ao outro, beijam-se sem brusquidão e seguem se acariciando de forma comportada. As carícias são intercaladas com longas inalações e exalações, consumadas de forma rítmica e compassada — mas com cunho amoroso e poético.

De olhos ainda cerrados, pois ambos se encontram extremamente ocupados com aquele detalhado exercício na imaginação, de súbito...

..."salta" entre o casal o inseparável e fiel "Charuto" — o cachorro apreciado da casa (essa espécie de *Canis lupus familiaris* era mestiço cuja mãe era da raça "São Bernardo" e o pai um "Pinscher Miniatura").

Ao se escarrapachar sobre os enamorados, logo foi farejar o "bumbum" da moça, depois perseguiu momentaneamente sua cauda, acocorou — olhando fixamente nos olhos do casal —, e fez sua "porcariazinha"...

... "chutou os pés" — como a querer cavar —, dando como encerrada sua produção de futuros estercos.

Nessa hora — acredito não tendo absolutamente mais nada a participar —, assim como apareceu, a jovem instantaneamente desaparece no breu da noite, restando ao nosso "amante à moda antiga" simplesmente voltar a dormir — com aparência de quem contraiu "sarampo" — cravejado de mordidas de mosquitos borrachudo (triste! Pois, lembram?, estava sem roupa).

OBS.: os meses seguintes não foram muito auspiciosos na vida de "Charuto", pois como corretivo pela intromissão ficou durante três meses a pão e água, tendo de tirar suas sonecas no lado de fora do galpão (com certeza seu corpo serviu como um belo "espeto corrido" noturno aos insetos).

CARTEIRAÇO DE ANTIGAMENTE

Paulo Henrique Arend da Silveira, vulgo "Paulinho Sarará", *foi fiel ao sonho de qualquer jovem da nossa juventude: ser verdadeiramente um jogador de futebol reconhecido.*

Ainda criança nas ruas do bairro ou nos campinhos próximos de onde morava, encantava com habilidade impecável e elegância singular na arte de jogar um fascinante futebol, como se fosse a enorme mistura do que tinha de melhor nesse esporte.

Quem o avistava jogar logo percebia que não havia nada mais para ele descobrir; um jogador pronto e completo no corpo de um menino — apenas isso. Um atleta estacionado no conforto de ficar "mostrando" como se joga futebol com perfeição e ética

(numa época farta de craques jogadores).

Uma gigantesca figura cheia de vida e alegria; metade humano, metade gênio. Quando adentrava — fosse uma quadra de futsal ou campo de futebol —, era como se de repente uma cortina imaginária abrisse e, assim, "ele" entrava no palco para ofertar o show.

Despertava sua arte e apresentava, sendo causa de admiração e respeito até dos adversários, restando a quem fosse apenas relaxar e saborear do momento, pois a maioria das proezas eram inenarráveis, residindo alojadas até a época atual não mais que na memória de cada um e de todos.

Logo suas habilidades expandiram sobre um terreno fértil e aos 16 anos foi para o juvenil do Sport Club Internacional jogar futsal (por efeito dominó, por assim dizer, foi convidado para jogar no futsal do Bandeirantes todas as sextas-feiras à noite na quadra do clube; na época o 2º quadro jogava às 20h e o 1º quadro às 21h).

Paulinho estreia no 2º quadro — desfrutei o privilégio de jogar junto nesse dia —, e já na outra semana foi promovido ao 1º quadro por motivos óbvios (então sua agenda passou a unir o Sport Club Internacional durante a semana e sexta-feira à noite o Esporte Clube Bandeirantes — era um adolescente bem franzino no meio de marmanjos).

O técnico do Bandeirantes de futsal na época — era estreia do Sarará no 1º quadro — viu aquele menino (talvez não tivesse visto Paulinho jogar) entrando e antecipadamente comunicando a situação conflitiva que estava enfrentando.

Então aquele garoto sarará disse:

— Olha, pessoal, na próxima sexta-feira não vou poder jogar, pois tenho a decisão do "campeonato citadino" juvenil de Futsal contra o Grêmio (o conhecido "Grenal").

No silêncio que reinava dentro do vestiário, o técnico começou a girar de um lado para o outro que nem uma mosca tonta...

...então pediu atenção de todos e lascou esta preciosidade:

— Olha, pessoal, a coisa aqui é séria e o atleta tem que decidir. Se quer jogar aqui ou em outro lugar — olhando diretamente para o Paulinho (restou aos demais simplesmente gargalhar).

O saudoso Irã — jogador do 1º quadro — saiu do vestiário e subiu até a "copa" do clube para comunicar em seus mínimos detalhes ao "Seu Reni" aquele absurdo proferido.

"Seu Reni" pasmo e indignado abandonou os afazeres e desceu até o vestiário...

...entrou e, da porta mesmo, com aquela ponderação que lhe era peculiar, despediu o arrogante e amador treinador — que desapareceu para nunca mais voltar! (segundo Paulinho Sarará, foi o primeiro "carteiraço" que presenciou na carreira futebolística).

MORAL da HISTÓRIA: "Quem é, é; quem não é, dá lugar para quem é" (sábia frase do nosso saudoso "Gancho").

EVILÁSIO, O SONHADOR

Minha mãe contava que um tal de "Evilásio" morreu enquanto se barbeava à 1h55 da manhã de uma quarta-feira quando as luzes da rua apagaram e que no mesmo instante sua cadelinha de estimação — Chiquinha — teria dado um uivo forte e tombado falecida no sofá.

Evilásio — como quem o conheceu sabe — era apenas um feio puritano.

Julgamos que se veem muitas pessoas com atitudes hipócritas em todos os lugares do mundo. Eles estão em toda parte — os fingidores. Você os conhece e no nosso bairro não deveria ser diferente.

Eles vivem uma vida totalmente diferente atrás dos muros, por assim dizer. Eles têm duas vidas, e sua vida real é secreta. Estão vivendo em tal conflito interno que não conseguem ser felizes. E a pessoa que não é feliz não permitirá que ninguém seja também. Essas pessoas são tristes, têm um rosto triste; são tensas, vivem em constante conflito e angústia, e gostariam que todos vivessem desse jeito.

Naturalmente, vão condenar toda alegria, vão condenar todo riso. Vão condenar tudo o que é divertido, que é engraçado. Vão reduzi-los à total seriedade, e a seriedade é uma doença (esse era Evilásio).

Mas como todos nós ao escarafuncharmos a respectiva vida encontraremos algo de aproveitável, e o Evilásio não era diferente (foi um exímio contador de "causos").

Contava que na "Toca do Sapateiro" — localizada no Morro do Osso — moravam anõezinhos nus, claros, quase louros que viviam dentro dessa caverna.

Afirmava da mesma maneira que quem os descortinava descrevia como indivíduos bonitos, ao passo que outros os davam como feios; apareciam no período de lua cheia ou de dia em número de no máximo meia dúzia, e como hábito adoravam raptar crianças (as crianças depois de libertadas tinham a mente confusa e praticamente nada lembravam).

Descreveu certa vez que um sobrinho de 7 anos foi sequestrado pelos anõezinhos e transformado numa ave de canto maravilhoso (o canto era tão belo que curava qualquer amargura de quem ouvia).

Sim, o sobrinho havia se transformado no "pássaro que não era pássaro", e passou a morar no "Morro do Osso" (e desde então todo o Morro silencia sempre que seu cantarolar começa a ressoar).

"Evilásio" contava que toda semana subia o Morro e depois descia...

...sempre a doar extensas gargalhadas de contentamento (era o único momento em que sua mal-humorada forma de viver recebia uma derrota completa e absoluta).

O PREGUICEIRO

Já ouviram falar do Paulinho Sarará? Minha opinião é que ele, o Edison Tiririca e o Betinho Tarugo foram os melhores jogadores de futebol que contemplei jogar (e não proseio que essa "soberania" tenha ficado confinada nos bairros da Zona Sul). Mas não quero falar de esportes, e sim de "preguiça".

Fui criado na mesma rua que o Paulinho Sarará (bem dizendo, vizinhos bem pegados). Segundo seus irmãos, aqueles acompanhantes da mocidade do "dito cujo", sua "preguiça" deveria ser objeto de estudos da classe médica especializada...

Contam que o Sarará, deitado no seu quarto, ligou para sua própria casa, forjando uma voz diferente, quando o Cabeça — seu irmão — atendeu prontamente, e foi quando disse que queria falar com ele mesmo. Sendo assim, Cabeça entrou no quarto e avisou que tinha alguém querendo falar com ele. Sarará então confessou que fora ele que havia ligado, e só queria que o irmão apagasse a luz. Cabeça, enraivecido, foi embora e não apagou, ao mesmo tempo que o preguiçoso virou para o lado e dormiu aquela noite inteira... (sim, com a luz acesa!).

Certa vez, ao acabar de tomar banho, nosso "amigão" ficou de pé no banheiro esperando secar antes de vestir a roupa porque tinha esquecido a toalha, e estava com preguiça de chamar a mãe — Dona Heldi —, para alcançar (risos). Posteriormente confirmou que permaneceu nessa situação até ficar bem sequinho ("escutei todo o primeiro tempo do jogo do Colorado contra o Brasil de Pelotas e nem de toalha precisei — disse com sorriso maroto).

Mas o Sarará não tinha só preguiça atitudinal, ela se espraiava também na esfera verbal. Mário, um amigo comum, antes de entrar no baile do Clube Tristezense, sábado à noite, arriscou perguntar:

— Sarará, qual o conselho do dia? — Mário e suas expectativas amorosas.

— Pois é, não tenho nenhum, porque já é noite (balbuciou, pois estava com preguiça de falar).

Assim como existem os amigos presentes da infância, há os distantes da maturidade... Eles não estão por perto, mas ficam grudados na lembrança e no coração da gente. Um beijo, Paulo Henrique Arend da Silveira e família.

NERD DE ANTIGAMENTE

...petiscava "mandiopan" muito mais do que seria razoável!

Dizem que todas as coisas, mesmo as mais estranhas, têm suas razões. Mas nesse caso a razão mais importante é que não existia uma razão mais importante; simplesmente esse amigo comia muito daquele salgadinho de polvilho e fubá — simples assim!

"Mandiopan" era crocante, aerado, viciante... Batizado de "**pororoca**" por seu criador, um cidadão limeirense, em 1930, em razão das semelhanças com a pururuca — feita com courinho suíno —, foi rebatizado pela indústria na década de 1950 e virou "**mandiopan**", o **primeiro salgadinho fabricado no Brasil.**

Esse amigo era um tipo com olhos de tartaruga e cabeça volumosa, que ao chegar na adolescência — era usual — acompanhava-se daquele pronunciado, mas ralíssimo bigode que prejudicava seriamente a sua dicção (falava muito alto para compensar, mas só conseguia que as pessoas discretamente caçoassem).

Por ser considerado fisicamente franzino e baixinho — creio ter sido esse o fator determinante —, com o tempo desenvolveu uma fortíssima atração por pessoas nanicas. Amava assistir à "série" de televisão Terra de Gigantes: criada nos anos 60, mostrava a tripulação de uma nave espacial que durante a viagem entra numa dobra espacial e cai no planeta onde os habitantes são gigantes.

Cauteloso, como um touro que gentilmente se oferecesse para arrumar uma loja de porcelanas, suas visitas na minha casa e na de outros colegas não raro ocasionavam um quebra-quebra considerável nos objetos a que tinha acesso.

Suas demais condutas? Resumindo, era um típico exemplar da última geração de filhos que obedeceram a seus pais. Enquanto seu genitor trabalhava na padaria, a mãe carregava o fardo de criar os oito filhos sozinha, ensinando todos a serem bons católicos, isto é: acordando para a prece da primeira missa de domingo quando já tinha idade suficiente e incentivando a jejuar durante as festas religiosas que assim exigissem.

A família era tão religiosa que certo dia confessou a mim:

— No leito conjugal, meus pais nunca estão sozinhos, partilham a cama com a bênção da Igreja. (Isso foi dito numa época em que o "bordel" era tão indispensável para a gurizada quanto a igreja, o cemitério, a cadeia e a escola, integrando-se à paisagem, ainda que significativamente localizado um pouco distante do nosso bairro — o mais próximo situava-se no Morro de Santa Tereza, bairro Cristal).

Para sua mãe, os cabelos eram considerados a morada das almas. No caso dele, eram vistos como a própria alma. Então sua crença era que não se devia cortar o cabelo dos filhos antes que completassem 7 anos de idade, para não lhes trazer má sorte — e foi o que aconteceu (tornou-se um pirralho tão cabeludo que chamava atenção).

Procurava satisfazer sua "fome sexual" juvenil — quando esta invadia a mente — sem recorrer a métodos de toque; "fico andando de bicicleta até passar" — confessou. Então, quando passava de bicicleta, gritávamos: "Vai bater uma bronha, fulano!" (e ele reagia furiosamente, com palavrões).

Lembro o fato pitoresco de sempre antes da aula de educação física fazer penosas orações para se banhar na graça divina e executar de maneira correta as atividades.

Como era comum nos pequenas bairros da época, a vida dos moradores era cercada por costumes e superstições, desse modo apareciam em todo seu sinistro esplendor histórias semeadas que encontravam solo fértil no imaginário de todos.

Digo isso porque contam que durante um incêndio em um matagal — no "campinho do coronel" —, a sua devoção religiosa era tanta que provocou um milagre; o fogo existente passou por cima do seu corpo ao mesmo tempo em que o resto da gurizada — à sua volta —, ficou totalmente chamuscada (confirmando que muitas vezes não conseguimos distinguir bem o milagre da magia).

BACANA "ELE"!

Lembram desse grito?! (se puxar pela memória, recordará que o autor era um personagem folclórico conhecidíssimo da maioria dos moradores do bairro). Dica: a "carroça", a égua "Nega" e seus cabelcs compridos à la "Sansão" — risos. Não teve significado? (então você parece como aquela casa isolada no meio da inundação).

Certa tarde, no bar do queridíssimo Nézio, Flúvio Fonseca — o conhecidíssimo "Bacana" — contou a seguinte história/estória para o pessoal que ali se reunia:

— No galinheiro observei que, quando jovens, os galos estão dispostos a acasalar muitas vezes por dia, porém os mais velhos se cansam logo. Então depois de muito "parafusar" resolvi o problema, descobri que, enfiando gemada na ração dos galos idosos, eles aumentaram o desejo de namorar. O ruim é que transformei os poleiros do galinheiro num recanto abundante de "safadeza" para aqueles de crista carnuda (mas a produção de pintos e ovos triplicou — concluiu).

Às vezes, a "verdade" parece não fazer parte do mundo da vida das pessoas, e assim sua aceitação somente é concebida na boca dos "psicólogos de botequim" (mas o que vou revelar, acredite ou não, calhou na avenida Wenceslau Escobar).

Quando estudante — no científico — conservava o hábito, depois do término das aulas no Padre Reus, de subir a avenida andando pelo lado da calçada do arco localizada na entrada da rua Almirante Delamare... eu e o Batata, onde ali esse amigo dobrava em razão de morar nessa rua.

Seja qual for a vez, após a despedida, eis que ouço um grito vindo do asfalto:

— Bacana "ele"! (era o próprio "autor do chamado" escoltado pelo genro Nilson — pai do Cabeça e do Marito).

Assim que soltei um sorriso, "Bacana" sinalizou com as rédeas fazendo a "Nega" — a égua — colar no asfalto em parceria com a carroça que puxava.

— Vai pra casa? — perguntou Seu Nilson.

Como consequência da exaustão exagerada de uma manhã cheia na Escola, pensei: "Estou tendo uma alucinação ou é real?!" (quem poderia saber? — inicialmente nem eu). Mas não desejando cair na armadilha do julgamento prematuro — que logo se tornou inútil —, constatei que a "cena" pertencia à mais original verdade.

Então meio envergonhado respondi:

— Sim. Confesso que foi um "sim" reprimido (eles moravam na rua Padre Reus e eu na rua Liberal — praticamente éramos vizinhos).

Escalei o veículo, e fiquei deficientemente acomodado de pé na parte de trás da carroça para logo a "Nega" iniciar a deslocar os passos como por instinto (foi uma sensação ímpar, pois nunca havia experimentado aquele tipo de transporte).

Com a "cigarrilha" debruçada no canto dos lábios, "calça" com cintura alta e boca de sino, "bota plástica" preta na altura da canela, e um típico "chapéu" caído no limiar das sobrancelhas — com "aba" virada para o céu —, "Bacana" ofertava de "lambuja" aquele olhar profundo peculiar do "coiote predador" que resfria a alma de qualquer observador (e era desse modo que o nosso condutor, de pé e altivo, se mostrava).

Sim, "Bacana" seguiu seu trajeto avenida afora de lenço — bem visível no pescoço —, e com possível documento, comandando sua amigona que passou a "trotar" pela Wenceslau — na época já asfaltada.

Saiba que "trotar" é o andar natural dos cavalos. Caracteriza-se pela cadência; tem uma batida espaçada das patas, mas não chega a ser galope.

"Bacana" parecia um assumido "Clint Eastwood" da zona sul! (que possivelmente falava "tchê" e "tu"). Aos mais jovens, saibam que "Clint Eastwood" é ator, cineasta e produtor nos Estados Unidos, sendo famoso por seus papéis típicos em filmes de ação e de cowboys. Claro que esse "cowboy", jamais presente nas telas do cinema, não estava montado no cavalo. O nosso "cara durão" estava sobre a carroça; essa, sim, puxada por cavalo — na realidade, como já mencionei, uma égua.

Foi uma lástima não ter registrado esse evento, não existia celular na época (com certeza seriam exibidas sequências com "pitadas" do extraordinário e do inusitado).

Um detalhe que poderá parecer insignificante — bem sei — perante a grandiosidade da cena — mas tenho necessidade de incluir — é sobre o "equino". "Nega" estava bem robusta, possivelmente bem alimentada, descansada, e creio que vacinada — não tenho certeza, mas suspeito que observei a marca da "dita cuja" na perna do bichano.

Efetivamente, o aspecto do animalzinho, assistido por qualquer transeunte ou condutor que ali estivesse, abonaria minhas observações quanto à exemplar saúde que "Nega" apresentava ("É um bicho tratado a pão de ló" — como dizia seu proprietário).

O impensável é que nosso "cowboy" não mostrava — o que era corriqueiro — ser um "fora da lei" do asfalto... (ao contrário, portava-se aparentando um cidadão e supostamente agindo como tal). E exibia, da mesma forma, saber cumprir as regras do trânsito.

Não estava transitando na contramão, seguia seu caminho no lado direito da via junto ao meio fio obedecendo religiosamente às normas de trânsito (uau! Um condutor com pouca inclinação para não cumprir regras).

Quando a rua Padre Reus deu o "ar da graça" aos olhos, "nosso carroceiro" ergueu o braço esquerdo com gesto decidido e altivo, que considerei de pleno entendimento, mostrando aos demais transeuntes que iria parar. Daquela forma, alinhou seu "zooveículo" para o procedimento (pretendia subir a rua Padre Reus). Gradativamente foi diminuindo a velocidade, diminuindo, diminuindo... até que parou (parou um pouco antes da rua — um "minishow" realmente impecável da "Nega" e do "Bacana").

O nosso "cowboy urbano", sua "carroça", e aquele "horse" — cavalo em inglês — cinza-escuro pareciam pertencer ao Cirque du Soleil. Cirque du Soleil — em português, Circo do Sol — é uma companhia multinacional de entretenimento, sediada na cidade de Montreal, Canadá.

Com certeza, a "trupe" oportunizou bons momentos — de prazer coletivo —, "Bacana", sua coadjuvante — a "Nega" — com notável eficiência, e Seu Nilson, trabalhando nos bastidores como diretor do show. Particularmente, "eu" estava mais para um figurante desenxabido do que outra coisa (lindo e emocionante! Todos submetidos à obediência total da ação, do sincronismo mútuo e até dos julgamentos).

"Trupe" é o conjunto de artistas, comediantes, de pessoas que atuam em conjunto; exemplo: "trupe de malabaristas". Os atores, sim, dois seres vivos de reinos biológicos distintos emanando Educação no Trânsito... (e isso recebido pela maioria dos espectadores com certa incredulidade).

Percebi Seu Canani, na porta do seu estabelecimento, e nosso amigo Cilibrim ficarem perplexos — e não era pra menos. Nenhuma transgressão por parte do "ator principal" e nenhum deslize oferecido pela "coadjuvante"; nem aquele indesejável cocozinho espalhado pela via (creio que "Nega" era adestrada para isso).

O comando do dever e da cidadania bem juntinhos... ali, para todos enxergarem.

E então chegamos ao destino!

Desci do veículo, agradeci aos três e fui para casa transbordando de felicidade (que experiência, minha gente! Foi a renúncia de todo julgamento pessoal, todo preconceito; foi uma submissão cega ao "deixa acontecer". Maravilhoso!).

Tempos depois fui agraciado por esbarrar com diversos outros desses "cowboys" do bairro: Bertolé, Tico, Vilson Diabinho e o Disparada (com todos fiz meu "test drive" na carona — dessa vez sentado ao lado desses amigos).

Percebi então que aquilo que os outros veem ou ouvem de nós não é tão importante quanto aquilo que vemos e ouvimos de nós mesmos.

Agradeço ao neto do personagem "Bacana", o querido Nilson Ribeiro, atual presidente do Esporte Clube Bandeirantes, pela colaboração.

FOI ENCONTRAR CRISTO, BUDHA E GHANDI

Você conheceu a...? Bem, era alguém que não se relacionava com outros, e desde cedo tinha intensos atritos com os pais, sobretudo porque se interessava mais pelas atividades físicas — como o "fisiculturismo" — do que pelos juvenis passatempos femininos que a mãe julgava ampliar as perspectivas de casamento da filha.

A mãe chegou a vetar o anseio da filha em ser "fisiculturista", porque rapazes simpáticos não se casavam com garotas musculosas e que se expunham de biquínis para plateias. O fisiculturismo não é considerado um esporte oficial, no entanto existem competições entre fisiculturistas para saber quem tem o corpo com os músculos mais desenvolvidos.

Felizmente, para a felicidade de alguns, o pai, que trabalhava na pedreira dos Pellin, no Morro do Osso, interveio e mandou a filha fazer o que gostava — levantar peso e se besuntar de óleo para o corpo.

No Científico — atual ensino médio, antigo 2º grau —, desabrochou. Tornou-se "nerd" da turma e ofertava shows nas aulas de Biologia (mas seus colegas nem sempre apreciavam aquela emanação de cultura — "uma exibida", diziam). No último ano da escola, a professora de Biologia pediu que se tornasse monitora da disciplina com a colega "fulana", mas as duas moças atrevidas, na transversal dos padrões da época, usando cabelos curtos e vestindo roupas masculinas, tênis, meias esportivas e cuecas "samba-canção", simplesmente desconsideraram o convite.

Trabalhando no comércio do bairro, juntou dinheiro e compro um "Renault Dauphine" — que foi um pequeno automóvel criado pela montadora francesa Renault em 1956. A versão brasileira foi fabricada sob licença da Renault pela Willys Overland do Brasil, entre os anos de 1959 e 1968. Assim que adquiriu o veículo, ficou como "vaca de presépio" por um bom período, assumindo o cargo de "nada fazer".

Verdade seja dita, nossa amiga tinha outros problemas além de pertencer ao sexo errado para desejar ser professora de Biologia, pois não era exatamente muito simpática, e herdara fama de rude e pouco amistosa com os colegas (o negócio dela era levantar peso e "deu"). Mas finalmente, para contentamento dos pais, "ela" passou no vestibular e foi cursar Biologia (agora acreditava ter encontrado um outro "norte").

Comprou uma casinha simplória nas proximidades da Praia da Pedra Redonda e foi morar sozinha. Apesar da "solteirice", vivia feliz. Tanto que aprofundou nos estudos do misticismo, pois tinha tempo e espaço para meditar (terminou o curso de Biologia e imediatamente começou a "fase monja"). Na solidão, seu lado místico emergiu por inteiro, envolvendo-se nas especulações sobre percepção extrassensorial, ufos e espíritos (até escreveu artigos sobre o tema, mas que inicialmente não eram lidos).

Passado o tempo, as coisas começaram a mudar e a "já idosa" publicou seus artigos nas revistas do gênero. Usando um outro nome — codinome —, tornou-se uma pequena celebridade regional e nacional (a "monja" havia adquirido reconhecimento literário). Sua vida tornou-se ponto de referência para machistas, feministas e para a comunidade LGBT (em resumo: para todas as tribos sociais).

A comunidade LGBT é definida pela reunião de grupos fora das normas de gênero historicamente marginalizados e excluídos da representatividade social. Sendo geralmente eles: lésbicas, gays, bissexuais, transgênero — que na época não era mencionado.

Assim, seus escritos também abordavam assuntos sobre "estímulo" (seu lema: "jamais abandonar os sonhos"). Então próximo aos 70 anos e cansada da vida de "médio sucesso" começou a dizer aos amigos que morreria no seu próximo aniversário. E o destino foi cumprido... Em casa, como desejado, "bateu as botas" — na realidade as "meias de lã" —, e foi encontrar-se com Cristo, Budha e Ghandi (acreditava piamente que estavam lhe esperando)...

E sobre o fisiculturismo, hein? — alguns podem perguntar. Só restaram os "halteres" confeccionados com "latas de banha" — que tanto utilizou (um amigo do bairro Camaquã ainda guarda a "sete chaves" essa relíquia valiosa).

NAMORO À MODA ANTIGA

— Vamos, levo você em casa! — ofereceu o entusiasmado ginasiano do colégio Padre Reus. "Ela" era a primeira experiência de ter uma namorada, e queria impressioná-la fazendo as vezes de maduro e protetor.

A tarde já começava a cair e "ela" não vinha ao encontro — estava demorando, pois trocava fuxicos com amigas na saída do colégio (isso momentaneamente o deixara como vespeiro de abelhas enfurecidas e frustradas). Mas a pureza da esperança foi preservada deixando seus olhos com um brilho cintilante de resignação quando na sua direção ela apareceu. A casa onde morava não ficava muito longe da escola, mas "ele" queria ser cortês; afinal desde o ano anterior trocava olhares com aquela menina graciosa de cabelos volumosos e rosto delicado.

— Vamos, sim! — respondeu, enquanto se direcionava para o lado da calçada rapidamente, empolgada também com a possibilidade de tê-lo por perto mais algum tempo. Seguiram ao lado um do outro, como náufragos que se amarram para salvar-se juntos ou morrer acompanhados.

O "pretendente" era muito tímido, ao contrário da futura namorada (?!), que parecia entender de tudo um pouco (conhecia muitas coisas e imaginava o resto sem muito medo). "Ela" tinha um gosto muito especial pela vida, e toda aquela alegria — bem sabia — o puxaria para perto dela.

Caminharam normalmente, não tinham pressa, e a noitinha começava a fazer-lhes companhia. Ele também queria ficar um pouco mais com a "menina de olhos negros penetrantes" — como definiam alguns colegas de escola (o ambiente era primaveril e o vento que vinha do Guaíba soprava suave nas pessoas que circulavam tranquilas pelas calçadas).

Os dois não eram vizinhos, sendo assim, ambos tomavam caminhos bem diferentes no retorno para casa —, mas o bom senso não fazia parte daquela equação (o que rolava não era a sensatez, e sim paixão que ofertava no balanço geral o custo zero e um benefício infinito).

A rua Dr. Armando Barbedo, pertinho do campo da padaria, era um pedaço tradicionalmente residencial do bairro, com nenhum comércio, nem para as necessidades diárias dos seus moradores — como um armazém (somente a banca do "Seu Esquerdinha" na esquina com a Wenceslau Escobar reinava). Entretanto, a vida dos moradores — como pêndulo — seguia o mesmo ritmo...

Mulheres ainda ficavam na frente de casa, como linguarudas da vizinhança, dando conta de tudo, enquanto os maridos ali como "estacas de cerca" só "urubuservavam" o movimento ao redor. Embora ainda fosse uma vida de classe média, era também aquela existência em que as pessoas ajudavam um vizinho doente, auxiliavam durante o nascimento de uma criança e vestiam um defunto para o sepultamento (e não era difícil identificar os atores mais proeminentes desse teatro cotidiano).

As residências com cômodos amplos, cobertas por pesadas telhas de barro, com jardins floridos e calçadas lajeadas — tudo muito bem cuidado. Nas salas havia bastantes coisas penduradas nas paredes: pinturas baratas, talvez ofertadas pela comadre, e algumas fotos dos antepassados, protegidas por vidro, cujos rostos ofertavam uma tristeza ímpar e "ranzinzice" singular. Mas isso não era importante, pois quando você está apaixonado você não existe, e desse jeito passa a acrescentar seus próprios toques a qualquer retrato jururu.

Também existiam aqueles pequenos tapetes na entrada das portas, feitos de pedaços de tecido onde todos aprendiam a limpar os pés antes de subir as escadas e ir para os cômodos (principalmente para a sala, onde no sofá os namorados procuravam andar na linha se sujeitando de forma bem obediente aos mandos do sogro — nem todos, bem sei!).

Namorar não era apenas o encontro de duas pessoas no auge da potência, apenas com as mãos dadas ou abraçando o corpo um do outro; representava, sim, dois seres penetrando na alma do enamorado. Na época ter uma namorada era expulsar algumas das fraquezas juvenis, e nossa existência se resumia simplesmente em florescer (de modo que as borboletas e abelhas sempre estavam convidadas e eram bem-vindas). Verdadeiramente aquela foi uma época romântica em que a lenda prevalecia, sem levar muito em conta os fatos.

Tempos depois o nosso namoro se exauriu...

— Foi a vontade de Deus, "Ele" quis assim — disseram (confesso que nunca pareceu lógico que Deus tenha se ocupado desse assunto em particular, nem da minha existência, pois na época éramos 3,7 bilhões de habitantes no planeta para o atarefado Criador atender).

Assumo que foram lembranças recebidas com sincera alegria, mas que levei muitos anos para deletar da cabeça.

DO BAIRRO

DO HOSPITAL PARA A FOLIA

É da esposa do personagem a seguir esta declaração de amor (!?) cujo registro deixo aqui: "Toda vez que ele volta para casa, depois das suas 'distrações noturnas', tenho de costurar sua camisa e a calça..." (sobre as roupas rasgadas, ela justificava que nos locais onde seu marido frequentava, para conversar com antigos amigos, existia muito arame farpado e maricá). E amiúde complementava: "Mas o que sempre faço é dar aquele banho bem quentinho e encher seu aparelhinho digestivo com canja bem ralinha; caso contrário o maridinho fica possuído durante vários dias" (desabafava muitas dessas choradeiras — no interior do antigo supermercado Real — à minha mãe — Dona Ziláh —, sua amigona e confidente).

Dona Ondina — conhecida como "Pimentinha" na intimidade do casal — foi obrigada a se adaptar, umas e outra vezes, e tomar em mãos as questões prós e contras daquela união, perdendo sem dúvida, ao longo dos anos e das necessidades, uma parte do sonho original de recém-casada, tal como uma adulta que por vezes tem dificuldade em encontrar em si a criança maravilhada, aquele minúsculo ser de olhos puros que, no entanto, perdeu a pulsação depois que se casou com esse amigo. Mas, retrocedendo para a adolescência desse camarada — que conheci muito bem —, naquele período, de acordo com laudo de alguns atendimentos psiquiátricos, ele já sofria de paranoia aguda e de loucura crescente.

Assim, por exemplo, contam que guardava a comida que sobrava do almoço ou janta debaixo da cama. Nos bares sempre que podia trocava discretamente seu prato com o de outro por medo de que o seu contivesse alguma substância venenosa. Um amigo em comum falava dele nesses termos: "Quando o café está quente demais, pensa que estão tentando queimá-lo. Quando está frio, querem contrariá-lo. Ele não diz exatamente isso, mas é o tipo de argumentos que usa para justificar sua mania de perseguição".

Certa oportunidade fui estudar na sua residência, e notei que era comandada por uma idosa — a tal de vó Ximbica. Uma chaminé de voz máscula azucrinante que até dormindo fumava palheiro. Ao penetrar no recinto, fui obrigado a cumprir o cerimonial de beijar a mão enrugada e fedida a tabaco, e da mesma maneira dizer: "Bênção, vozinha!" (uma situação deveras embaraçosa!). Observando os detalhes na anciã constatei traços de uma tatuagem no formato de espinha de peixe no seu antebraço, deixando-a inconfundível — uma espécie de pirata do século 21 (jamais tomei conhecimento de como, onde e por quem foi manufaturado tal estigma).

Acompanhei o sujeito até que veio sua fase adulta! (mas não aquele "sujeito" que é um dos termos essenciais da oração, e sim aquele que não se refere a uma pessoa determinada — uma pessoa qualquer, na minha opinião). Adorava sair para a noite e se divertir, fosse onde fosse: Clube Tristezense, Bandeirantes, Comercial, Pedregulho etc.

Certa noite de sábado estávamos "eu", o fiel escudeiro "Mirri" e "ele" lá no Bandeirantes. Preparávamos para descer até o Posto Dioga quando nosso camarada disse que não iria nos esperar... e não esperou. O "fulano" estava com muita vontade de conhecer o famigerado clube "Mil e Uma Noites" ou "Clube dos Coroas" — como você preferir. Posteriormente contou que quando estava parado em frente do Bandeirantes, decidindo se seguia seu caminho sem a nossa companhia ou não, repentinamente, vindo não sabe de onde, um ganso mastodôntico posou bem à sua frente.

Abriu as asas e começou a saltitar como se desejasse mostrar algo. Saltitou por diversas vezes planando sobre sua cabeça (inicialmente pensou que o tal bichano iria liberar um jato de "barroso" fétido sobre sua cabeça; mas não foi o que ocorreu. Saliento que no linguajar mundano "barroso" significa fezes). Planava em direção da avenida Wenceslau Escobar e voltava em voos rasantes... planava e voltava!

Assim, sem pestanejar, nosso amigo tomou uma decisão obedecendo ao forte impulso interpretado como sinal: seguir o ganso, pois este desejava levá-lo a algum local — matutou. E assim procedeu: o ganso subiu a rua Landel de Moura chegando na esquina da avenida Wenceslau Escobar. Lá chegando, a ave guinou para a direita, indo na direção da Praça Comendador Souza Gomes — e ele a segui-la. Quando chegou na praça, viu que o ganso entrou voando às pressas no banheiro público (nos disse depois que não soube se o bichano foi fazer xixi, cocô ou tomar água). Logo em seguida saiu, e voou pela rua Caeté até dobrar na avenida Copacabana, se dirigindo pela avenida Guaíba até chegar em frente ao clube "Mil e Uma Noites".

Contou que vez ou outra a ave virava a cabeça para trás — quem sabe para atinar por onde ele andava (mas em todo o trajeto nosso amigo fielmente com passos ligeiros seguiu a ave misteriosa). Lá chegando num breve instante se despediram — ele e seu misterioso bichano com penas (contou que o ganso levantou voo em direção ao lago Guaíba para nunca mais ser visto; mas antes borrifou o teto de um veículo de cor clara com aquela imundície cloacal aviária).

Confesso que ele não contou a mim, nem ao fiel escudeiro "Mirri" sobre o próximo fato, mas segundo contam compareceu mais quatro vezes ao "Mil e Uma Noites", seguindo agora outros animais: um cabrito, um gambá, uma rã e uma galinha garnisé respectivamente (e todos os animaizinhos fizeram o mesmo trajeto do ganso, mostrando o caminho, e da mesma forma parando no banheiro público da Praça Souza Gomes). Mas voltemos à cena em que trancamos esta narrativa...

Perplexo subiu as escadarias do "Mil e Uma Noites" — que carinhosamente chamava de "Clubinho" —, pagou o ingresso e logo se deparou com os dois salões lotados de gandaieiros (optou por entrar no salão da direita, pois era maior). Ficou parado observando tudo aquilo com um otimismo cauteloso. Mulheres mais maduras e bem-vestidas, assim como homens vestidos adequadamente; alguns até de fatiota. Som de orquestra e um número desejável de garçons e seguranças. Então começou a beber!

Passado um bom tempo iniciou com determinada atitude digna de uma nota comportamental insuficiente, se aproximando de um homem aparentemente civilizado, sim, mas com grandes possibilidades de despencar em estado de selvageria, pois, conforme enchia o organismo de álcool etílico 56ºGL, a tentação de dançar no meio do salão um "samba cortadinho" com uma dama 60⁺ em que estava de olho desde o início foi vencida, e eliminada (aleluia! Por sua sorte, pois a octogenária estava sentada em uma cadeira de rodas — ele não havia observado que a senhorinha se encontrava com as pernas engessadas). Restou ficar conversando com a inválida!

Dentro do Clubinho todos sabiam que "a fórmula do fracasso era tentar contentar todo mundo", mas para a maior parte dos frequentadores, depois de um determinado tempo que nosso amigo frequentava o estabelecimento, já corria em voz sumida um mexerico dirigido a ele: "O Fulano? Sempre foi um salafrário, sim!". Era a declaração predileta de seus desafetos, mas particularmente creio que seja bastante certo que não chegava a tanto. Pelo menos não existe prova alguma de que tenha seguido esse ofício à risca; o que sem sombra de dúvidas incriminava era a estimada frase, pronunciada a noite inteirinha durante os bailes, pelos quatro cantos do Clubinho — até mesmo no interior do toilette masculino: "Aqui, ninguém é de ninguém!".

Ao contrário, para alguns dos jovens frequentadores com quem convivia, afirmavam que não possuía nenhum dos vícios da antipatia, constantemente brindando os amigos com cigarros, bebidas, caronas e muitas outras coisitas (sempre se locomovia de automóvel — em certa oportunidade levou nove amigos gratuitamente consigo, totalizando dez pessoas dentro de um veículo da marca Volkswagen — uma "Brasília" marrom).

Detalhe importante: não queria saber de mulheres com idade inferior aos 60 anos (tanto quanto se pode saber era motivado por arraigada obsessão por idosas que não sabia explicar — alguns diagnosticavam como aquela doença conhecida como "velhofilia", já outros como "senilidade"). Lembravam-se — quem o conhecia bem — que ao ver uma idosa seus olhos penetrantes, que dominavam o rosto, começavam a propagandear algo estranho na sua personalidade, que não se harmonizava com a existência de um homem normal da época, pois a maioria buscava mulheres bem jovens (ficava possuído de um ancião "Exu Caveira" — segundo um amigo religioso).

Apesar de portar singular lombeira, quando o assunto guinava para o trabalho físico, não podemos desconsiderar o dom acrobático de dançarino, já que passava grande parte do dia a gingar ritmos diferentes frente a um enorme espelho na sala da sua casa (ele e a sua vassoura de piaçava, enquanto "Pimentinha" ou estava fazendo limpeza na residência ou manufaturando quitutes). A tudo isso devemos acrescentar um toque preferencial no talento de dançar — como já foi dito; mas sua predileção morava principalmente no tal de "samba cortadinho", com a música "Brasileirinho", de Waldir Azevedo, sua predileta; assim como o ritmo "maxixe", também conhecido como "tango brasileiro", dos compositores Ernesto Nazareth e Patápio Silva. Cabe salientar que exclusivamente o nosso amigo Piá — filho do "Seu Esquerdinha" — era competidor implacável a ele (arrancavam muitos aplausos da velharia! — desculpem: das gurias e dos guris espectadores presentes).

Certa vez o "fulano" estava tão embalado que subiu no palco, pegou o equipamento que transforma energia sonora em energia elétrica das mãos do cantor e mandou o verbo:

— Não me envergonho de dizer que, levado pelo entusiasmo deste momento, caio de joelhos — e ficou de joelhos — agradecido aos céus, do fundo do âmago de minha alma, por ter me concedido a fortuna de viver em tal época e espraiar minha alegria e gratidão pelo salão do meu amado Clubinho (depois seu corpo estraçalhou-se ao chão enrolado ao fio do microfone. Foi levado às pressas ao Hospital de Pronto Socorro Municipal para tomar injeção de glicose e compressa quente).

Enquanto isso, no dia a dia "Pimentinha" ficava mais preocupada com as lidas domésticas e os afazeres altruístas: participar de procissões, missas cantadas, dos cantos litúrgicos e atender às famílias necessitadas do bairro, enquanto nosso amigo era mais uma pessoa não compromissada com a "verdadeira" fé cristã. Certa vez ouvi "Pimentinha" referir-se a ele como "o meu pedaço" — uma simplificação da gíria "pedaço de homem" —, significando um homem que chamava a atenção.

E ele não deixava o elogio a ver navios... chegasse a hora que fosse em casa, à tarde, noite, madrugada ou manhã cedinho, sempre trazia os braços recheados de flores, que curvado com olhos molhados de emoção entregava à sua devota esposa dizendo: "Minha amada 'esposa', como essas flores ficaram lindas ao teu lado" (tudo isso recheado com um beijo respeitável na testa).

O bailarino não fumava, não eructava, nem soltava flatos em lugares impróprios, passando longe dos outros "vícios não elegantes" — como fazer pecaminosidades muito frequentes com a esposa ("uma vez por mês está de bom grado!" — dizia). Praticava uma horinha de ginástica respiratória e seguia uma alimentação especial naquele dia em que marcharia para a noite (antes de sair — próximo das 23h —, ingeria gemada com três ovos e açúcar, porque sabia que o açúcar era o que mais se queimava ao dançar, beijava as mãos da esposa e se mandava).

Era de uma beleza corporal normal: gringo, alto, meio gorducho, carequíssimo, classe média com dinheiro, olheiras azuladas, cabelos pretos volumosos no peito — andava sempre com a camisa bem aberta — e, na cabeça, cuidadosamente revoltos, com "suíças" à la Elvis Presley. Odiava qualquer tipo de esporte, e já na fase dos 17 anos nunca voltava para casa antes das seis da manhã. Não era muito humilde; alguns achavam esnobe, exigente e convencido do poder de sedução que exercia por dançar maravilhosamente bem e da oratória que possuía e... sim, um "enxágua-goela" renomado. Traduzo que "enxágua-goela" seria um ser humano que toma uma quantidade demasiadamente elevada de bebida alcoólica.

Certa vez foi internado em uma clínica de reabilitação pela família — estava tomando "água que passarinho não bebe" mais do que merecia —, mas o momento não foi o mais propício (naquela semana iniciaria o carnaval). Não deu outra; no sábado à noite fugiu da clínica somente com o roupão hospitalar, pulseira de identificação, pantufas, soro com o seu respectivo pedestal, e um saquinho de confetes — feitos de papel higiênico (ofertou propina para a faxineira do turno e conseguiu um táxi. E daquele modo foi para o "Mil e Uma Noites").

Entrou no baile com a indumentária acompanhado daquele adereço hospitalar de metal de dois metros de altura e dançou com aquela predisposta fantasia (?!)... a noite inteirinha. Pasmem, pois no romper da madrugada foi agraciado com o primeiro lugar no concurso de fantasias referente ao quesito: "A concepção artística mais criativa" (com direito a troféu, medalha e garrafa de espumante). Um jurado perplexo até arriscou dizer: "Poxa vida! A garrafa de cinco litros de soro parece real".

Exato, minha gente, e assim chego ao veredito de que quando a situação se mostrava impraticável, o sujeito era um verdadeiro "desentorta pepino".

PRAIA DO CACHIMBO

Há grandes probabilidades de esse nome homenagear o formato das pedras (um cachimbo) que lá existem, apesar de que com o tempo foi mudando a forma.

De maneira bastante simples, digo que a "Praia do Cachimbo" foi a união de variadas situações e divertimentos sempre emoldurados pela singular paisagem que oferecia — e tudo isso em um único local, que consequentemente foi de importância desmedida para muitos moradores do bairro (ainda assim destaco que foi um território nutrido de histórias espetaculares).

As proezas do "beltrano", por exemplo, em que tal maratonista competente aos domingos peregrinava inúmeras vezes zarpando da figueira — na Praia da Pedra Redonda — até a Praia do Cachimbo; e retornando.

Não sei se o trajeto tem os 42,195 km da Maratona Olímpica Moderna, mas que era chão "pra caramba" não tenho dúvidas (sunga acima do umbigo, leva-tudo, chinelos de dedo, camisa social de manga curta — enrolada em uma das mãos — e algumas companhias masculinas convidadas faziam parte da comitiva).

Pessoalmente participei uma vez da "pernada". Fui, voltei e jurei nunca mais participar daquele calvário.

E ali nos antigos restos do "trapiche", existente bem defronte às grandes pedras, era sem dúvidas uma das principais escolhas dos casais por ser ótimo lugar para namorar e aproveitar a beleza da madrugada no bairro. Sem contar que era um ambiente seguro; lá vocês podiam fazer várias coisas, menos ver um filme saboreando uma deliciosa pipoca, conversar com amigos, ficar jogando conversa fora etc. (importante: o "algo mais" do programa era o casal apreciar o nascer do sol bem juntinhos).

Foi bem ali que um amigo se sentou em cima do casal que também estava namorando; confundiu com um tronco de árvore — estava um pouquinho "mamado", bem sabemos (e assim, no silêncio da noite, exclusivamente, um grito medonho ecoou pelo local deixando os demais casais alvoroçados).

Da mesma maneira, o local era famoso pelo número assombroso de dejetos humanos existentes na areia. Um vacilo e você sairia contemplado

— mas o habitual era o casal levar a imundície grudada nos "pisantes" (isso era um "senão" importante!).

Havia um alerta: aqueles que buscavam por relacionamentos sérios e duradouros jamais conduziam as garotas até lá.

Se algum de vocês esteve no "trapiche" — claro que durante o dia —, deve lembrar da "casa queimada", famosa por ser mal-assombrada e que ainda hoje continua a causar espanto por suas histórias (ficava em frente ao muro dos namorados).

Contavam que aquela casa "por si só" atraía aqueles culpados de desejos sensuais libidinosos. Esses que passavam por lá ficavam escravos de sua luxúria para toda a vida. Ficavam a ouvir seu nome sendo chamado, e se olhassem pela janela da casa veriam uma linda garota sentada seminua na sala, implorando por suas carícias.

E assim, se você entrasse e tão logo pensasse que alcançou a garota, contudo, ela já estava instantaneamente no quintal. Mas, quando você chegava ao quintal, a garota era vista novamente na sala. Ela saía e entrava num movimento sem fim — tipo "ioiô humano", buscando a satisfação da sua depravação, mas tudo o que você conseguia era esborrachar-se no chão cansado depois de algum tempo nesse "vai e vem" infinito (dizem que houve muitos que caíram nesse inferno, e ainda estão lá sofrendo exatamente como mencionado).

Lembram das filmagens da "Paixão de Cristo" que lá ocorreram? (eu fui; e você?).

...vários figurantes vestidos de soldados romanos, um deles com chicote, a Virgem Maria, o Cristo com cabelos longos e encaracolados na altura da cintura, um longo robe roxo, rosto manchado de mercúrio-cromo, coroa de espinhos de plástico sobre sua cabeça, os dois ladrões — bem desanimados — com uns pedaços de "Eucatex" debaixo do braço, e uma imensa cruz sobre os ombros do ator Jesus ornamentavam o cenário (até uma atriz interpretando Santa Verônica — aquela mulher piedosa que, por pena de Jesus, que carregava sua cruz, deu-lhe seu véu para que ele limpasse a testa e o rosto — estava entre os artistas).

O pessoal do bairro em peso foi assistir; eu e outros "galos" assistimos de pertinho — alguns até com lágrimas nos olhos. No texto, "galo" significa amigo de fé, companheirão.

O detalhe curioso é que a "cruz" era feita de papelão e o vento forte que reinava a quebrou tendo que ser imediatamente consertada com arame e "durex" — enquanto Cristo disfarçando abençoava as idosas beatas ajoelhadas na sua frente (valeu a pena presenciar aquele espetáculo!).

O que vou escrever é fidedigno aos acontecimentos que observei, escutei, e dos quais há testemunhos dignos de fé...

Vou mencionar o desaparecimento de um querido amigo...

Foram pescar nas pedras da Praia do Cachimbo, e contam — dois acompanhantes — que o amigo foi antes, mas quando lá chegaram o companheiro havia desaparecido nas águas do Guaíba — o corpo nunca foi encontrado. Não lembro a data, mas era inverno, um período de muitas chuvas e o lago Guaíba estava de enchente com a água batendo na murada da beira da praia. Foi um caos! (pessoas amigas, moradores, curiosos, bombeiros, polícia, imprensa...).

Lembro que apareceu um vidente que localizava pessoas afogadas por meio de simpatia. Pegava uma bacia de alumínio, colocava vela acesa no interior e dizia que o apetrecho conduzido pelo vento e pelas correntezas do lago indicaria o local onde o corpo possivelmente estaria submerso — após várias tentativas não conseguiu resultado.

Até um rapaz que morava no bairro Camaquã ou Cavalhada teria sonhado que havia localizado o desaparecido. Mergulhou no local e morreu — seu corpo foi localizado dias depois pelos bombeiros.

Também outro morador da região, que dia após dia se lançava de cima do muro da praia mergulhando na tentativa de achar o amigo, não alcançou sucesso.

Um martírio coletivo que levou muito tempo para ser esquecido — se é que foi!

Seria impossível a existência dessas histórias sem haver infelicidade, luto, alegria, fantasia, sonho, realidade, amor, paz e a imaginação de vocês leitores (obrigado!).

Agradecimentos especiais aos colaboradores: Edson Amaro Vieira (Tiririca filho) e a outros três amigos queridos que preferem que os nomes não sejam publicados.

A PÍLULA ANTICONCEPCIONAL DO VOVÔ

Durante o início da década de 70, as famílias não mais precisavam ter enorme número de filhos para garantir a continuidade da família (o controle da natalidade já estava disponível e apesar da divergência de opiniões "a pílula" veio e ficou).

Era antiga a busca por um "anticoncepcional" oral. Ao longo dos tempos e em todas as culturas, as mulheres ingeriram muitas substâncias na esperança de evitar a gravidez. Soube mais tarde, pela minha mãe, que no bairro Tristeza era corriqueiro conseguir fórmulas caseiras para evitar ter filhos oriundos das "patifarias" com os maridos afoitos e viris — assim como aqueles não tão vigorosos também.

Infusão de folhas, misturas contendo ovos de galinha garnisé ou lesma, fezes de gambá com agrião, frutas ingeridas durante a lua cheia, flores colhidas no Morro do Osso em feriados, feijão feito em panela de ferro e fogão a lenha, ou até comer o rim ou o útero de um "preá do mato". "Preá do mato" é mamífero roedor aparentado e semelhante, na forma e no comportamento, ao porquinho-da-índia.

Achou nojento? E se resolvesse o problema cuspindo três vezes na boca de uma rã?

— Aceita pedacinhos de órgãos de coelho na "pepeca", freguesa? (tudo era permitido para evitar, quem sabe, aquele "deslize" com consequências indesejáveis).

Mas como vivemos na dualidade de um mundo tridimensional existem os antagonismos (a lei do "retorno" não é exclusiva da Física; ela está também no desenvolvimento humano). O advento dos anticoncepcionais orais garantiu um meio verdadeiramente seguro (dizem que é 98%) e eficaz de contracepção, deixando muita gente dormir sossegada depois daquele "gran finale".

Antes da "pandemia", compareci a um churrasco na casa de um amigo do bairro. Reunimos uma "catrefa" da minha querida e inesquecível geração (a maioria ex-aluno do "Padre Reus" ou do "Santos Dumont"). Entre os assuntos, veio aquele jogo de perguntas embaraçosas que um idoso faz para o outro — é "o roto perguntando ao esfarrapado" (isso turbinado por caipirinha de vodka e cerveja — tudo aos "borbotões").

— Você ainda funciona, fulano?

— E a masturbação, hein, beltrano?

— Transa de fraldão, sicrano?

— Quantas vezes por semana tu "funciona", velho safado?

(e muito mais!)

Então sobrou pra mim:

— "Magrão", a tua mulher toma anticoncepcional? (a garagem onde se realizava o evento explodiu com gargalhadas histéricas perfumadas com odor de etanol).

Segurei o constrangimento e levei para o lado intelectual do tema (local que me deixaria mais confortável) e lasquei a pergunta:

— Vocês sabiam que o "químico" cujo trabalho foi decisivo para o desenvolvimento da pílula jamais tinha como objetivo produzir uma substância com propriedades anticoncepcionais? (e isso é verdadeiro; ele queria produzir, sim, outra coisa, algo nada relacionado à concepção!).

E aproveitando que o silêncio havia comparecido lasquei outra:

— Sabem o pretexto pelo qual a pílula anticoncepcional foi criada exclusivamente para mulheres e não para homens?

Com a plateia agora atenta ao que dizia, aproveitei e soltei outro torpedo de resposta:

— Bem, o motivo é que o "remedinho" foi desenvolvido por cientistas do sexo masculino, desse modo eles não desejavam tomar do próprio veneno (ofereci a frase com um sorriso bem amarelado).

Imediatamente o êxtase fabricado pela velharia — tipo "orgasmo grupal Vikings" — ecoou quintal afora (nunca entendi essas reações bestializadas de homens embriagados).

Caro leitor, geralmente a ciência atribui ao descobridor de uma determinada substância a terminologia de o "pai" disso, o "pai" daquilo... Todos deveriam saber que uma parte de qualquer coisa é verdade, mesmo se for uma mentira total; então acreditem... "A pílula tem, sim, mães, ao contrário do dito popular" (Margaret Sanger e Katherine McCormick fizeram algo criativo juntas).

Confiaram no Universo, pois, segundo dizem, ele sabe os caminhos para satisfazer seu pedido, e conscientes de que os dias de servirem ao novo mundo haviam chegado, dessa maneira escolheram colaborar.

Margaret era uma ativista apaixonada e acreditava muito no direito de a mulher controlar seu próprio corpo e sua fertilidade, enquanto Katherine era uma bióloga, que após a morte do marido ficou riquíssima ("podre de rica" — para os leitores mais velhos). Ambas investiram no poder de criação de um pesquisador (gostaria que tivesse sido "eu", mas não foi)...

Com fortes argumentos e muito dinheiro, após 15 anos, o resultado caiu de maneira satisfatória sobre os olhos das donzelas (a pílula anticoncepcional oral fora descoberta). A dúvida que paira é que não se sabe se elas teriam apoiado conjuntamente pesquisas para a criação de uma pílula anticoncepcional para o homem.

O que muitos desconhecem é que a dificuldade com a contracepção oral para homens é biológica (os homens não têm um ciclo hormonal). Impedir em caráter temporário a produção de milhões de espermatozoides é muito mais difícil que evitar o desenvolvimento de um único óvulo uma vez por mês. Estão percebendo verdadeiramente os motivos pelos quais a pílula anticoncepcional é para as mulheres?

Mas se preparem psicologicamente, pois já existe a pílula anticoncepcional "masculina". O interessante contraponto é que o assunto — o contraceptivo masculino — é cheio de bons e ruins, de fracassos e avanços, de mentiras e verdades (ih! Sim, dá muito pano pra manga)...

A boa notícia é que a "velharada tristezense" ficou intelectualizada de uma hora para outra e assim mais uma quantidade descomunal de cerveja e duas garrafas de vodka pintaram no pedaço (outra boa notícia sobre a pílula anticoncepcional masculina é que fortalece entre nós a possibilidade de dividir responsabilidades entre homens e mulheres).

Que fique claro aos futuros consumidores da "pílula anticoncepcional masculina" que essas substâncias terão uma abordagem não hormonal e sua eficácia está em suspender a produção de espermatozoides (desse modo — propositalmente — tentei com essa declaração dar um ponto final no assunto, pois o churrasco estava quase pronto).

Então o dono da casa, já meio "alto" da manguaça, retrucou:

— Mas não existem efeitos colaterais?

— Sim, vários — respondi (confesso que já estava meio que tomado por uma "tonturinha etílica" assim como por aquela brutal fome, mas não podia deixar esse vazio intelectual). — O que temos de acreditar é que realmente não se acham eventos ao acaso, nem reuniões acidentais, nem encontros casuais (dessa forma encerrei minha participação já com o garfo e a faca na mão).

Todos sabemos que somos seres criadores, então, é pegar uma cadeira e esperar que essa realidade chegue à nossa porta. E mesmo sabendo que as verdadeiras intenções dos homens são protegidas por um manto de completo sigilo, deixo esta "batata quente":

— Você, amigo leitor, tomaria essa pílula?

CAMINHANDO PELAS RUAS DO BAIRRO

Particularmente atravesso a "faixa de pedestres", aquelas com ou sem "botoeira", quando o sinal fica verde para mim — isto tornou-se hábito —, mesmo quando não há tráfego visível de veículos.

A "botoeira" — atualmente sua presença é comedida nas travessias de pedestres em nosso bairro — tem a função de avisar o usuário que existe a demanda da via, ou seja, quando não acionada, não vai fechar o semáforo desnecessariamente. Já as automáticas controlam esse serviço (understand?).

Ontem na calçada, na frente do colégio Três de Outubro, esperava o sinal ficar verde para cruzar — como sempre, não tão despreocupadamente — na faixa de pedestre. Fui tomar a 3ª dose, o reforço, da vacina contra a Covid-19 na Unidade Básica de Saúde **Tristeza**. De repente, e não mais que de repente, um jovem — com capacete debaixo dos braços — que supostamente queria cruzar a avenida Wenceslau Escobar parou ao lado.

Desconsiderando minha vigília, olhou os dois sentidos da via, e como ainda não havia veículos na proximidade, deu uma de "filho desobediente" e lascou a frase:

— O senhor pode vir, não vem vindo nada! (sua intenção estava alinhada com o sentimento de que eu portava alguma senilidade).

Eu não disse vocábulo algum, decidindo ficar ali parado esperando o sinal verde. Houve uma espécie de "distração" no jovem rapaz, mas o mundo moderno o aguardava... e assim, obediente aos seus impulsos, disparou rumo às incertezas (e singrando a faixa de pedestres prosseguiu ofertando olhadelas furtivas em minha direção, estranhando quem sabe aquela atitude inusitada à sua realidade, mas que a mim sinalizava o adjetivo "prudente"). Pacientemente esperei o sinal vermelho desaparecer e rumei ao meu destino (e isso não significa que tenho talentos especiais. Somente sou fervorosamente cumpridor de regras).

Seguidamente quando espero a permissão eletrônica para cruzar a faixa de pedestres, fico tentado observando a periferia. Reparo de maneira bem realista aquela multidão de pedestres, sem rédeas, desobedecendo fronteiras ao galgar a faixa — que é específica para eles —, mesmo quando o sinal ainda está vermelho. Cruzam como se a sinalização não existisse! (e para muitos realmente elas não existem — são objetos perdidos no "nada").

E, ao examinar atentamente mirando nos olhos daqueles imprudentes, confesso que as reações diversificam: alguns baixam a cabeça como se estivessem procurando algo perdido ao chão... (bem sei que às vezes o "corrigir" pode ser sutil como o bisturi); outros olham para o céu parecendo buscar um "ser mágico" que os liberte do açoite dessa transgressão, e certos alheios com ousadia distribuem "gratuitamente" um sorrir de coloração amarela (lamentoso, pois vejam que até os sorrisos tornaram-se políticos).

Mas o que mais chama atenção são os que oferecem "ar de espanto", como recitando: "O que aconteceu? Onde estou? Quem sou eu?" (antigamente isso tinha vários nomes: "cara de pau", "individualista", "sem vergonha" etc.). E se ouso criticar o comportamento do cidadão leviano — atravessa o semáforo que indica o vermelho ao pedestre — ele imediatamente oferta algum destes brindes gestuais: "sorriso malandro" de quem fez coisa pequena (é o modelo "pode tudo", pois não vai dar em nada); o "descaso gelado" (exemplo típico do "você sabe com quem está falando?"); e a frase: "não vi" (membro da laia "sua vida é uma mentira").

Determinado dia outro rapaz — um desses que irão comandar o destino do país —, em frente ao Tudo Fácil da Tristeza, na avenida Wenceslau Escobar, brindou-me silenciosamente com seu dedo médio em riste quando alertei que o sinal ainda estava vermelho (existem pessoas que são especialistas em atitudes vazias; ou melhor, legítimos exemplos de "aprendendo a desaprender"). Tal qual "vaca de presépio", nada expressei.

Uma boa pergunta seria: quais empecilhos dificultam a fiscalização dos comportamentos sem ética propagandeados pelas vias e ruas por que transitamos? Seria a falta de fiscalização do cumprimento das regras impostas ao pedestre ou os mecanismos que possibilitem colocar em prática o que prevê o Código de Trânsito Brasileiro para esses casos? (as regras existem, mas não é possível cobrar do pedestre como se cobra do condutor, por exemplo, que recebe do Estado uma concessão para poder dirigir. No caso do pedestre, que é livre para circular da maneira que desejar, não se encontrou ainda a forma legal para cobrar um caminhar na cidade mais responsável. Em resumo é juridicamente possível, mas tecnicamente inviável).

Mas apesar do desencantamento devemos continuar perseverando como aquele cidadão não tão pacífico e obediente aos regramentos. Então faço meu dever de cidadão e assim com minhas rabugices percebo que consigo ainda que modestamente sensibilizar algumas pessoas, embora não seja possível ainda observar resposta imediata.

Creio muito na materialização das transformações, pois elas têm origem nos exemplos, e assim deixo um recado silencioso para que os demais moradores do bairro reflitam sobre essa consideração. Sim, estamos diante somente de uma das "situações" nesta imensa vitrine que é a "cidadania na mobilidade urbana", e desejando transitar pelas desculpas alguns dizem que as faixas inexistem, enquanto outros balbuciam que são mal sinalizadas (mas oferto os "sim" ou "não" desses "reclames" ao escrutínio dos órgãos especializados).

Passo dessa forma a desejar que o sem-educação e/ou o mal-educado sofra uma mudança radical, tornando-se, então, um novo cidadão — não mais encurralado por suas irresponsabilidades, mas, sim, com educação e bem-educado, restando então que o "sem-ética" passe a engolir o elixir da conscientização... "Elixir" esse que verdadeiramente deve restaurar o bom convívio de todos na nossa comunidade. Bah, tchê, está um lindo dia de Sol no bairro.

CHUVA DE CIDADANIA NO ÔNIBUS

Ontem foi dia de revisão dentária — o consultório fica na rua Almirante Delamare, ou a rua do Pórtico aos mais íntimos. A quem ainda não localizou a rua, ela fica paralela à rua Mario Totta, entre a Wenceslau Escobar e a rua Professor Mariath. Terminada a consulta, rumei na direção da parada para esperar o ônibus linha "Juca Batista", que transita bem próximo de onde atualmente vivo.

Quando o transporte surgiu, rapidamente ingressei e para minha surpresa eu era um dos poucos passageiros. Aproximo da roleta e recebo aquele sorriso matinal afável como se amigo fosse do "cobrador" a longa data. Disponibilizei o cartão TRI (Transporte Integrado de Porto Alegre) no local apropriado e eletronicamente foi oferecida permissão para passar.

— Bom dia para o senhor! — sorridente pronunciou o novo amigo.

— Bom dia — respondo surpreso e contente caminhando na direção do banco próximo à roleta onde ocupei o assento (me ajeitando obviamente no local destinado aos idosos).

E a partir daquele momento em cada "parada" do transporte coletivo e a toda pessoa que adentrava ocorria uma infestação de gentileza, digna da recepção em hotel 6 estrelas (é só minha imaginação funcionando). Um festival de: "bom dia"; "oi, como vai?"; "e daí, tudo bom?", "olá, seu fulano, tenha um bom dia"; "oi, dona beltrana, como está a senhora?" etc. (uma metralhadora comportamental cuspindo boas maneiras para todos os lados).

Há um detalhe adicional: o motorista atuava como "discípulo" do cobrador, pois, quando a porta da frente abria, de pronto o profissional do volante referenciava o usuário com um imponente: "Boommm diiiiaaaa!".

E assim fui reparando a dupla aspergindo "gentilezas" até chegar ao meu destino (momento em que o ônibus já estava lotado). Aos que desceram nas paradas anteriores à minha, o tratamento não ficava em déficit com os anteriores por momento algum: "tenha um bom dia"; "cuidado com os degraus"; "vamos deixar o amigo chegar à porta, por favor"; "colaborem com a descida da nossa amiga" etc. (sintoma singular de um elegante comportamento civilizado).

Bem, sem dúvida esse deveria ser o modelo de conduta amplamente copiado, evitando que nossas atitudes ficassem cada vez mais rudes, egoístas e ofensivas. A nossa fundamental meta deveria oportunizar novos padrões de comportamento, pois, dessa maneira, provavelmente seríamos conduzidos a viçosos jeitos de ser! (concordam?).

Por que não podemos desfrutar de uma mobilidade urbana como dos países realmente desenvolvidos? Acredito que a resposta possa ser: porque não temos nem cidadãos nem gestores como dos países desenvolvidos (lá as leis urbanas são respeitadas e cumpridas, mas aqui as atitudes são esfarrapadas cotidianamente).

Começando pelo hábito da "gentileza", que pode ser definido como a capacidade de perceber a necessidade de alguém e/ou retribuir algo que lhe foi feito, sem ser pedido. Penso ao contrário do que muitos pensam. A gentileza não deveria ser escolha, mas sim um instinto natural do ser humano. Mas o que vemos todos os dias, infelizmente, não é isso; as pessoas aprenderam a ser egoístas e escolhem agir desse modo na maioria das situações (sim! O egoísmo é uma escolha).

E o principal vilão, sem sombra de dúvidas, é o "individualismo" — originado por causas diversas —, impedindo que os indivíduos sejam pessoas felizes dedicando-se ao próximo de forma desinteressada. Ser afetuoso com alguém, elogiar um trabalho bem-feito, cumprimentar o outro, ajudar sem desejar nada em troca, ensinar os filhos a conceder o lugar para aqueles com necessidades especiais nas filas ou no transporte, ajudar a quem precise atravessar a rua, dizer "por favor" e "obrigado" (sim, são sinais evidentes de que a convivência urbana pode ser menos medonha).

A falta desses hábitos na sociedade não seria sintoma da falência moral? Resultando no abalo do princípio da cidadania, por não compreender a importância da ajuda e da colaboração do outro na nossa existência? (a escassez desse entendimento é como a "serpente" que estrangula a si própria ao se enrolar). Precisamos urgentemente da "apreciação" e do "exame responsável" a esses numerosos abusos que habitam na falta de gentileza. O cumprimento das regras de bom convívio continua adormecido, então que abram as prisões da ética e libertem a boa educação colocando grãos de boas maneiras nas atitudes de todos.

Cito o reclame social da "falta de bons modos" da sociedade, pois exigir "atitudes sociais corretas" — daqueles que não apresentam —, é necessário, pois existe aquele cidadão que merece receber uma advertência, há aquele que pede e até aquele que iria melhorar socialmente com "ela". Bem sei que não estamos prontos para ter paz na sociedade, porque ainda vivemos a plantar guerra nas vias públicas e nas interações urbanas (queríamos colher o quê?).

A falta de educação é um dos tipos de "ignorância", mas suas motivações são consideradas normais na vida dos habitantes dos grandes e pequenos centros urbanos — como vemos cotidianamente no nosso bairro —, e os cidadãos e as autoridades governamentais muitas vezes não a tratam com a devida prioridade (o cinto nacional das "boas maneiras" deveria ser apertado — e reapertado incessantemente).

A imprensa, a comunidade, a Escola, as Igrejas e mesmo os órgãos responsáveis nem sempre parecem motivados no sentido de buscar uma solução eficaz para esse tema. Nem atingimos esse mínimo de conscientização que é de importância indiscutível neste momento, estamos olhando a situação dos "maus hábitos" da conduta coletiva através de um buraco na parede, quando na verdade poderíamos sair e contemplá-la a céu aberto (mas ainda há esperança de transformar o veneno em néctar).

Certas atitudes, como os anticoncepcionais, que liberaram a "mulher" dos religiosos e cidadãos extremistas, são por vezes animadoras (como desse cobrador e do motorista de ônibus)... o que faz escancarar as comportas da "possibilidade".

DE BOLSA DE SEDA A SACO DE ANIAGEM

A possibilidade de que este relato tenha sido corrompido por lendas ou lembranças incorretas é desimportante... então reconto, pois ninguém escreveria história se não pudesse aprender algo com ela (para isso fui catar os cacos das diversas opiniões que existiam sobre esta protagonista).

Até os 14 anos, foi uma garota puritana sexualmente reprimida sem a mínima chance de trocar aquela conduta de vigílias de oração e trabalho voluntário em cozinhas de igrejas fazendo sopa pelo estilo de vida livre e em ascensão que os colegas de escola vivenciavam. Mas aos trancos e barrancos chegou aos 18 anos tal aquela categoria de jovem que se esmera para gerar a própria eletricidade!

E num passe de mágica desejou compulsivamente tornar-se divertida, despreocupada, disposta a correr riscos e querendo provar o sabor de levar a vida sem muitas obrigações e quem sabe desenvolver alguns deveres apenas por puro prazer. Foi tão fundo nas profundezas daquele tipo total de degradação moral que adquiriu o hábito de introduzir “cachaça pura” para dentro do bucho pela manhã, tarde e noite (uma tentação nunca revelada a ninguém — só aos mais íntimos). Por consequência se deixava levar por instintos, o que na maioria das vezes era considerado uma manifestação de insolência — principalmente naquela época.

Um dia à mesa na hora do almoço ela não conseguiu deixar de responder ao avô mencionando sem rodeios a frase bombástica:

— Não amadurecemos quando fazemos o que os outros decidem por nós, apenas apodrecemos por partes (demonstrando pouco respeito e arrogância segundo o entendimento dos ouvintes da casa).

OBS.: com raiva, a imensa careca do patriarca torna-se vermelheada.

Em resposta, o ancestral adverte a mãe da garota:

— Queira pôr ordem nesse galinheiro, Suely. Sua filha não tem onde cair morta e fica arrotando camarão!

Suely — submissa totalmente ao pai — por fim aceita resignadamente sujeitando-se com profundo silêncio (e machucada na alma pensou: "Minha filha não será o que deseja ser").

Será o quê, então? — diriam os esperançosos. — Balconista das lojas "Hermes Macedo"? "Carvalho"? "Athenas"? Ou arrumaria um biscate como vendedora de bordados, brilho (glitter), colares de miçangas, bijuterias étnicas africanas, gargantilhas etc. portando um bolsão e batendo de porta em porta pelo bairro?

Suely está na posição de saber que é impossível a filha vender coisas por toda a vida sem que isso seja um martírio para a pobre coitada. A mãe, sim, está disposta a encorajar uma vocação para a filha, mas cobiça um talento que conduza a algo sério (no íntimo, não é o que a mãe contempla reparando a pobrezinha da filha).

Sua jovem rebento não dispõe da ideia que apetece fazer para alegrar os familiares — seu almejado sonho é ser frentista de algum Posto de Gasolina —, mas o que carrega é a absoluta certeza do que não quer exercer (fazer parte do comércio da Av. Azenha, do bairro ou vender quinquilharias? — triste dilema).

Por um lado, a filha é toda arrebatamento, impetuosidade, vivacidade. Por outro, é paixão, raiva e orgulho (somado a isso, tem um temperamento ardente e explosivo). Já que se diz sufocada pelo bairro provinciano, ela precisa sofrer as consequências da escolha — pensava diariamente a mãe.

Em outro encontro familiar à mesa, já carcomido pelo envelhecimento, o avô previne:

— Tá bem, vá fazer o que quiser então, mas não será uma filhinha da mamãe. Terá apenas casa, comida e roupa lavada, e se quiser estudar vai para o colégio Padre Reus à noite.

O que quer que faça, faça bem-feito, então...

— ...vai feder a gasolina, vai! — finalizou o corroído vovozinho.

Como explicar aptidões aos seus, que só conseguem ver a sua escolha profissional como fracasso? (a maioria de nós tem conhecimento disso). Então: "Não há o que explicar, não há como se explicar, o melhor é partir!" (e foi isso o que ela fez).

Nunca mais soube da nossa amiga... (a maioria dos rumores a respeito do que acabou fazendo quando saiu do bairro não passaram disso: rumores!). Em 2017, quase dez anos após sua morte, foi realizada a exumação do seu corpo... Curiosamente foi descoberto que o cabelo estava intacto, assim como as unhas das mãos permaneciam exuberantemente pintadas (o procedimento foi realizado para confirmar o parentesco de uma jovem que afirmava ser filha legítima da nossa amiga).

A mim restou o desejo de que a nossa amiga não tenha "apanhado por tanto tempo" da sociedade que de forma desesperada tentou transformar uma bolsa de seda em saco de aniagem.

O PARAÍSO ESTÁ LOCALIZADO NO NOSSO BAIRRO

"O Paraíso é um lugar que fica no céu bem em cima do Morro do Osso — é um jardim, um verdadeiro Jardim das Delícias. Por lá existe toda espécie de árvores, de madeiras e de frutos, tendo também a 'árvore da vida'. Essa é a mais estonteante... não há frio nem calor, mas sim uma temperatura de primavera durante todo o tempo. Do meio do Jardim, jorra uma fonte para molhar todo o pomar, que, dividindo-se, origina as nascentes do lago Guaíba. O acesso a esse lugar é proibido ao homem depois que comete algum pecado, e o espaço que ocupa agora está alumiado por uma chama brilhante e colorida, rodeado por uma muralha de estrelas que chega quase ao infinito". Por muito tempo guardei o papel original no qual tal texto foi escrito.

O relato que você acabou de ler é de autoria daquele pardo escuro, de voz grossa, fala vibrante, e o feitio aborrecido. Portando estatura mediana, corpo cheio e defeituosamente formado, rosto redondo, cabeça avolumada, cabelo preto, barba bem-feita, testa larga, nariz pontiagudo, beiços grossos, orelhas grandes, e o pescoço curto. Trouxe algo à sua memória?

Todos os sábados gostava de frequentar o barzinho "Tristeza Antiga" — esquina da avenida Wenceslau Escobar com a rua Landel de Moura, para relatar crenças, histórias e lendas da sua terra — a Bahia; um dos primeiros núcleos de riqueza açucareira do Brasil.

São inúmeras as frases bombásticas desse "soteropolitano" — quem nasce em Salvador/BA — descritas após enxaguar a goela com diversos "gin tônica". Mas interessa transcrever as que no momento abraçam minha memória: "Sou aquele que se vende por dinheiro e jamais por ideais"; "Traidor esperto é aquele que sabe dizer 'sim'. Vence na vida quem diz 'sim' aos dominadores, aos senhores de poder"; "A verdade não pode ser ensinada, mas pode ser aprendida".

Descreveu em certa ocasião que conheceu uma garota na quadra de futsal do clube tristezense. Após conversarem notou muitas coisas em comum entre eles, o instigando a de livre-arbítrio convidar para comer um cachorro-quente no "Coqueiro" — trailer do nosso amigo Gelson. Foi ótimo — mencionou —, e sem titubear convidou para jantar na churrascaria "Aristides" naquele fim de semana. Lá desfrutaram de um churrasco agradabilíssimo, e mais tarde foram dançar — na conhecidíssima e badalada "Taba", no bairro Ipanema.

Em torno de meia-noite, faziam uma refeição ligeira na mesa — sanduíche aberto regado com Brahma —, para dois, quando bem próximo ao rosto dela disse:

— Sabe, passei momentos maravilhosos desde que a conheci. Acho que nos demos muito bem, você não acha?

— Certamente; também gostei muito. Ela admitiu.

— Gostaria de tomar o café da manhã com você — confessou ao mesmo tempo que a fitava com os olhos apreensivos. — Posso? — concluiu.

— Sim, muito seria do meu agrado — respondeu ela.

— Ótimo. Então, o que farei? Telefono para você ou espero você ligar?

A mocinha simplesmente com silêncio profundo e sorriso desesperançado liberou seus traços faciais com um raso "tá bom!". Nosso galante e impetuoso amigo pagou a conta, e cada um foi para a sua respectiva moradia — cada qual em seu táxi.

Um colega em comum definiu bem:

— O "fulano" está sempre "encharcado de ingenuidade".

SUBINDO O MORRO DO OSSO

Voyeur é uma palavra com origem no francês cujo significado é "aquele que vê", conceituando aquela pessoa que obtém prazer ao observar pessoas despidas ou práticas íntimas — se vestindo, se despindo — de outras pessoas, participando ou não, tirando fotos ou gravando momentos íntimos ou privados de outros. O "voyeurismo" é uma invasão de privacidade, porque as pessoas são observadas sem o seu consentimento (apesar de o voyeurismo ser considerado "normal" pela maioria dos homens, não podemos afirmar que todos temos um lado voyeur).

Na maior parte das vezes, a masturbação faz parte da atividade — o voyeur atinge o orgasmo durante suas sessões de "espionagem". Os exemplos de situações envolvendo voyeurismo é enorme no cotidiano histórico humano. Na Bíblia, a serpente espreita/espia Adão e Eva, esperando o momento certo para fazer com que Eva prove da fruta e revele seu corpo nu, nos tornando herdeiros do pecado. Alfred Hitchcock, em seu clássico filme *Janela indiscreta*, tratava o espectador com um voyeur... E "reality shows", como Big Brother Brasil, A Fazenda, De Férias com o Ex Brasil..., são o quê?

Mas me apetece perguntar: no bairro Tristeza teríamos um representante "voyeur"?

Normalmente subia a rua Nossa Senhora de Lourdes, dobrava a rua Liberal e quando passava o cemitério desaparecia em um tipo de anonimato — rumo ao Sétimo Céu —, quem sabe depondo a si mesmo:

— Bem, a partir de agora, o problema passa a ser meu!

Saibam que o Sétimo Céu pertence ao Morro do Osso — no passado era local predileto para namorados motorizados apurarem suas intimidades.

Tem certas coisas que não se deixam traduzir por palavras nem por psicologia de botequim, dessa maneira deliberadamente me abstenho de apresentar qualquer julgamento (respeito aqueles que vivem segundo os desejos, as pulsações e os apetites). Quero acreditar que "ele" foi mais uma dessas divertidas contradições que não pode ser subestimada, pois foi — e isso ninguém pode contestar — uma "máquina de simpatia" ambulante que agia de forma desrespeitosa e atrevida.

PRESO NO SUPERMERCADO

Vocês já tentaram escapar de alguém inconveniente no supermercado?

Eu, em especial, por diversas vezes... Certo dia até imaginei um atalho no supermercado Zaffari da Otto Niemeyer para fugir de alguém! Vi que ele me viu, e ele viu que o havia descortinado. Então, após correr pelo açougue, ficar disfarçado entre os hortifrutigranjeiros, e quase esborrachar nos salgadinhos, o inconveniente sujeito — levando sua ação sobrecarregada de severas expectativas —, alcançou seu objetivo com "pote de margarina" na mão.

Finalmente houve o encontro, pois, fatigado, estacionei! O perseguidor, ilustre no bairro pelo codinome "chatonildo", há pelo menos quatro décadas — e isso agora testemunho —, continua a carregar heroicamente o inseparável "apelido".

Claro que após um "oi, professor" estilo relâmpago, não se conteve e disse o real desejo daquela caçada... Saliento que fui seu amigo no bairro e professor de um parente seu.

— Professor César, e a "tal" gordura trans? — perguntou.

Sabe aquele paciente que cobiça falar com seu médico, na fila do cinema, sobre a gastrite? Foi muito semelhante ao ocorrido. Sinceramente, recebi um carregado momento de desprazer! O "inconveniente", com atitude individualista, preferiu ficar na superfície e não baixar aos porões da razão. Tentei dizer que estava com certa urgência, mas ele estava possuído de muita determinação... (preguei no deserto!).

Confesso que uma elucidação satisfatória do tema "gordura trans" para leigos arrastaria muito meu tempo... (coisa que não estava disposto a exercitar). Devido a isso, cabe aqui fornecer um conselho: se você leitor não manja da área de Química, relaxe e simplesmente vá acreditando no que vai ler a seguir (risos).

E assim, como ventríloquo, o impregnei de variadas informações resumidíssimas... Na realidade estava sedento para aplicar a ponta do tênis nas extremidades da sua espinha o mais rápido possível. Então, sem tempo de respirar, mandei uma bela "avalanche" de referências:

1ª) Fulano, a gordura trans é ruim! (pronunciei de forma firme e direta).

2ª) Como bem sabes, as prateleiras de supermercado estão repletas de "gordura trans": margarinas, bolos, biscoitos, batatas fritas empacotadas, pipocas, pizzas, croquetes etc. e todos aqueles pratos que vêm prontos para fritar ("que você deve adorar" — disse, como quem corrige um aluno desatento).

3ª) Saiba que durante as frituras também se formam pequenas quantidades de "gordura trans" — sussurrei.

4ª) Quanto mais macia a margarina, mais "gordura trans" ela contém! (nessa informação seu rosto adquiriu semblante de espanto).

5ª) Já mostrando um certo grau de histeria — confesso —, prossegui: com esses produtos, as mulheres têm mais uma ameaça em especial, além dos seus maridos: o risco de câncer de mama ao ingerir a "gordura trans" ("vou informar minha esposa urgentemente" — replicou).

6ª) A indústria por vezes substitui o termo "gordura trans" por "gordura vegetal hidrogenada" ou "gordura parcialmente hidrogenada" ("tudo é farinha do mesmo saco" — afirmei).

7ª) Foi constatada a relação entre a "gordura trans" e o aumento do risco de infarto, angina, aterosclerose, doenças do coração; enfim, um monte de coisas ruins para a nossa saúde (senti que fui deveras perverso com essa última informação, mas não resisti).

E antes que o "abelhudo" não desistisse de escutar, simulei enxergar alguém conhecido a distância lá na afastada padaria. Agarrei o "carrinho" salvador e corri rumo à saída... (na mesma velocidade daquele cidadão sorteado por grandiosa cólica estomacal).

Ao longe ainda ouvi o "ruído" — oriundo daqueles lábios sedentos de esclarecimentos —, que proferiu algo como:

— Tem e-mail?!

O pavor era tanto que larguei o "carrinho" com as compras no caixa e fui direto para o estacionamento... Abri o carro, liguei o motor e escapei em frenética velocidade... (para espanto de diversos transeuntes no estacionamento). Ufa... (alcancei a liberdade!). Mas confesso ainda transportar resquícios traumáticos daquele encontro.

PELAS RUAS VOANDO

Lembram do autor desta frase?

"A única mulher que andou na linha o trem pegou".

E desta?

"Diz-me com quem andas e te direi se vou contigo".

Sim, além de filósofo de boteco, foi um "não tão bem-sucedido" pregador dos bons costumes. Um pequeno exemplo dessa interiorização foi a condenação e ridicularização de mulheres cujos parceiros fossem mais novos: "Não tem vergonha, não?", e o elogio dos homens cujas parceiras eram mais novas: "Aí, machão!".

OBS.: atualmente muito se fala em racismo, homofobia e machismo no ambiente social quando discutimos preconceito e acabamos não discutindo o "etarismo" (também conhecido como ageísmo ou idadismo), que é a discriminação da idade (na época não havia essa preocupação).

Tinha jeito de "bon vivant" e, quando recebia os raros amigos na varanda da casa, o fazia sentado de roupão branco — tipo batina —, na poltrona aveludada, fumando cachimbo, bebendo ponche e falando grosso (o inconveniente era seu quadril barulhento que dava seguidamente um feedback sonoro impossível de não ser ouvido).

Da mesma forma e intensidade também reforço sua primorosa competência de "contar histórias". Foi censurado e advertido várias vezes por causa de as narrativas serem consideradas fantasiosas e perigosas. Denunciado ao "padre" por beatos, e por chefes de família cujos filhos supostamente poderiam ser influenciados, passou anos como "persona non grata" nas redondezas para depois morar na Praia da Pedra Redonda — Vila Conceição —, onde veio a morrer na época atual (dizia que no inverno o local oferecia ventos caprichosos e temperamentais).

Gostava de contar que existiam mulheres que eram capazes de voar... ...bruxas noturnas que se transformavam em qualquer coisa real, que faziam mágicas, executavam rituais amorosos e abundantemente dedicadas aos arbítrios do sexo (espíritos femininos que poderiam ser protetores e benéficos para quem lhes deixava oferendas).

Certa vez contou que o avô, morador da rua Dr. Mario Totta — bem próximo de onde a seleção brasileira de futebol ficou concentrada para a Copa do Mundo de 1970 no México (hoje o Centro de Treinamento da Procergs), lá perto da praia —, tinha ficado viúvo há pouco tempo e para se distrair do luto numa sexta-feira saiu para pescar na beira do Guaíba. Porém distraído ao voltar para casa depois de andar mais do que normalmente deveria, notou que errara o caminho.

— Mas como? — perguntou.

Quando deu por conta, percebeu que o céu que estava azul e ensolarado ficou nublado. De imediato começou a ouvir um ruído que foi "aumentando, aumentando e se tornou um grito horrível" (aquela voz vinha de uma névoa escura e densa bem atrás dele).

Começou a correr e num instante, virando a cabeça, olhou para o rio, quando viu uma imagem estranha que tomava a forma de mulher, que se aproximava cada vez mais. Movido por uma curiosidade invencível, parou e aproximou-se observando que tinha incontestável formosura, com alguma coisa de muito feminino nas feições e nos modos (a boca carnuda enfeitada de magníficos dentes — mas o sorriso de frieza).

Ela o fitou com arrogância e magnetismo até obrigá-lo a baixar os olhos...

Quando a exuberante mulher chegou bem próximo, notou que amanhecia e num instante caiu desmaiado próximo de sua casa, que agora estava bem visível (depois soube que se passaram longas horas).

Ao acordar, levantou-se e imediatamente começou a tremer com uma força incontrolável, fazendo-o olhar fixamente na direção da porta da cozinha, e lá estava a bela mulher metamorfoseada numa real escultura feminina com túnica transparente — aparecia sua vergonha —, olhando fixamente para ele, que soltou um grito luxurioso e uma vez mais caiu ao chão com tremores terríveis (agia como se estivesse em processo de possessão libertina).

Então ele espichou os braços imitando uma ave e saiu voando da sala rumo à igreja da Tristeza — era frequentador assíduo de missas e procissões —, ao mesmo tempo em que soltava um grito assustador lembrando o canto de uma arara gigantesca. Ao pousar correu até a sacristia — agora já com uma farta cabeleira loira até a cintura, andar saltitante na ponta dos pés, narinas dilatadas e a cútis do rosto no tom rosa-claro.

Naquele instante outra vez apareceu a mulher, que o mirou com olhar de mãe vingativa (olhar desalmado que parecia querer pregá-lo no altar junto aos santos que lá faziam morada). Com a boca entreaberta, mostrava a língua longa, fina, úmida e chocalhada. Então uma leve névoa azulada saiu-lhe da boca e foi subindo até o teto da igreja — nessa hora começou a chover (um original espetáculo sem nome!).

Então convulsões terríveis se apoderaram novamente do corpo do "avô" retorcendo-o como fosse elástico molenga. A cabeça agitava-se de um lado para o outro e de cima para baixo; os dentes rangiam em fúria ao ponto da sua prótese despedaçar totalmente, enquanto os pés batiam no soalho da paróquia imitando a tradicional e popular dança gaúcha "chula" — só faltando o acompanhamento da viola, sanfona e percussão —, depois confessou ao padre.

Os olhos reviravam-se nas órbitas escondendo a pupila e depois ficou imóvel por um tempo... Nessa hora retraiu os braços dobrando-os a modo "canguru" e entreabrindo a boca permitiu sair longo grito que nada desfrutava de humano. Sim, um urro que ecoou de maneira fantasmagórica pela igreja:

— Quero minha mãe! — E desmaiou.

Quando acordou estava em casa, na cama, como se tudo aquilo tivesse existido em pesadelo.

Então a partir daquela data — toda sexta-feira — sempre à meia-noite, procedia da mesma maneira, colocando no portão de entrada da moradia: frutas, pão, linguiça enrolada, vinho, e finalizava o ritual — por assim dizer — com um "mantra" citado em alto tom, por sete vezes:

— Espírito de mulher, meu amor por você é igual a "barulho" de carro velho: não tem como esconder.

Depois virava as costas, entrava no domicílio e ia tirar uma soneca (só não fez isso na noite em que "bateu as pantufas").

UM CIRCO FANTÁSTICO

Reconhece a localização do "Zaffari" na Otto Niemeyer? (antigamente era imenso terreno baldio onde raramente ocorria alguma coisa — exceto o avanço daquele frondoso matagal). Mas jamais esqueci quando fomos, minha mãe e "eu", assistir ao Circo que ali se instalou para curta temporada... (não recordo o nome).

Uma grande lona foi montada em meio aos barracões, onde intenso comércio principiou a fazer parte do local, com dezenas de vendedores, trabalhadores e artistas de todos os cantos do Brasil, como malabaristas, contorcionistas, o pônei que dançava valsa, equilibristas, mágicos, palhaços, domadores de porcos selvagens e gansos, engolidor de espada e adicionais personagens que buscavam divertir e surpreender o público. O que mais paralisou minha atenção foi a oportunidade de conhecer os palhaços que faziam muito sucesso no Brasil — "Fuzarca" e "Torresmo" (uau! Muitas comoções).

Enquanto minha mãe comprava os ingressos, inquieto segui esperando na fila de entrada; foi quando para minha felicidade finalmente entramos. Um belo lugar, bem na primeira fila — de frente para a entrada das atrações (iupiii!). Deram início às apresentações, enquanto a alegria se manifestava aos borbotões, saboreando a experiência de ser cortejado por um sentimento de criança — sendo "eu" a criança (naquele instante entendi a frase que diz que "nas veias de todo circense corre a serragem do picadeiro").

Uma apresentação deslumbrante foi do artista — com aspecto indígena, trajando exclusivamente sunga de crochê — que o público assombrou quando sugou por um canudo em sua boca um copo transbordante de algo — possivelmente querosene —, e depois descarregando o mesmo líquido em um lampião, que acendeu logo a seguir — para provar que o fluido ainda era o mesmo (uaaaaaaaaauuuuuuhhhhhhhhhh!). Depois da apresentação com o líquido inflamável, o artista aspirou outra caneca com água para o interior do intestino através de uma mangueira de borracha ligada à narina; em seguida espavoriu novamente a plateia expulsando o mesmo líquido pela cavidade bucal para o interior do balde brilhante que o anãozinho segurava — ao que parece limpando o intestino, evitando deixar algum vestígio de querosene dentro do organismo (algo impressionante, estupendo, fantástico, memorável — até mesmo para adultos). Desejo informar que na época para limpar os intestinos "eu" preferia comer farelo de trigo; hábito que mantenho até hoje.

Mas a maioral das atrações estava por vir! As luzes se apagam e o holofote concentra na mulher com casaco cintilante e cabelo preso num coque alto — na época chamado "bomba atômica"; uma cruel homenagem da moda à destruição de Hiroshima e Nagasaki. A artista entra no picadeiro faceira e sorridente, a balançar o corpo escultural. Todavia aquilo para mim era um êxtase sublime: a sapatilha dourada, a malha fina por debaixo do casaco cheia de lantejoulas brilhantes e miçangas multicoloridas, com o rosto e os cabelos borrifados de purpurina. A seguir, como em cortejo, adentra um rapaz tipo cigano. Alto, nariz de águia, bigodinho ralo, cabelo luzente de brilhantina Glostora, óculos Ray-Ban, e sapatos de borracha do tipo "galocha".

Estacionam no meio do picadeiro. O artista mirando as mulheres da plateia com lascívia, e a frondosa mulher a olhar os homens dirigindo-se de forma gentil, envolvente e afetuosa. Imediatamente começa a tocar um tango bem ritmado e o casal principia dançando ao "modo dos peixes", que não se unem — quando muito se esfregando um contra o outro para se estimular (atualmente um comportamento desses faria rir, mas na época foi tomado muito a sério ao ponto de muitos arriscarem um intenso aplauso). Quando termina aquela música de ritmo sincopado e compasso binário, entre eles embrenha-se — surgindo na escuridão — um macaco do mato ensinado, vestido com bombacha, camisa floreada, bota, guaiaca e chapéu de beijar santo em parede, obedecendo a variados comandos de voz, como andar em um patinete, dar saltos mortais, e fazer o que é mais natural para um de sua espécie: subir em coisas. Após essas macaquices, o primata volta a estacionar entre os artistas.

Nisso os tambores da orquestra que sonorizava o espetáculo começam a rufar anunciando o clímax da apresentação: "Respeitável público, com vocês a extraordinária mulher de quatro pernas!" — anuncia o apresentador (bahhhhhhhhhhhhhhhhhhhh!). Então... (foi aí que o meu Universo afundou!). Bem, então uma impiedosa cólica intestinal se apoderou das minhas entranhas, sim, algo terrivelmente tenebroso e incontrolável. Nesses tempos, era melindroso falar a respeito desses infortúnios. Era impensável ser visto entrando ou saindo de um banheiro, principalmente por aquela multidão presente no circo, exceto por membro íntimo da família — no caso minha mãe. Outra coisa difícil era ir até o local onde se localizava o "toalete", pois ficava na entrada principal e bem à vista de toda a plateia — inclusive dos artistas, do macaquinho e no futuro... da mulher de quatro pernas.

Mas o pior, é claro, estava por vir. Já dentro da privada — que não tinha absolutamente nada de privativo —, meu organismo começou a produzir barulhos abdominais gigantescos — e põe barulhos nisso! Minha mãe, coitadinha, por vezes botava a cabeça para dentro da "patente improvisada", e com os olhos esbugalhados implorando pedia silêncio. Mas eu não tinha culpa! (Sim, uma situação muito triste).

Ouvia risos ao longe e a dúvida cercava minha mente: será do ruído que estou produzindo ou é do show que está sendo apresentado? (aquilo me corroeu a alma e o "ego" infantil). Então, junto ao meu último "pum", ouço a plateia explodir em aplausos... ("a mulher de quatro pernas deve ter finalizado sua apresentação — pensei!). Foi impossível sair naquele momento! (havia que aguentar emparedado — o local era minúsculo —, até que aquelas paragens ficasses livres do público presente).

E meia hora depois realmente todo mundo havia ido embora. Terminei a higiene necessária apressadamente e abandonamos o local — "eu" e minha santa "mãezinha". Saímos rezando para tudo que era "santo" para não encontrar ninguém conhecido, nenhum artista, e principalmente o macaquinho (vá que soubesse falar!).

Até hoje busco na internet algum show que apresente "a mulher de quatro pernas"

(mas ainda sem sucesso!).

CAMPINHO DA PADARIA

Este texto não se compromete a elogiar ou parir alguma condenação, mas sim aguçar a análise crítica do leitor isentando-o de meramente tomar opinião pessoal. Adianto que conheci este "personagem" — nome de registro: Agladson Neto — pessoalmente, assim sobre esse ponto não quero me comprometer, e o leitor tem o direito de saber que nessa questão estou solitário, pois foram raras as pessoas que desfrutaram das suas particularidades (por diversas chances abria meus ouvidos para escutar o que o seu coração tinha a dizer e, com liberdade, seguia simplesmente a respeitar o que era confessado).

Bem sabem que trato os textos que produzo com alto grau de importância e o que deve ser considerado é aquilo que dizem por si só. Tento não contaminar com meu ponto de vista, pois ele deve ser a "lente" por meio da qual vocês, como leitores, enxergam os personagens e a grande realidade à qual eles pertencem.

Sobre "Agladson Neto" devo dizer que suas condutas e seus hábitos eram malcriados, brutamontes, agrários e baderneiros (com olhar provocador e rebelde, parecia sempre ferido por flechas de mau humor). Para os historiadores, contribuo revelando que seu avô era "Seu Agladson" — o mascate, o pai — "Agladson Filho" — trabalhava como jardineiro nas cercanias do Clube Jangadeiros. O "Neto" com muita frequência perambulava pelas imediações do "Campinho da Padaria" em estado miserável com a barba por fazer, cabelos vastos para os padrões da época, camisa "volta ao mundo" puída para fora das calças e, no lugar de usar calçado comum, ostentava botas "Vulcabrás" de cano longo, onde carregava um estilingue. Mas vamos ao relato do episódio...

O "Campinho da Padaria", uma das entradas pela rua Armando Barbedo, na década de 1970 se tornou ainda mais popular do que era, devido a uma séria de episódios inexplicáveis aos moradores na proximidade, assim como aos de fora dela, que por lá coexistiam. Por inúmeras oportunidades escutei vigilante um determinado idoso jovem — já falecido, e exímio narrador de histórias — engrandecer a profunda sapiência do "Agladson Neto", e os acontecimentos a ele relacionados como se o protagonista dessas façanhas estivesse presente, numa narração viva, com diversas cores, espirituosa, que materializava ante os olhos acontecimentos vivenciados por esse personagem (o local onde as narrativas ocorriam era o mesmo — o "Campinho da Padaria" —, sempre sem testemunhos verbais ou escritos, restando a mim puxar da imaginação para ser o mais fidedigno possível do relatado). Reforço que tempos depois, ao inquirir outro conhecedor da vida do "Agladson Neto", constatei em alto grau a mesma versão de abundantes fatos.

Bem, o nosso personagem acreditava, assim como o profeta Maomé, que a aparência de uma criança era determinada por aquele entre o casal que primeiro tivesse orgasmo. Se o orgasmo do homem precedia o orgasmo da mulher, a criança seria parecida com o homem, e se a mulher alcançasse o orgasmo antes do homem, então a criança seria parecida com a mulher. "E se o casal tem orgasmo no mesmo momento?" — um curioso como você perguntou. "Bem, a patroa não ficará grávida!" — respondeu (penso que talvez seja essa metodologia um anticoncepcional natural magnífico. O que acham?).

Grifo que Maomé, profeta nascido em Meca, atual Arábia Saudita, é o fundador da religião muçulmana e do Império Árabe.

Relatava "Agladson Neto", com soberba, que um ser totalmente maligno, vindo do mundo espiritual, mas morador do mato dentro do "Campinho da Padaria", atacava sutilmente as pessoas que por ali transitavam, para então, quando fossem dormir, causar aflições e visões de perigos horríveis impedindo o respectivo dorminhoco de gritar por amparo. Por vezes esse ser maligno assumia corpo humano no transcorrer da madrugada, oferecendo de dentro do "Campinho da Padaria", aos transeuntes da rua Armando Barbedo, uma infinidade de frutos desconhecidos — coloridos e exuberantes na aparência (dizia que alguns daqueles produtos comestíveis serviam para auxiliar que a mulher se tornasse fogosa e os homens eretos e viris).

Certa moradora disse a "Agladson Neto" que ao comer a tal fruta vermelha — semelhante a um tomate gigante — notou que o sumo escorreu voluptuosamente dos lábios e desceu pelos seios, barriga e ventre, até que chegou nas "vergonhas". Recontou que alguns dias depois algo sensual invadiu-lhe o corpo durante a madrugada ao ponto de ser socorrida por um banho geladíssimo para acalmar aquele frenesi deleitoso. Perguntei perplexo ao "Agladson Neto" o que sucedera com a moradora após aquele arrebatamento hormonal. E sem mais delongas ele foi bem direto: "Amigo, não tenho estômago para tentar responder a essa pergunta".

"Agladson Neto" além de contador de histórias (?!) definia-se como "a fera que vivia de vento", e quando "nanava", ao conquistar sono profundo, era capaz de revoar sobre diversas ruas do bairro (mas a preferência era deslocar-se no ar com asas sobre o "Campinho da Padaria"). Ao questionar sobre esse comportamento que não ocupava nenhum espaço na mente de ninguém, retrucava: "Sim, sou um cristão — que nunca foi à missa —, instruído, desbocado e soberano".

Várias pessoas sabiam da existência dessa figuraça — raríssimas pelo seu verdadeiro nome... O motivo? Muitas vezes as pessoas estavam distraídas com sua própria vida antes e depois dos relatos do que ocorria no "Campinho da Padaria"; quem sabe empenhando-se em restabelecer-se do impacto que "Agladson Neto" ocasionava sobre muita gente (preferiam uma certa "miopia" — por assim dizer — a determinadas realidades ofertadas por ele).

Na privacidade nosso personagem gozou de uma vida controversa e complexa, apesar de a sua importância social permanecer ainda no nosso tempo razoavelmente desconhecida (sem sombra de dúvidas um vasto território ainda a ser explorado que certamente vou relatar em futuras crônicas).

NOSSOS PATRIMÔNIOS FORAM ESQUECIDOS?

"Rui Jacaré", "Cheróca", "Pintinho Pica Fumo", "Pereira" e o "Véio Ortêncio" — entre outros — foram moradores bem conhecidos pelos transeuntes do bairro. Mas será que contavam com algo em comum? Acredito que a resposta seja afirmativa... Sim, cada um confiava encarnar o direito de dizer e fazer o que pretendia, transmitindo assim alegria ou insultos a quem desejasse, sem qualquer palavrório floreado.

Bem, o tal de "Véio Ortêncio" não passava de um brutal fogo de palha acostumado a não permitir desobediência quando reclamava algo, sempre sedento por discussões tempestuosas atiçando o fogo do incêndio imaginário cuja explosão não demorava. Parecia não ser adequadamente constituído para o trabalho leve, carregando nos ombros rotineiramente "picareta", "pá" e outros utensílios para a "lida" pesada. Mas a exuberante especialidade era expor o grande talento de contar histórias sobrenaturais — dizia ter o poder de criar tempestades e fazer desaparecer o pênis dos inimigos com um discurso livre do enclausuramento e da censura do conhecimento.

Cheio de energia e mau humor, considerava ter o dever de combater a sem-vergonhice e as atitudes corriqueiras dos sem moral, praticando assim uma espécie de atitude obstinada sem tempo a perder. Quando a dúvida aparecia, ainda que sutilmente, apressadamente consultava sua razão e seus impulsos, considerados espécie de "gurus".

E "Pereira", hein? Ainda que de maneira contida, o verdadeiro tipo que fumava, mas não tragava. Contam que foi aproveitado pelo menos numa cena — apareceu de costas — para compor um grupo no filme *Teixeirinha a 7 Provas*, gravado no Cemitério Municipal da Tristeza, o da rua Liberal no Morro do Osso. Na época corriam rumores de "por que" escolheram Pereira para participar da cena. A resposta provável foi quase unânime: porque sim! Mas não importa, pois quem sabe até possa ter sido por aquele tipo de esperteza inocente que fazia parte da sua aperfeiçoada maneira de "existir". O que acham? (mesmo que alguns ou muitos não aceitem meu ponto de vista, não significa que não seja provável). Sempre acreditei que Pereira perambulava pelo bairro com a alma solta, que nem "bicicleta sem correia".

Lembram do "Cheróca"? Na maioria das vezes, aparentava existir com o coração cheio de medo ou mesmo como alguém temente a Deus, época em que o romantismo exaltava os sentidos em detrimento da austera razão. Um dos hábitos que conservava no DNA era alojar-se nas redondezas do Armazém do Nézio e da Catarina, por mais tempo até que os próprios donos, muito provavelmente guiado pelo sopro do irracionalismo.

Contou para uma das raras pessoas — o... sim, ele mesmo —, balbuciando algum som audível, que uma barata marrom e peluda por vezes queria "sequestrá-lo", principalmente quando passava pela figueira em frente à Igreja Sagrado Coração de Jesus, na rua Padre Reus. "Por vezes, fui salvo pelo Padre José" — confessou.

Assim, por essa que era uma das suas fobias, existia se escondendo por lugares então remotos, como a Pedreira dos Pelin e, mais remoto ainda, a Toca do Sapateiro, que para a maioria dos moradores da região era uma espécie de local misterioso no Morro do Osso. Na rua onde eu morava — Liberal/rua do Cemitério —, "Cheróca" adorava permanecer escondido com um esquema astutamente oculto atrás de uma frondosa árvore de "Aroeira", frente à residência do seu "Telo" Clotário Pelin, com direito a trilha sonora de sabiás e joões-de-barro — na época abundantes no local.

Falar do "Pintinho Pica Fumo" é imaginar alguém que atuava como houvesse uma coisa amarga na língua fazendo com que toda a língua ficasse amarga — a mim particularmente sempre sua vida permaneceu um enigma, deixando quem sabe os mais próximos a ele lutando para tentar entendê--lo, sem conhecer a sua verdadeira história ou as forças que sustentavam seus esforços de viver — simplesmente era aquele que morava embaixo da escadaria da delegacia da Tristeza.

Contam que "Pintinho" reverenciava certo policial da 6ª DP como fosse santo padroeiro — procediam diversas vezes daquele beatificado suas necessidades primárias da sua sobrevivência superficial. Era patrão de frases bem peculiares, como esta, quando soltava "pum": "Vai que os outros já foram". E abanava sua região glútea.

Em nenhuma circunstância — pelo menos por mim — foi visto em companhia de alguém. Essa capacidade de ocultar qualquer informação sobre sua vida íntima aumentou ainda mais o mistério sobre ele — a certeza disso tudo é que não foi personagem banal — e ao seu desaparecimento não foi oferecida a devida atenção e importância pelo bairro. Um pecado!

E ao falar do "Rui Jacaré" automaticamente conectamos aquela máquina de divertimento, constantemente eletrizada com a paixão pelo Esporte Clube Bandeirantes. À noite — seu turno preferido —, em qualquer época do ano, a vida parecia intensa — às vezes até intensa demais. Podia escolher entre a visita ao Bandeirantes; ou ao Tristezense, e da mesma maneira acontecia a vigia noturna pelo Posto Dioga. A Coca-Cola gelada, o entardecer no Bar Tolotti — ou no Ringue Doze —, uma vistoria no trailer do Gelson, sem falar dos jogos do Bandeirantes que aos domingos aconteciam no campo do Tristezense ou em outros lugares (apesar de sua ligação umbilical com o Bandeirantes, era muito bem recebido no Clube Tristezense).

Há registros da sua presença nos lugares públicos do bairro, em que, por serem frequentados pelos moradores, pairava sem exceção uma atmosfera de alegria e diversão. Sempre "Rui" estabeleceu imediata aceitação pública sem esforço algum e, dessa maneira, como chegava, desaparecia totalmente no nada. Sua marca registrada: "Apenas tinha olhos para os amigos!". E desde o nascimento até sua morte permaneceu em seu estágio infantil e santo de desenvolvimento.

À vista disso: e se fosse oportunizada a segunda chance de vida a cada um eles? Escolheriam continuar morando no bairro ou precisariam se resignar a existir em arrabaldes onde tudo seria um pouco diferente? Aceito como verdadeiro que cada um escolheria ter raízes onde fosse permitido caminhar livre quando assim a vontade desejasse, por vezes na chuva ou no vento, e até numa rua escura, olhando de quando em quando ao longe em meio a algumas casas um pequeno número de luzes, que ofertassem uma exaltante impressão de aventura, onde os mal-entendidos muito possivelmente seriam deixados na sombra da alma de qualquer pessoa intitulada pela sociedade como "normal". Por isso desejo pela vontade que continuem onde sempre estiveram; "no coração e na lembrança da maioria dos moradores do bairro". E que, assim como Deus, possam continuar existindo além das estrelas! Mas será que seus espíritos ainda vagueiam pelas velhas ruas silenciosas do bairro? Tomara que sim!

ESQUECI O MOCOTÓ

Fui ao supermercado comprar "mocotó", e na entrada encontrei dois amigos do bairro cujos nomes jurei não mencionar. Mas e a conversa que tivemos no hall de entrada? Sim, essa conquistei permissão.

Iniciamos nossa pré-assembleia, por assim dizer, com variada introdução de perguntas tais como: "E a família hein?"; "O que tem feito?"; "Tem visto fulano, beltrano, sicrano?". Vejam que "ser idoso tem suas vantagens" — e jogar conversa fora é uma delas. Mas e as "desvantagens"? Não são muitas, bem sabemos, mas elas existem. Posso citar a celebrada "vitalidade".

Reflita comigo: o que faz as coisas acontecerem? Sim, o danado do corpo, que por vezes nos transforma em marionetes sem cordéis (gradativamente vamos ficando sem a posse da visão periférica, do equilíbrio, do tônus muscular etc.). E como "somente se esbanja o que se tem em excesso", o substancial fica lá nos bastidores, pois nossa mobilidade fica comprometida.

Isso mesmo, toda a sua história passa a residir enclausurada exclusivamente no cárcere "cabeça, tronco e membros", e por mais que seja frustrante, esse treco passa a ser o definitivo cenário (e desse jeito a existência lhe concede um mimo; vestir aquela fantasia do "ser humano invisível", em que quase ninguém percebe que você está bem ali, mostrado a quem quiser ver!).

Então vale se utilizar dos anestésicos existenciais. Mas cuidado! Não insista, pois a vitalidade é irredutível — "ela" não se empresta nem um "tiquinho" a você, e como prêmio esporadicamente oferta de mão beijada certos desaforos — sim, a fulana é muito vingativa (veja a nossa "liberdade social de ir e vir", que a cada dia continua encolhendo feito couro ressequido).

E aquela bem-aventurada "gordurinha" corpórea? Não conhece!? Então discretamente vislumbre ao redor da cintura e do pescoço — ou pescoção! (viu que visual "chocho"?). Assim como a flacidez do "bumbum". É familiar? Não minta! (pode dar um "oi" a ela se desejar; não se acanhe).

Mas a idade — que para ninguém passa em brancas nuvens — não apresenta exclusivamente o lado perverso, em contrapartida oportuniza contemplar e desfrutar de muitas outras coisas... (essa é uma das dádivas do tempo). Deseja exemplos?! Você pode dormir "mais"; você assiste "mais" televisão; você fica "mais" sem fazer nada; você enche o pandulho "mais" seguidamente; você fica "mais" implicante; e "mais" outras coisas.

Sem contar que o idoso se infecta com a mania de distribuir "mais" conselhos do que antes, assumindo desse jeito a postura de chafariz — estacionado perante outros indivíduos a chuviscar pitacos a "Deus dará" (quer você queira se molhar, ou não!).

Após essa pré-assembleia, entramos na cafeteria — nosso destino originário —, sentamo-nos, fizemos os pedidos, e como previsto iniciaram as indagações. Aquelas que são de "praxe" nesses encontros: estamos tomando os remédios prescritos? E a regularidade das visitas ao médico? E a diabetes, a pressão alta, o coração e a próstata? E o sexo em casa? Bem, nesse quesito a mentira rolou solta — risos.

A descoberta maravilhosa que trouxemos foi um afrodisíaco muito eficaz aos idosos ainda jovens e ativos que desejam compartilhar seus desejos voluptuosos com a companheira (como pré-requisito devem os pombinhos dormir regularmente sem roupas da cintura para baixo. Uau, que delícia! E nada de "Viagra" ou "chá de losna", viu?).

Mas no transcurso do falatório, ao acaso, um dos amigos contou que esbarrara com aquela "fulana" — todos conheciam —, em frente ao "Tudo Fácil", e que espontaneamente a "madame" narrou o fim de semana; aquele de 1º de maio. Na gíria "fulana" refere-se a uma mulher da qual não se deseja dizer o nome.

Com os olhos inquietos, como a recordar algo inusitado, meio que excitada espiritualmente — é óbvio —, revelou ao amigo fulano:

— Aquele foi igual aos infindáveis outros fins de semana, fulano. Não tinha absolutamente nada que fazer em casa, então decidi ir com filho, nora e neto para o litoral norte do estado — uma praia bem conhecida dos gaúchos.

Falou que estava tudo ótimo, mas... que tanto na ida quanto na vinda para Porto Alegre a BR-290 (conhecida como Freeway) "estava uma lesma sonolenta" — ipsis verbis. Também ofertou outra alegação: "Enfrentamos um congestionamento estrambólico" — ipsis verbis! Aos jovens vale dizer que "ipsis verbis" é uma expressão latina utilizada para indicar que um texto foi transcrito ou dito fielmente ao original, ou seja, pelas mesmas palavras.

Em alto tom resmungou que tão cedo não iria "salgar" o seu "corpídio líndio". O tal "corpídio líndio" fulano constatou visualmente e jurou ser verdade absoluta. Fato em que acreditamos, pois operou das cataratas. Enfatizou por inúmeras vezes que realmente a amiga, beirando os 70 anos, estava muito conservada. Um "broto", como se diria tempos atrás. E o "broto setentona" continuou a prosa com o semblante "carcomido" pela desilusão, finalizando que da próxima vez a opção seria ficar em casa na quietude do "quintal".

Estávamos motivados com o terceiro "carioquinha" no aparelho digestivo, então continuamos "espraiando" outras questões... Pensamos no "atravanco" que a jovem senhora havia passado, e como bons "gentlemen" que somos ousamos pensar na oferta de um conselho à belíssima amiga — que está viúva há cinco anos e quatro meses (claro que cada um mentalmente enviou seus pêsames!).

Então, concluímos em parceria a devida incumbência:

— Sempre que possível vamos incentivar a esbelta amiga a formalizar coisas que goste, para regalar-se de momentos divertidos e prazerosos; de preferência com um de nós na parceria.

Distrações diversas em que poderíamos estar incluídos: que tal ir ao rodízio de pizza? Cinema? Jogar "canastra"? Passear na pracinha do bairro? Fazer jantarzinho privê? Inventar brincadeirinhas? Tomar banho de piscina? Hãm, hãm? Será que a proposta é correta na teoria, mas absurda na realidade? (bem, por precaução, o fulano ficou com o celular, Facebook, WhatsApp e o endereço da deslumbrante jovem idosa). De modo que fulano e beltrano — eu não, pois estou muito ocupado ultimamente — decidiram manter contato todas as sextas-feiras para tentar tirá-la da "mesmice" que parece ter estacionado em sua vida. O que acham?! Você decide! O triste é que no final acabei esquecendo de comprar o "mocotó".

O CINE "GIOCONDA" LEVOU ACREDITAR EM HOLLYWOOD!

O primeiro "Tarzan" a que assisti no cinema foi interpretado pelo nadador americano Johnny Weissmuller... Lembram do grito? "Uuuuaaaauuuuaaaauuuuo, uo, uo, o, o, o, o!" (nunca esqueci...). Tempos depois descobri que aquele grito não passava de uma engenhosa mistureba — mixagem —, dos sons de um barítono, uma soprano e de cães treinados. O ator Tarzan só ficava com a boca aberta... (cada uma!).

O filme mais conhecido sobre Cleópatra foi protagonizado pela atriz Elizabeth Taylor e Richard Burton no papel de Marco Antônio — linda aquela Cleópatra. Muitos adolescentes da época — eu também — tinham em Elizabeth Taylor sua inspiração para aqueles momentos solitários no banheiro ou mesmo debaixo das cobertas... (outros na última fila de cadeiras do Cinema Gioconda, mas sempre olhando por onde andava Betinho — o "lanterninha"). Atualmente o rosto da verdadeira Cleópatra, recriado a partir de computação gráfica, revela uma mulher de etnia mista, com traços egípcios e um narigão da sua herança grega... Igual ao do Juca Chaves. Uma mulher muito feia... (mesmo assim valeu o desperdício daqueles fluidos orgânicos. Não é, pessoal?!).

E nos "filmes de naves e o cosmos" com aquelas explosões gigantescas e barulhos ensurdecedores? Recordam? Pois bem, não há explosão nem som no espaço... (tudo uma mistura de sons e efeitos criados artificialmente). Já John Wayne marcou várias gerações naquele estilo machão — o tal de bom cowboy do Velho Oeste! Olhar maligno, atitudes ferozes, andar de leão... Nas matinés de domingo nunca perdi um filme dele. Dizia sobre si mesmo que nunca se considerou um bom ator, "sempre representei eu mesmo" — dizia. Segundo um biógrafo ele tinha um medo incontrolável de baratas...

Mas vamos ao que mais alarmou minha alma juvenil! (todas películas vistas no Cine Gioconda):

1º) No filme *Vampiro maligno* se podiam ver os dentes reais do ator que interpretava o drácula por trás dos protéticos, confirmando que podem haver certezas falsas.

2º) Ficou até hoje depositado na minha memória: em *Piratas diabólicos* — na cena no interior da caravela —, um dos piratas está de tênis e calça jeans.

3º) Em *Não te amo mais* tem uma cena em que a atriz está comendo um pastel no diálogo com o ator. Na continuação da cena, quando a câmera retorna para a atriz, de repente o pastel de anteriormente se transformou em cachorro-quente (só restou manter relações amistosas com o filme).

Uma das mais importantes figuras das produções são os continuístas, que incansavelmente trabalham para que todas as cenas se encaixem perfeitamente na linha narrativa do filme, sempre atentos ao registrar falas, roupas, penteados e objetos do set. Porém, a maioria dos filmes não é gravada na ordem exata em que as cenas serão exibidas nas telonas. Algumas sequências são filmadas parcialmente, sendo retomadas dias ou até meses depois. Todos esses fatores contribuem para que erros de continuidade aconteçam, e acabem passando despercebidos no corte final.

Em determinado filme "de drama" — que não lembro mais o nome —, o pai da atriz morre no meio da história de maneira natural — tem até a cena do funeral do progenitor; mas para espanto da platéia o filme acaba com o casamento da atriz, que é conduzida até o altar adivinha por quem? Sim, o pai ressuscitado!

Fiquei por um longo período drenando e exaurindo minha paciência pelo ocorrido, mas asseguro que não foi causador de qualquer pretexto para deixar de ir aos domingos no Cinema Gioconda.

TREM "MARIA-FUMAÇA"

Já ouviram falar da rua Picasso e a sua Ponte de Pedra? E da Estação do Riacho?

(só falta dizer que desconhecem o Trenzinho da Tristeza!).

Refrescando sua memória, digo que tudo isso faz ou fazia parte do mesmo cenário, este localizado na entrada da Vila Conceição, e que atualmente está escondido e abandonado às margens da avenida Wenceslau Escobar no início da descida da Pedra Redonda (retrata o cenário da morte de um certo passado recente).

A **rua Picasso — seu início** — está localizada em cima de um túnel no qual passava o tal de trenzinho — uma locomotiva a vapor — que transportava passageiros, levando gente da região central de Porto Alegre para fazer piqueniques e tomar banho nas águas do lago Guaíba, tornando-se um dos mais agradáveis passeios da capital pelo final dos anos 1800.

Dizem que exploradores atuais afirmam que os trilhos da ferrovia ainda existem. O trem foi decisivo para o sucesso da Zona Sul e, mais especificamente, da Praia da Pedra Redonda (isso porque, com os banhistas, veio a procura por restaurante, hotel, barzinho...).

Visitantes e moradores desciam na tal Estação do Riacho — junto à Ponte de Pedra —, e o trajeto da ferrovia foi cavado nas rochas da Vila Conceição. A historiadora Janete da Rocha Machado ouvia da avó, Georgina, as histórias do trenzinho.

"Ela adorava fazer o percurso do Cristal até a Pedra Redonda. Dizia que ia para apreciar o rio e paquerar os rapazes da Via Férrea. E para isso usava seu melhor vestido, aquele domingueiro, e nunca esquecia os sapatos de salto. Ali na Praia de Pedra Redonda, quando o trem chegava ao ponto final dos trilhos, o retorno se dava por meio de uma plataforma giratória. Era uma operação manual feita pela força dos homens da Via Férrea e de alguns passageiros mais prestativos, que virava a máquina no sentido bairro-centro, deixando pronta para a viagem de volta.

A vó Georgina, por exemplo, quando chegava no famoso restaurante dos Pabst, que ficava onde é hoje a Sociedade de Engenharia do Rio Grande do Sul — Sergs, tomava suco de "grapette" apreciando o Guaíba. O trem era composto por uma locomotiva maria-fumaça pequena, movida inicialmente a vapor produzido por lenha, depois por carvão mineral, que puxava dois ou três vagões. Além da estação na Praça Comendador Souza Gomes, conhecida como Pracinha da Tristeza, também havia a Estação do Riacho — junto à Ponte de Pedra — e a Estação Ildefonso Pinto, ao lado do Mercado Livre, no Centro de Porto Alegre. Em 1933, a locomotiva foi incorporada à Viação Férrea do Rio Grande do Sul e, em 1936, devido à concorrência dos ônibus, encerrou o transporte de passageiros".

Tempos depois o local foi o fim da linha do ônibus "Tristeza-Barca--Assunção", que seguia até o centro da cidade. Mas atualmente a comunidade parece que fechou firmemente os olhos e os ouvidos aos sintomas inquietantes da falta de preservação do patrimônio histórico do bairro, pois a visão do local é desanimadora: a passagem e o entorno estão tomados do lixo descartado incorretamente.

Muitas histórias marcaram minha lembrança de criança sobre acontecimentos desenrolados naquele local. Certa vez o vizinho — que trabalhava como jardineiro para famílias da Vila Conceição — contou ao meu pai que muitos amigos da parte de cima do bairro, quando tinham entre 16 e 30 anos, se reuniam todos os dias na Ponte de Pedra, bem na esquina da rua Picasso com a avenida Wenceslau Escobar, para cumprir importante agenda: conversar fiado, combinar festas e dizer coisas engraçadas para as moças que trabalhavam nas redondezas, que no fim da tarde passavam, acompanhadas ou não (as moças geralmente riam do que eles falavam, seus acompanhantes não).

Mas o local não era somente ponto de encontro, ali ocorreram aparições e fenômenos inexplicáveis, assim como desaparecimentos e até mortes (relatam os mais antigos). Esse vizinho afirmou que o evento a seguir aconteceu no mundo real — acreditem ou não, dizia —, mas tinha também uma dimensão que beirava a fantasia (então pedia que o ouvinte torcesse o que seria dito para lá e para cá, levando-o para mais perto da luz da imaginação, de modo a enxergá-lo mais claramente).

Contou que uma mulher certa noite resolveu se matar. Arranjou formicida e um copo. Foi para o meio da Ponte de Pedra e planejou que após beber o veneno se jogaria. Mas quando foi beber o copo voou de sua mão como se alguém tivesse dado um tapa. Perplexa viu que o tapa fora dado por uma velha nua que estava ao seu lado. Em detalhes depois contou que, quando foi levantar o copo para beber, é que levou o tapa e o copo voou da mão. Não sentiu anteriormente a presença da velha e só sentiu o tapa. O copo então saiu voando, e caiu lá embaixo nos trilhos...

Quando voltou a olhar ao redor, viu que a velha entoava hinos e rezas, e por fim aplicou "passes" na sua cabeça. Como não era de se esperar — naquele momento —, a velha então virou para as abundantes árvores que presentes assistiam ao fato, e esbravejou em alto e bom tom: "Está curada! De agora em diante, você gozará vida eterna; pode ir para casa". ...e atiçada pelos ventos que marcavam presença, a anciã sumiu no ar!

Tempos depois essa mesma mulher novamente tomou veneno e se jogou da Ponte de Pedra (sim, dessa vez a velha não estava lá).

DESACOMPANHADA NO "CLUBE DA TERCEIRA IDADE"

Acontecem certos episódios em que não pensamos em tempo algum tropeçar naquela explicação aceitável (peço então que você seja tomado do súbito sentimento de permanecer no silêncio, continuando a leitura).

Aconteceu num sábado à noite — um frio impiedoso — no salão de bailes do clube "Mil e Uma Noites" — aquele no bairro Assunção... (local de predileção de muita gente do bairro).

A celebrada concubina de codinome "penumbra", a "música ao vivo" existindo como singular moldura, e "gente solitária" rastreando afeto humano! (salão farto de gente e a grandiosa orquestra entoando cânticos saudosistas).

Sem sombra de dúvidas, a música concedia livremente aquele requintado convite para dançar... (muitos aceitavam como se desejassem ser espoletas diligentes daquela situação). Lá frequentavam casais amigos, excêntricos, homens e mulheres solitários e até pessoas com vontade de conhecer-se por meio de outros. Como arquivo das diversas facetas humanas, ao dançar, todos executam uma espécie de "balé", que é o decisivo acessório da ópera de codinome "vida noturna".

Na maioria dos bailarinos, avistava-se um "castigo" tenso e muito difícil de aceitar mas que estava impregnado no físico... (muitos açoitados pela falta de recursos — mas com sorriso —, que sem dúvida existia como paliativo da semana sofrida).

E a procura?!

Bem, mesmo que se dirigissem a abismos que nunca avistaram antes, assim mesmo prosseguiam a procurar (curioso é que todos buscam na prática a mesma coisa!). O "requintado" busca, o "viajante" busca, e o "serviçal" busca (todos somos iguais!). Somos conduzidos por aí, por forças que não podemos e nem desejamos identificar, mas que uma vez ou outra tornam-se criações ilusórias utilizando o engano proposital ou o sonho do ideal (uma jornada assustadora e muito dolorosa na maioria dos episódios).

Mas o fato que chamou minha atenção, naquela noite, foi o da solitária "senhorinha". Sentada à mesa, acompanhada do seu passado velado, ela observava! Observava a si, e aos outros, num processo parecido com o perpétuo (mergulhando em algo que não tinha fim).

E os demais "participantes" também se encontravam observando... só que estes observavam o que aparentemente não tinha crédito (não tinham coragem de observar a si mesmos).

Fiquei desalinhado com o acontecido!

E calado indaguei:

— O que há de errado na confusão?

— Quem disse que devemos ser claros e entender tudo?

— Estaríamos desse modo acolhendo a atitude de tolo?

Assim, deixei de observar meus pensamentos, e comecei a observar meus sentimentos. E foi exatamente naquele momento que uma linda "canção" foi entoada pelo salão, infiltrando-se pela noite fria.

Com destreza oponente, a "senhorinha" levantou-se da mesa, mordeu a última fração da guloseima que comia, e fez seu dever (como a possuir aquela inesgotável vitalidade dos sonhos)!

Ela entregou...

Sim, ela simplesmente entregou os resultados das suas ações à vida, e iniciou a circular desacompanhada pelo salão... Dançando, dançando, e dançando... ("ela", e o acompanhante imaginário numa espécie de processo grandioso e silencioso).

Soube então que a ousadia do "agir diferente" cria movimento e oportunidades... oportunidades para aprender, crescer, prosperar e ver novos rumos (querem atitude mais sábia do que essa?).

TORNEIO DE FUTSAL NO DIA DO TRABALHADOR

No dia 1º de maio de 1500, Pedro Álvares Cabral toma posse da "Ilha de Vera Cruz" — atual Brasil — em nome do rei de Portugal. Em 1974 ou 1975 (?!) — igualmente nesse dia — o Esporte Clube Bandeirantes começa a realizar, na sua quadra de esportes, lá na rua Landel de Moura, 821, torneio de futsal que muita gente acompanhou desde a adolescência (numerosas pessoas ainda não participando como jogador, mas como entusiasta pelo futebol). Alguns relatam que o torneio foi criado pelo "Seu Reni" numa homenagem ao Dia dos Trabalhadores.

As pessoas vinham, com o sol ainda minguado, ao clube — não às dezenas, mas as centenas — e por lá estacionavam permanecendo alguns até a partida final, testemunhando o desfile de times e jogadores — alguns eram amigos, outros conhecidos e até mesmo os totalmente estranhos. O torneio geralmente começava muito cedo — 8h da manhã —, com jogos eliminatórios, e quase sempre terminava muito tarde — por vezes próximo à meia-noite do mesmo dia; ou até as primeiras horas do dia seguinte, com a celebração do campeão.

A copa do clube, com o Maître "Seu Reni", transformava-se num fast food — "comida rápida" em inglês —, onde eram comercializados dessa maneira sanduíches, croquetes, bolo de batata, ovo em conserva, salgadinhos, pastéis, cervejas, refrigerantes, entre outros (um verdadeiro McDonald's, Burger King, Subway, Bob's, Habib's de antigamente, funcionando a todo vapor em pleno domingo). Sem esquecer ainda do galeto e do churrasco — ao meio da manhã e ao início da tarde — exclusivo para o pessoal do "jogo de bocha", que saboreava o quitute durante suas pelejas.

E, quando o apito dava como iniciado o torneio, assim como a sua primeira partida, algumas coisas logo eram previsíveis: haveria fortes ataques de taquicardia no interior do ginásio, e a diversificação das emoções seria recheada com as mais diversas atitudes; o atacante que por vezes se destemperava com o marcador xavecando às "vias de fato", germinando dessa forma atitudes inadequadas para lograr sucesso; participante que pisava no outro, como se o adversário fosse tapete; torcedores que geravam provocação no adversário — no bom e por vezes no mau sentido; disputas literalmente sangrentas, mas com o ideal nobre, por assim dizer, de ganhar a partida.

Recordo até da equipe participante que chegou de caminhão, escrito na porta "serralheria TAL", repleto de gente com bandeiras e soltando foguetes a torto e a direito. Contam que até um religioso foi trazido com a hóstia sobre a bandeja e vinho no cálice, quase bocejando e bafejando sobre os atletas como se os quisesse benzer, balbuciando por modo de encantamento muito manso, e em grande segredo, para desse modo, a seu ver, tornar a equipe vencedora do torneio (foram desclassificados na primeira partida).

E o "Rui Jacaré", hein? — um show à parte! Contudo na hora de a partida ser decidida por pênaltis a coisa ficava abusiva. Normalmente o batedor dava as mãos ao medo e seguia adiante — muitas vezes com aquele embrulho no estômago. Mencionou-se que até "pó misterioso" foi jogado sobre certo goleiro para torná-lo inexpugnável (não defendeu nenhum dos chutes adversários e seu time foi desclassificado — risos). E aquele caso do batedor oficial do time que foi agraciado com monstruosa cólica intestinal na "hora H"? (foi substituído e contam que até na súmula da partida o inconveniente foi registrado). O resultado negativo é que após o torneio muitas amizades ficaram rachadas, pois, de vez em quando, qualquer um podia perder as estribeiras.

Lembro da participação de determinadas equipes: "Bandeirantes", "Tristezense", "SABI" (Sociedade Amigos Balneário Ipanema), "Pindorama", "Colorado" (do falecido Ariston, que foi presidente do Bandeirantes), "Primeirinho", "Coqueiro" (do Gelson), "Manchester" (do Joelci e Jorge Romeu) — alguns desses times tinham horários durante a semana no Bandeirantes —, entre outros.

O "Edison Tiririca" conta que jogou por muitos anos pelo Colorado, formado por: Carletti e Totó (goleiros), na linha jogavam Airton Teixeira, Betinho Tarugo, Juarez Parraga, Valnei (primo do Edison Tiririca), Luis Carlos Mica, Jorge Bocão, Calão, Fernando Queijinho e outros. Também jogou no Manchester e UNGRA (?!). Também salienta o time "Coqueiro", do Gelson, cujo plantel contava com: Márcio Babão (irmão do Adão Pé de Porco) e Joãozinho (primo do Iran) (goleiros), Milton Nardi, Gelson, Beto Ignorante, Paulinho Sarará, Iran e outros que Gelson convidava especialmente para jogar no torneio (segundo Edison, o time do Coqueiro era formado somente por boleiros). Cabe salientar que a maioria dos torneios realizados foram vencidos por esse escrete quase imbatível.

O torneio era muito extenso, mesmo com o tempo de 10 minutos para cada lado ou 15 minutos corridos, dependendo da quantidade de times inscritos — em média de 25 a 30 times iniciavam até chegarem aos dois finalistas (na média o time campeão jogava de seis a sete partidas).

Já o "Paulinho Sarará" nos contempla com algumas lembranças de antes e durante aquela época: "Beto, Iran, Márcio, Flávio, Edson Tiririca, Buxexa, Antonio César, Chú, Nico, Brito, Caio — eram meus ídolos que jogavam no futcampo e futsal do Bandeirantes quando era criança e já acompanhava o futebol amador". No Tristezense diz lembrar dos irmãos Parraga — o mais velho jogador da Ponte Preta de SP arrumava sempre um jeito de no 1º de Maio participar. Sua característica era o chute perfeito e forte, no tempo em que a bola de futsal era pesada, ocasionando desespero aos goleiros adversários.

O "Betinho da SABI" diz que seu time participou nas décadas de 70/80 de torneios disputados acirradamente com o Bandeirantes e o Tristezense. Conta que o time da SABI já tinha sucesso no futsal de Porto Alegre, e seu ápice ocorreu no dia 11 de maio de 1979 quando na partida contra o Sport Club Internacional venceu por 1 a 0 com gol marcado pelo Carlos Alberto da Rosa Abel — vulgo "Betinho da SABI" (a disputa contou com narração da Rádio Gaúcha).

Betinho gosta de lembrar a partida que a SABI ganhou do Bandeirantes nos pênaltis (o Edison Tiririca foi o batedor pelo Bandeirantes e ele pela SABI). Não lembra se foi justamente no torneio do 1º de Maio, e passa o pepino para o Edison, que talvez possa recordar com mais precisão em que momento o fato ocorreu. Revela que o Edison bateu três pênaltis e ele também — ambos converteram todos (na época um mesmo jogador batia todos os pênaltis). Foram para o desempate! O Edison errou um ou dois, e o Betinho fez todos (a SABI ganhou e o acontecimento ficou em sua memória e na de muitos outros atletas).

A SABI tinha jogadores como: Nelson, Osvaldo, Tatão, Dante, Mário, Beto Viana, João, Fred, Nilo, Claudinho, Beto Loth. Ainda faziam parte do plantel e da comissão técnica: André, Beto Porporatti, Celso, Cláudio Loxa, Joni, Jorge Sapateiro, Márcio, Mico, Neyzinho, Pauletti, Pedro, Peru, Rodolfo, Schmitt, Tóto e Zé. Treinadores: Airton Fraga, Ingo e Paulo Kun. Diretoria: Boinha. E o presidente da época: Paulo Viana. Os atletas da Sabi eram oriundos do futebol de salão da década de 1970.

Mas identicamente se desenrolaram situações dignas daquele estonteante coquetel com misto de atitudes lamentáveis. Para resumir diria que a história a seguir foi a "perfeita charlatanice". Durante uma semifinal, no momento em que uma das equipes se dirigia ao vestiário, um garotinho qualquer interrompeu a pernada dos atletas revelando que o carro de um dos caminhantes havia sido aberto. Tomados de espanto, foram todos ao local e certificaram que era verdade — o carro estava violado, porta-luvas revirado e o desaparecimento dos documentos. O garoto identificou no mesmo instante o menino que furtou. O dono do carro e um dos participantes da equipe deslocaram-se até a casa do tio do garoto trapaceiro. Chegando souberam que de fato os documentos estavam de posse do familiar, que confessou o mandante — disse o nome —, e até salientou o oferecido em troca.

Bem, o motivo desse absurdo atitudinal? O dono do carro, peça chave na equipe, despertou no mandante e organizador da equipe adversária a vontade de impossibilitar que este participasse da partida. As duas equipes eram rivais irredutíveis do bairro. Assim, o universo conspirou, e o furtado voltou, podendo participar do segundo tempo da partida, quando estava 1 a 1 — uma partida viril e bem disputada, pois ambas eram constituídas de habilidosos jogadores. A justiça divina da mesma forma entrou na quadra, e o atleta furtado fez o segundo gol da equipe, eliminando o adversário por 2 a 1. Posteriormente foram à final do torneio sagrando-se campeões (nem preciso usar meu lado profeta para dizer o quanto isso sujou a opinião dos demais amigos sobre aquele mandante. A lei foi cumprida: aqui se faz, aqui se paga!).

Veja que nomes apareceram no horizonte de fundo da nossa narração, alguns dos velhos deuses do futebol da Zona Sul. Alguns já falecidos, outros esquecidos, mas muitos ainda sobrevivem, embora sob forma de lembranças ou nas conversas em reuniões de amigos.

No torneio do 1º de Maio, não existia uma fronteira cristalina definindo o ganhar e o perder, pelo que o mágico e o demoníaco estavam até profundamente ligados a todas as partidas (em fração de segundos, você ganhava ou ia embora — exato, com o rabo entre as pernas, ou melhor, com o tênis debaixo dos braços).

Era uma época na vida de cada um sem que o peso da idade significasse risco ou motivo para desistência. Havia uma força bruta dentro de nós que precisava ser eliminada — e nós aproveitávamos o evento e botávamos pra fora.

RODOPIANDO PELA PRACINHA

...lembra o nosso amigo que gostava de dizer: "Quem não ouve o seu pai, um dia balança e cai".

Tinha um gestual grosseiro que insinuava desleixo e maneira atabalhoada de se movimentar, desajeitado no vestir, simples no pensar e inocente ao falar (tão atrapalhado que tropeçava nas próprias pernas).

Para os mais íntimos, o codinome "lagartixa", lembram?

Reclamava muito de não ter uma namorada. Disse certa ocasião que sua solidão começava a se tornar agressiva e devastadora e em determinado domingo debaixo da figueira na Pedra Redonda desabafou: "A solidão é uma erva daninha que precisa ser arrancada enquanto ainda se apresenta como um broto".

Então o destino conspirou a seu favor...

...numa reunião dançante do Clube Tristezense, seu primeiro namoro materializou-se com a filha de um comerciante do bairro. Foi amor à primeira vista para ambos.

Mas seus encontros ficaram restritos a caminhar pelo entorno da Praça da Tristeza, pois o pai da moça não dava autorização para parar (tal medida garantia que comportamentos sinistros não sobrevivessem — por exemplo, dar as mãos, ou que algum deles se deixasse dominar pelos desejos).

A princípio cabe salientar que inúmeros jovens de boa família seguiam essa via traçada — andar pela praça — pelas gerações que os precederam. Não havia alternativa. Diziam os mais experientes que podiam avaliar a intensidade do relacionamento do casal pela duração da caminhada. Os casais de namoros mais ardentes chegavam a dar 25 a 30 voltas; aqueles "borocoxôs", no máximo três.

Isso era o suficiente para alimentar a indignação do nosso amigo. Mas, afinal, se comportava tal como animal caseiro que tão bem domesticado não ousava sequer saltar uma cerca (mas valeu um pouco a pena, confessou mais tarde).

E assim depois de muito tempo dando voltas e voltas na Praça da Tristeza com sua pretendente finalmente conseguiu permissão para frequentar a casa da moça, mas...

...a vizinhança percebia que os dois não saíam nunca para passear.

E não era porque a moça não tinha beleza. Ela, morena de olhos azuis-claros, 17 anos, pernas fortes, busto substancial e cintura fina. Mas havia um problema. E que problema!

...ofertava o hábito de "eructar" ininterruptamente.

"Eructar" é expelir pela boca e com ruído gases contidos no estômago; arrotar.

Triste.

FESTA DE SÃO JOÃO

Tradicionalmente — e isso nunca esqueci —, as festas juninas começavam no dia 12 de junho, véspera do dia de Santo Antônio, e encerravam no dia 29 do mesmo mês, dia de São Pedro. Já nos dias 23 e 24 era o dia de São João — ainda é (acontecimentos que, a cada ano, sacudiam o desânimo de muita gente).

Certa feita organizaram entre os moradores da rua Liberal a tal festa de São João. Não precisa dizer que minha alegria e expectativa cintilaram feito joia.

Minha mãe referia a "Festa Junina" como "Festa Joanina". Achava um erro gramatical terrível e sentia constrangimento daquele equívoco aparente ao ponto de nunca corrigir; então vim a descobrir na idade adulta que em Portugal — local de origem dessa celebração —, a Festa Junina tinha o nome de Festa Joanina, possivelmente pelo fato de acontecer em junho ou talvez por causa de São João, que é o principal santo da comemoração; motivo pelo qual as Festas Juninas também são chamadas de Festa de São João (Mãe, onde quer que esteja, "desculpa" a falta de informação).

Lembro dessas festividades já no tempo de Escola ostentando símbolos peculiares que incluíam: as comidas, os balões, a fogueira, as brincadeiras e as roupas (a comunidade Escolar ficava zonza de contentamento).

Também como pré-requisito não podiam faltar pipoca, paçoca, pé de moleque, cachorro-quente, bolo de milho, arroz-doce, pinhão e uma infinidade de outras gulodices; sem esquecer a presença da bebida mais tradicional: o quentão — só para os adultos, viu?

(essa regra nem sempre foi integralmente obedecida).

Todos esses elementos ajudavam a compor o ambiente da festa, chamada simplesmente: "Festa de São João".

Quem não lembra dos tradicionais balões, hein?

Embora atualmente existam restrições por questões de segurança, tradicionalmente a soltura de balões indicava o início das comemorações (não esquecendo que a fogueira, bandeiras e fitas coloridas também faziam parte do cenário da festa).

Mas qual o sentido de acender uma fogueira? Minha mãe dizia que simboliza a proteção contra os maus espíritos. Já o padre disse numa aula de catecismo que Santa Isabel, a mãe de São João, havia combinado com a Virgem Maria, mãe de Jesus, que, assim que o filho nascesse, acenderia uma fogueira para avisá-la. Ao avistar o fogo, Maria poderia ir visitá-la.

A forma da fogueira é diferente para cada santo: a quadrada é de Santo Antônio; a redonda de São João; e a triangular de São Pedro (a nossa era redonda construída coletivamente com muitos galhos e vários "pneus de caminhão" cedidos por um vizinho).

Na festa da rua, não houve brincadeiras como a "cadeia", "pau de sebo", "pescaria", "correio", "saltar a fogueira", "argola", entre outros — isso só existia nos festejos da Escola, então ficávamos comendo, bebendo e jogando conversa fora em frente à minha casa até altas horas.

OBS.: na garagem ficava uma fartura de "comes e bebes".

Nenhum participante arriscava vestir roupas tradicionais de Festa Junina — aquelas tipicamente caipiras, bem coloridas e de estampa xadrez —, com maquiagem para imitar sardas nas mulheres, bigodes nos homens e o chapéu de palha na cabeça (demonstrando assim que ninguém queria cantar de galo naquele terreiro).

Numa noite específica, a música foi fornecida pela eletrola do meu irmão "Poxôxa" e os sucessos mais tocados em volta da tradicional fogueira foram aqueles de autoria de Lamartine Babo ("Chegou a Hora da Fogueira") e Adalberto Ribeiro ("Capelinha de Melão") — na versão 78 rpm.

Minha irmã Irene — na época ainda solteira — dedicou seu tempo anterior à festa elaborando a famigerada "Simpatia de São João para arrumar namorado". Relembro que a ação milagrosa funcionava assim: no dia de São João, 24 de junho, você deveria comparecer a uma Festa Junina dedicada ao santo. Levaria um pouquinho de sal embrulhado num guardanapo de papel. Sem que ninguém percebesse, se aproximava da mesa de comidinhas típicas e jogava uma pitada de sal por cima de algum quitute — o escolhido foi o cachorro-quente na ponta da mesa, elaborado pela Dona Rita. Enquanto a pedinte fazia isso, focava seus pensamentos na seguinte frase: "*A boca que este sal provar é daquele que vou me casar*" (depois, era só ficar vigilante para ver quem iria comer o quitute).

O primeiro que se aproximou da mesa foi o nosso vizinho "vô Olmiro" — risos —, um afamado "rapa-salgado" que devorou de uma só vez o "batizado cachorro-quente", deixando Irene arrasada e ansiosa à espera da festa do ano seguinte.

Irene ficou evitando de encontrar o "vô Olmiro" por quase seis meses.

Por vezes determinadas recordações abrem um enorme talho no coração da gente, parecendo que seja simplesmente a memória do absurdo sem uma reprise, um "bis", uma repetição...

...restando a mágica ideia de que esse festejo foi aquele acontecimento religioso tão singelo que não poderia ser escrito ou gravado numa pedra, mas sim na lembrança eterna de cada um.

Então que minhas memórias continuem a ser tão magníficas e autênticas como Festa de São João (julgo ter sido fiel à verdade do que ocorreu!).

COLHENDO "MARCELA"

No tempo de criança colher "marcela" era praticado na madrugada de quinta para a "Sexta-Feira Santa" quando subíamos o Morro do Osso antes que o sol secasse o orvalho, pois, segundo os antigos, ele representava as lágrimas de Nossa Senhora ("marcela" é um dos nomes populares da espécie *Achyrocline satureioides*, nativa do Brasil e muito popular na nossa região).

Aos mais jovens cabe elucidar que o ramalhete era armazenado para uso medicinal — manufatura de chás para alívio do estresse e da ansiedade, redução da queda dos fios de cabelo, cólicas intestinais, regulador da menstruação, combate a diarreia, disenteria e outras coisitas a mais (se acreditava, e ainda alguns acreditam, que possa remediar vários ou todos os males. "É só consentir" — diziam).

Mas não se subia o Morro do Osso exclusivamente naquela data, o local servia igualmente para a garotada dar um passeio diferente pela região, seja brincando, caçando passarinhos ou mesmo explorando os diversos locais lá existentes. O que chamava atenção eram os diversos cursos d'água, a flora e sua fauna — lagartos, gambás, espécies multicoloridas de pássaros, preás, cobras, aranhas, escorpiões etc. Uns denominavam a região de MORRO DO OSSO, outros de PÉ DE DEUS, e até de SÉTIMO CÉU (três nomes diferentes, dados pelos diversos visitantes, mas todos representando a mesma região).

O Morro do Osso não é exclusivo do nosso bairro, ele fica localizado entre os bairros Cavalhada, Tristeza, Camaquã e Ipanema. Sobre a origem do nome MORRO DO OSSO temos versões diferentes segundo moradores antigos. Derivaria do costume de jogar-se o "jogo do osso" no topo do morro, de onde seria mais fácil avistar a polícia, pois o jogo a dinheiro, apesar de ser uma prática cultural bem difundida, era proibido. Ainda existe a versão para o nome que diz ser motivado por existir no local um antigo "cemitério indígena". Outros continuam a chamar de "SÉTIMO CÉU", nome atribuído hoje a uma das extremidades do parque, mais próxima à margem do Guaíba. Também existem relatos de que o local era chamado MORRO DA CONCEIÇÃO.

A partir da iniciativa de ecologistas e ambientalistas, foi criado o Parque Municipal do Morro do Osso, em 1994, a fim de preservar a fauna e a flora lá ainda existente. Em abril de 2004 índios da raça KAINGANG foram morar na parte oeste do Morro do Osso. Sua presença incorreu em uma série de atritos envolvendo políticos, administradores, ecologistas e moradores dos bairros próximos que se dividiram entre apoiar ou refutar a permanência dos índios no local (dizem alguns que o processo ainda corre na justiça — não quis pesquisar).

Os Kaingang estão entre os mais numerosos povos indígenas do Brasil. Sua cultura desenvolveu-se à sombra dos pinheirais ocupando a região sudeste/sul do atual território brasileiro. Atualmente os Kaingang ocupam pouco mais de 30 áreas reduzidas, distribuídas sobre seu antigo território, nos estados de São Paulo, Paraná, Santa Catarina e Rio Grande do Sul. Os Kaingang correspondem a um dos cinco povos indígenas mais populosos no Brasil.

Comentam que os Kaingang lá estão, pois há um cemitério indígena, e ainda restos de casas subterrâneas que consideram de sua ancestralidade (muitos ecologistas e a direção do parque não são favoráveis à presença dos indígenas no local, pois alegam que são eles a principal ameaça à fauna e à flora lá existente). Em 2006 os índios encontraram evidências arqueológicas que confirmam a ancestralidade da presença indígena no local. Uma pedra usada como instrumento de percussão e uma de corte foram levadas por eles para a Universidade Federal do Rio Grande do Sul — UFRGS — e atualmente se encontra no acervo do Laboratório de Arqueologia e Etnologia daquela universidade.

No morro tem dois buracos — popularmente chamados de cavernas —, denominados TOCA DO SAPATEIRO... Algumas pessoas chegam a dizer que as cavernas são imensas por dentro, outras dizem que são diminutas, porém a evidência é que cabe uma pessoa em pé na entrada (o nome deriva de uma crença de que um sapateiro teria matado a sua esposa e se escondido da polícia nas cavernas).

Já a pedra conhecida como “Pé de Deus” — próximo ao topo do morro — é um bloco de pedras com extremidades arredondadas, amontoado sobre outras, formando uma pequena caverna em sua parte inferior. Na parte lateral da rocha, existe uma rachadura onde se pode chegar a um ponto no qual escalar a pedra é possível. Na parte superior da pedra, tem uma cavidade em formato de PEGADA.

Aqui temos outra lenda, que diz que qualquer pessoa que colocar o pé dentro dela — não importando o tamanho deste — terá o encaixe perfeito, daí viria seu nome. Também vive a versão dos índios relatando que a pegada na pedra tem propriedades de cura, agindo sobre aquele que coloca seu pé dentro dela. As propriedades curativas da pedra estão relacionadas à sua origem divina: esta seria a pegada de uma divindade ou homem santo que teria estado entre os antigos há muito tempo. A pedra é encarada como um marco, uma evidência da passagem daquele ser divino por aquela região.

O parque dispõe de atividades educacionais e programas de educação ambiental. Visitas orientadas podem ser agendadas por instituições de ensino e pesquisa. Lá, existem duas opções de trilhas, com cerca de 1,5 km cada, que terminam no ponto mais alto do morro.

Particularmente nunca entrei na "Toca do Sapateiro", pois tinha medo só de olhar, e quanto ao "Pé de Deus", sim, coloquei certa vez o pé e realmente coube integralmente (mas as propriedades curativas não funcionaram — risos).

Nesses embates sobre a presença dos indígenas na região, entendo o grande esforço de todos os envolvidos — quem sabe involuntário — de banalizar de forma individualista a verdadeira magnitude do local. A grande mobilização da comunidade deve ser feita para que as lendas, as histórias e a beleza do nosso "Morro do Osso" não sejam esquecidas de modo algum, pois isso é capaz de criar uma parede inexpugnável entre a natureza e o ser humano. Sinceramente não sou capaz de resolver essa divergência. E você?

CURIOSAS HISTÓRIAS

AVENUE OTTO NIEMEYER

Certa vez quando entro no "Supermercado Polese" ouço aquele jovem rapaz, de costas, declamando para a moça do caixa:

— Bonjour, madame!

— Hãm — disse ela.

— Pardon, vous ne parlez pas Français — repetiu com olhar maroto e voz melosa.

A moça em desespero saiu de onde estava e foi correndo em direção ao balcão do açougue suplicando socorro! O francês (!?) por um instante olha para o lado e descortina minha presença... identificando quem sou! (uau! Meu amigo César — deve ter pensado). Instantaneamente fica perplexo, mas logo recobra a "compostura" incorporando o personagem outra vez, e em alto e bom tom confessa:

— Bonjour, ami Cesár — e sai apressadamente em direção ao Centro de Saúde do bairro (não sem antes piscar o olho e sorrir — talvez pedindo meu acolhimento àquela fraude).

Apavorada a menina retorna — acho que com o responsável — e os dois ficam olhando na porta do estabelecimento duvidosos do paradeiro daquele suposto forasteiro (?!). O homem pergunta se vi o acontecido, mas fiz de "salame" e lasquei uma mentira de Deus:

— Não. O quê? — Acabei comprando pão e desapareci rapidinho.

Nosso "conhecido" tinha um atributo único: só falava em francês (?!) com pessoas totalmente desconhecidas — quem sabe com receio de que o tiro saísse a qualquer momento pela culatra.

Revelou-me mais tarde que deixou crescer o bigode para chamar atenção das garotas sobre os aspectos ligados à saúde masculina e ao visual (na época se você quisesse chamar atenção, deveria aderir ao bigode). De marca registrada dos franceses, ornamento maior da masculinidade, ele sabia que era o adereço preferido do homem francês, a tal de *moustache — pelos por cima do lábio superior contorcidos para cima nas pontas.*

Certa vez pediu a outro amigo, que trabalhava como garçom em hotel luxuosíssimo de Porto Alegre, para conseguir o rótulo de um espumante — na época champagne —, mas que o preço do "dito-cujo" fosse absurdo (levou algum tempo, mas o amigo realizou seu pedido). O que ele fez? Comprou uma garrafa de sidra, retirou o rótulo e colocou o da "champanhe francesa".

Assim, quando aparecia no "Mil e Uma Noites" — bairro Assunção —, acomodava a garrafa em saco plástico e ordinariamente passava escondida a muamba para o conhecido garçom com o qual combinara a tramoia. Depois sentava e fazia o pedido ao comparsa garçom. E lá vinha a falsária — desculpem, a champanhe — com o rótulo virado para o salão diante dos olhos daqueles que desejassem enxergar (contou que funcionava tal qual raposas que veem a galinha).

Relatam que numa ocasião furou um coquetel no "Clube dos Jangadeiros", repleto de gente grã-fina. Para entrar passou por "ajudante de fotógrafo" carregando a mala do retratista amigo — alguns dizem que foi o Jorge Careca —, para conseguir penetrar no evento. Em outras ocasiões — para furar alguma reunião "chique" — ele próprio empunhava uma câmera Speed Graphic, com aquele flash cinematográfico que nem sempre continha filme — mas lhe garantia o ingresso na festa (nunca atinaram onde adquiriu aquele modelo de câmera).

Um dos dotes — com certeza a maior especialidade — era bebericar os drinks na mesa de outros, ou na própria mão da pessoa que estava bebendo. Aproximava como não quisesse nada iniciando alguma "conversa pra boi dormir", e quando a vítima menos esperava subtraía o copo da mão do convidado ofertando aquele gole considerável para fuzilar a sede. Via de regra, bebia vários copos, após se despedia dos casuais amigos, virando as costas e caminhando garbosamente em frente (detalhe: toda vítima permanecia perplexa e sem reação ao acontecimento).

Certa vez, circulando pelo recinto de repente vislumbrou uma moça sentada... Com um otimismo cauteloso aproximou da mesa e disparou sorridente:

— Bonne nuit, dame!

A moça, como se houvesse visto uma celebridade, com largo e cativante sorriso levantou-se e foi na direção de "Pierre" — como nosso amigo se intitulava — já mandando brasa:

— *Salut mon, ami. Dieu merci, je trouve quelqu'un qui parle Français. Asseyez-vous, s'il vous plaît!*

Era a filha do cônsul da França, ansiosa por encontrar alguém para conversar. Para "Pierre", era como se o próprio império de conquistas amorosas afundasse em "fétido pântano". Mas não perdeu a pompa, não. Com o olhar perdido para o horizonte, simulou ter visto um conhecido, abanou para aquele vazio e saiu às pressas... não sem antes despedir-se da jovem dizendo:

— Au revoir! — E como chegou dizem que desapareceu.

Resumindo a biografia de "Pierre" — alguns dizem que o nome verdadeiro é Jovino Medeiros —, o que tenho para dizer é: nasceu e sempre morou na avenida Otto Niemeyer. O mais longe que se espraiou do bairro foi quando visitou o "Parque Estadual de Exposições Assis Brasil — Expointer", em Esteio, com o amigo Joelcy — vulgo Cambota — que desejava comprar uma "ovelhinha". "Uma companheira para assistir televisão" — dizia. E o mais próximo que esteve da França era quando guiava o corpo na direção da "Confeitaria Rony Francês" para se empanturrar de doces e salgados.

Câlins (significa "abraços" em francês).

ACABOU INDO PARA O "SÉTIMO CÉU"

Na verdade, tudo que foi contado oralmente pelos antigos moradores do bairro privadamente considero pura história, seja a narração de alguém, de um grupo, uma memória simplesmente, e até um acontecimento relativo a determinado lugar do bairro. Diante de qualquer relato — até os vivenciados —, sem exceção, cuido de embarcar no que possa ser "provável" pintando com colorido ímpar as asas da imaginação, e que desse modo possa lambuzar de sonhos cada vez mais os detalhes (mas confesso que tenho medo em especial da biografia, pois é a história de um indivíduo redigida por outro — e isso sobrevive se sujeitando não mais que a vontade e o ponto de vista de quem escreve — isso é perigoso; portanto não aprecio correr essa ameaça).

Meu olhar nesta crônica irá rumo ao personagem sobre o qual existem somente algumas informações, raras pessoas com ele conviveram o tempo todo, outras sequer ouviram falar dele. Mas dizem que foi aquele morador com admiração quase obstinada a respeito de onde vivia. De fato, adorava dizer que todas as coisas boas na sua vida tinham a ver com o bairro Tristeza e particularmente o fascínio geral pelo Sétimo Céu.

É dele a frase: "O morador do nosso arrabalde só pode ser compreendido pelo outro que reside aqui". Recordo-me dele, e a memória torna-se vaga sobre alguns detalhes que os mais íntimos contavam (o que sei é que sempre foi ator, e não coadjuvante das façanhas). Em algumas versões, ficou complexado e condenado ao puritanismo por ter visto o corpo nu do pai dormindo embriagado. Apesar das dificuldades financeiras, das brigas com o genitor, dos traumas do passado, ele se sentia protegido pelo amor e pelos cuidados de dois amigos ("eram como se fossem seu abrigo" — dizia). Mas vamos aos fatos!

Converteu ao místico, na adolescência, por motivos desconhecidos, fazendo-se obsessivo nessa área. Nessa época estabelecia relações consultando macumbeiros, benzedeiras, cartomantes e bruxos... (fui pesquisar, mas existem poucas — se é que há alguma — provas confiáveis que sustentem essas alegações). Foi quando obteve o hábito de ingerir tudo quanto fosse tipo de poções e medicamentos para desfrutar de constante "elevação peniana". Isso mesmo, ainda jovem não conseguia ter uma ereção satisfatória durante relação sexual... (também fez uso de várias simpatias para resolver esse probleminha). O próprio afirmava aos dois confidentes que os benefícios após os processos do além incluíam "ereções mais firmes, ejaculação na hora que quisesse e desfrutar relações sexuais seguidamente — sem descanso" (resultou numa verdadeira máquina humanoide de fazer safadezas). Mas tudo que sabemos dessas simpatias são informações privativas altamente confiáveis — que presentearam permissão para revelar somente dois desses "manás milagrosos":

1º) Apanhar sete ovos de galinha — se forem caipiras, melhor ainda —, bater a gema somente de um ovo com canela e tomar — tudinho, viu! O felizardo deve repetir o procedimento todas as manhãs, até chegar no sétimo ovo, pensando sempre na finalidade desta simpatia, e naquilo que quer alcançar (simples assim!).

2º) Um deles contou de forma incompleta necessitar que: uma cueca usada — podia ser limpa —, uma pimenta tipo "dedo-de-moça" e meio limão galego (as demais perfumarias não foram reveladas, e se fossem, disse que preservaria no segrego absoluto devido a não cobiçar problemas com a Agência Nacional de Vigilância Sanitária — ANVISA). A "ANVISA" exerce o controle sanitário não só de medicamentos, mas também de alimentos e cosméticos.

Talvez falte a esses ensinamentos uma base de realidade, mas com certeza têm a convidativa pureza de desadormecer sua curiosidade.

Uma vizinha, amiga da sua avó, afirmava ter visto através da janela do quarto, o tal "sicrano" deitado na cama com "sete linguiças" penduradas com barbantes no teto, e mais "seis" abaixo do leito esparramadas em forma de cruz no chão. Quando questionado disse que tal ofertório incluía energias positivas e benéficas — além da gordura que escorria —, pois os embutidos achavam-se sujeitos à atração gravitacional, e esse fenômeno removia do corpo "toda e qualquer mandinga nociva" desejada por outros opositores (se funcionava? Bem, não foram concedidas demais informações).

Portava saquinhos de terra misturada com "estrume" oriundos do interior da Floricultura Winge, em cada canto do quarto — no total eram quatro (para ele, graças a essa terra, também colocada embaixo do travesseiro, a vida amorosa transmutou ao paraíso). "Estrume", ao pessoal de apartamento, é a mistura composta do dejeto de animais — geralmente gado equino e bovino — e da palha fermentada que serviu de cama nos estábulos; adubo.

Mas como nem só de prosperidade vive o homem, pois por vezes o fracasso bate à porta, um fato que arruinou sua alegria ocorreu justamente no dia do seu casamento: sua noiva ficou embriagada no meio da festa e começou a passar mal. As mãos no estômago, na garganta... Pálida, suando... De repente também "ele" pálido, suando, estende os braços como se quisesse agarrar as partes íntimas da futura esposa. Os olhos saltando das órbitas. Então um uivo animalizado preso na garganta foi espraiado pelo salão paroquial... Foi terrível — uma daquelas cenas grotescamente cômicas. E dessa maneira abraçados o casal estatelou-se sobre a mesa do bolo e das demais iguarias. Dizem que a origem foi a "cachaça" ingerida aos borbotões pelos pombinhos nubentes (sim, foi! — a maioria dos convidados não nutriram dúvidas).

Mais do que sepultar esse fato, queremos fomentá-lo: precisaram trocar as roupas dos noivos — o vestido, o véu e a grinalda, assim como a fatiota —, pois estavam cheias de imundícies alimentícias espalhadas, incluindo material amarelo expelido do estômago de ambos pela cavidade bucal (seguiu-se o banho quente, e após foi introduzido simultaneamente goela abaixo o café bem forte com muito açúcar na buchada dos "pinguços"). Resumo da ópera: a "lua de mel" foi desfrutada na enfermaria do Hospital Municipal de Pronto Socorro (será que o nosso amigo Dr. Coral já trabalhava lá?).

Porém, malfadadamente, as marcas daquele trágico evento ficariam naquele lugar de onde dificilmente sairiam: na memória de todos os convidados (meu irmão "Poxôxa" e um dos irmãos Frantzeski lá estavam). Não sabemos o final da história, mas há uma chance de o casal ter mudado residência zarpando anônimos para o "Sétimo Céu" — próximo à antiga casinha do Departamento Municipal de Águas e Esgotos onde "vô Olmiro" e o "Nelson Baton" moraram.

O "Sétimo Céu" fica no Morro do Osso, mas também significa estar num estado de felicidade plena, ou no paraíso. Segundo os muçulmanos, não existe apenas um céu, e sim sete, todos superpostos. O sétimo céu seria o céu de Alá, administrado pelo patriarca Abraão.

Algum dos leitores saberia identificar esse digníssimo casal? Não? Bem, guardarei a resposta comigo!

A "DITA-CUJA" E AQUELE "SUJEITO"

Confio que esta historieta seja outro precioso documento daquele tempo singular de que muitos de nós fomos protagonistas (verdadeiramente não se fazem mais acontecimentos como antigamente). Era um domingo daqueles de verão, sob calor torturante, e bem antes do fim da tarde decidi sair da Praia da Pedra Redonda e voltar para casa — não perguntem o motivo, pois não saberia dizer —, simplesmente desejei voltar, o que foi incomum. Ao chegar minha mãe recebeu-me manifestando certa ansiedade — meu pai estava cochilando.

— Aconteceu algo na casa da "Dita-Cuja" — garantiu. — Vá lá ver o que aconteceu, e volte rápido pra contá! (jamais soube como minha mãe tomou conhecimento do ocorrido).

Dona "Dita-Cuja" residia próximo à casa dos meus pais, privada de companheiro palpável, sobre o terreno com a humilde morada nos fundos. Pela proximidade percorri descalço o caminho, ainda de short, apertando os dentes toda vez que o "areão" da despida rua machucava a sola dos pés. Chegando ao destino, não sucedeu dificuldade para perceber, ao que tudo indicava, o ocorrido! (um corpo descalço, de calção e sem camisa, caído de lado no meio do quintal excessivamente ferido na altura da barriga).

Olhei ao redor e um abafado silêncio predominava — não havia ninguém a não ser a vasta sombra que com vento fresco e penetrante iniciara (a inexistência de pessoas julgo ser trazida pelo medo que tomara conta dos brandos e temerosos vizinhos). Caminhei na direção da porta dos fundos que acessava a cozinha, e entrei... Um minúsculo cômodo exibia dilatado cenário de privações a tolerar. Fiquei paralisado pela visão, quando a tal voz fraca e rouca sentada no canto da peça murmurou:

— Oi, Antonio César, pode levar as gurias pra tua mãe cuidá? (não sei se respondi).

No mesmo instante — impulsionado não saberia dizer pelo quê — segui na direção do interior da casa, chegando no que possivelmente seria o quarto (quatro camas e duas das filhas lá paradas; na realidade imóveis). Só soube dizer:

— Vão lá pra casa! (a outra irmã — a 3ª — não estava).

Imediatamente saíram correndo como quem acorda curado de longo, amargo e perverso desatino. Virei-me passando pela "Dita-Cuja", que continuava a olhar para o nada; ou quem sabe para o vazio da escuridão do ambiente que se estabelecia. As perspectivas pareciam sombrias para ela... foi uma daquelas ocasiões em que não existem soluções boas e óbvias — apenas soluções ruins e outras ainda piores. Desci o declive que vinha após a saída da casa, e passei pelo corpo ainda caído ao chão — agora reconhecendo que era do "Sujeito" —, imóvel com o facão pouco afastado do corpo.

Para um garoto adolescente, não havia muito que pudesse fazer no sentido de conduzir minhas ações, a não ser guardar na memória imagens dos detalhes ao redor exibidos. Repentinamente alguns vizinhos aproximaram-se, e o local ficou repleto de vibração nervosa e zangada. Então, um dos recém-chegados, em alto e bom tom, disse para a "Dita-Cuja" — que sorrateiramente se aproximava — se esconder no mato próximo. Foi acatado rapidamente. A seguir, com a sirene berrando, chega a famosa Rádio Patrulha (os policiais vagarosamente descem).

Foi quando, nesse certeiro momento, meu pai ao longe com um assobio, depois gesticulando nervosamente, ordena que eu volte para casa (no curto instante aliviado obedeci). Entretanto, no meio do inusitado colapso social, mal podia esperar para contar aos amigos aquela heroica aventura (um garotinho bobo que hoje tem que achar graça nos erros cometidos).

"Dita-Cuja" foi presa, julgada e cumpriu pena no Presídio Estadual Feminino Madre Pelletier. Das três filhas, duas foram para o mundo e a menor meus pais ficaram com a guarda. Tanto a "agressora" como a "vítima" foram dois diferentes atores engajados nesse drama (tive a oportunidade de conviver com ambos).

"Dita-Cuja" — como minha mãe definia — era uma mulher mal-humorada, mas fiel a quem lhe estendia a mão (tratava nossa família com respeito e o maior carinho). Lá no fundo, ela me inspirava muito medo, até que certo dia, em frente à nossa casa, lá estava conversando com minha mãe. Foi quando me aproximei das duas e para espanto recebo um abraço amoroso e fraterno da "Dita-Cuja" — fiquei apenas indeciso naquele momento (depois minha mãe disse do desejo rebelde de ela ter filho homem).

Não se preocupava com pormenores na sua conduta. "Posso errar à vontade", era seu lema (contam que enfrentou furacões trevosos diante dos quais não recuou). Embora sua causa de viver fosse obscura, soube mais tarde que seu coração era constantemente invadido pelas águas escuras do preconceito motivando que se debatesse no meio de inúmeros pesadelos confusos.

Já o "Sujeito" assegurava os meios para o sustento da família trabalhando de ajudante em caminhões, assim como outros afazeres relacionados a carregar e cortar pedras basálticas. No cotidiano — era a concepção de menino — ninguém apostaria que pudesse existir naquele corpo uma "cabeça quente", mas segundo alguns, quando embriagado, se transformava numa brava fera. De estatura mediana forte e musculosa — estereótipo de um ébano gladiador —, com cabelo crespo e baixo, perambulava pela parte alta da Tristeza sem camisa, de calção e chinelos de dedo. Tinha de 30 a 40 anos nessa época.

Sua honestidade não era questionada, assim como a lealdade. Contam que, quando era indagado sobre a vida privada, imediatamente fechava-se na concha do silêncio com profunda indiferença (sua morte foi um golpe sério contra aqueles que o tinham como amigo). Cabe afirmar que o desafeto entre eles era antigo e que simplesmente precisavam de um motivo, qualquer que fosse, que servisse de justificativa para o embate acontecer (a ocasião por diversas vezes surgiu, e sempre foi aproveitada, mas sem vítima fatal). Lutaram usando facões — ambos embriagados — e como a "Dita-Cuja" era mais minguada e ágil, coube sua vitória macabra sobre o "Sujeito".

Correram boatos de que na ocasião do que aconteceu existiu provocação mútua — outros já dizem que foi ele que entrou na casa e a importunou, e como a ira e raiva andavam de mãos dadas com o pesar reinante entre eles, ocorreu o que ocorreu. Assim, a lenda cuidadosamente cultivada continua, mas a verdade creio ser diferente do que imaginamos (meu ponto de vista é: essa foi uma história que ficou soterrada embaixo da verdade oficial).

Afirmam os católicos que quando morremos os corpos físicos deterioram e o espírito volta para Deus (Eclesiastes 12:7). Mas a alma — a parte de nós que tem a personalidade, os sentimentos e a vontade — continua a existir, à espera da ressurreição e do Juízo Final. Desejo aos protagonistas do que acabo de relatar que, ao serem questionados no Mundo Espiritual, decerto tenham fartas experiências para contar.

RÉVEILLON EXPLOSIVO

O Ano-Novo, também chamado de "Réveillon", ou "véspera" em português, simboliza uma nova fase que se inicia, com novos objetivos, novas conquistas e esperança renovada. Além disso, muitas pessoas aproveitam a comemoração para fazer promessas que deverão cumprir ao longo do ano. Ocorre entre o dia 31 de dezembro e 1º de janeiro do calendário gregoriano — também conhecido como cristão ou ocidental. Logo, se trata de uma data marcante para a maioria de nós, quando a partir dela também se inicia um novo calendário anual.

Na época da minha juventude as famílias e os mais jovens se reuniam em festividades que ocorriam nas diversas partes do bairro, sem esquecer que era uma festividade marcada pela presença de muitos fogos de artifício e grandes pileques. Ao soar meia-noite, todos entravam em um novo ano, acompanhados com aquela mistureba de sentimentos, e a esperança de um ano melhor que o anterior. As pessoas se abraçavam e festejavam essa virada de ano, que durava até de madrugada. Mas o que marcou na minha memória dessa comemoração foi o vizinho na rua onde morava!

Em especial, gostava da frase que esse especialíssimo amigo, sem exceção, reforçava com aquele notável jeitinho ímpar de reprisar: "Na verdade — dizia ele — é muito difícil ser meditativo sentado em um carro de boi... prefiro um Volkswagen Passat, pois é bem melhor para o crescimento espiritual" (gostava muito de ler aqueles milagres teatrais bíblicos, de onde adquiriu quem sabe inspiração para a frase anterior).

Era uma pessoa espinhosa, mas com aqueles que tinham temperamento também rude ele se dava bem, pois ao se encontrarem certamente sabiam como recolher as unhas — inclusive as dos pés. Sua diplomacia era tanta que em "off", quando lhe perguntavam sobre seus desafetos, prontamente declarava: "Não tenho palavras para descrevê-los. Nem palavrões".

É importante que o leitor entenda de começo que ao falar sobre nosso amigo não irei apenas relatar os seus feitos, mas sim oferecer um retrato, o mais apurado possível, sobre a sua importância para a história do bairro (história essa que não é para desdenhar).

Contam que quando o assunto era polêmico emanava opiniões aos berros à mesa de jantar junto à família mesmo acompanhado das crianças... momento aflito em que a cônjuge pálida sussurrava: "Olha os vizinhos!". Então, nosso "gritão" logo retrucava para toda a "patota" nas proximidades ouvir: "Quantas vezes devo uivar que sou uma bússola intelectual viva?".

Um dos hábitos de fim de semana eram suas andanças pelas ruas do bairro para: "Dar uma volta sem rumo" — revelava. Caminho que seguia? "Armazém do Nézio"; "bar Ringue Doze"; "campo do Tristezense"; "bar da Lory" — na parte dos fundos; "bar do Tolotti"; "pracinha da Tristeza", e por fim retornava ao domicílio (não sem antes alastrar "uns dedos de prosa" com algum vizinho da rua que apresentasse receptividade).

Reforço que desses roteiros o que mais chamava atenção consistia no momento em que pendia pela rua Padre Reus rumo ao "Bar Ringue Doze", tal qual o duque que estivesse rumando para caçar no brejo — sempre com total acesso e acolhida pelos frequentadores do estabelecimento (era muito bem aceito e reverenciado naquele ecossistema).

Seu semblante no cotidiano demonstrava que acomodava perversa guerra dentro de si; no entanto, se alguém expressava a intenção de perguntar algo, imediatamente se antecipava afirmando: "Tu não tá numa boa, bicho!" (tratava-se de uma estimativa pessimista, mesmo entre os catastrofistas).

Gostava tanto de fogos de artifício que aos fins de semana — onde morava — aprendeu a fazer com pedaço de pano — aqueles usados na cozinha — o barulho idêntico a fogos de artifício sendo explodidos (se empenhou alegremente nessa prática bem mais do que na de "tirar o pó da sua goela" nos botecos do bairro).

Esse peculiar episódio, concebido pelo nosso amigo, debutou no dia 31 de dezembro de 1969 na rua Liberal exatamente à meia-noite em ponto — segundo o horário de Brasília. Encabeçava através de um foguetório que oferecia a impressão de que a rua sumiria, nesses termos, do mapa misturada àquela fumaceira barulhenta. A impressionante queima de fogos produzida iluminava o céu desde o topo da sua residência... E, dependendo, se estivesse num lugar mais alto com vista panorâmica, isso assegurava ao "espreitador" visualizar a cidade na outra margem do lago Guaíba — como se estivesse em plena luz do dia (para muitos moradores, animais domésticos e silvestres, no início foi péssimo tolerar aquele show pirotécnico, mas acabaram acostumando-se).

Entretanto, nas imediações tinham conhecimento de que no fundo do quintal o "compadre fogueteiro" desfrutava de um "paiol" disfarçado de "guarda-bugigangas", onde armazenava a "muamba" dentro de barris de madeira (o estoque começava a feitura logo após o Ano-Novo — normalmente a partir do dia 2 de janeiro prosseguindo até as vésperas do posterior 31 de dezembro). Havia todos os tipos de explosivos: petardos, rojões de vara — "o tal de treme terra", foguetes com 24 tiros, morteiros etc. que podiam ser liberados com a mão ou em base para fixar no chão.

Enquanto os explosivos eram soltos os convidados se sujeitavam ao mesmo ritual de sempre — fazer uma roda humana e de mãos dadas deveriam cantar:

"O foguetório vai sendo solto vai
vai levando a barulheira e a fumaceira, vai...
...que beleza, lá em cima deve ser
pólvora me leve com você...
Chegou a hora de abrir a roda pessoal amado
batam palmas, batam também o pé
mão na cabeça, mão na cintura...
...uma rodadinha, abaixados ou em pé
saudando o nosso foguetório
olé, olé"

(após o coral voltava a ficar com as mãozinhas dadas para reiniciar a canção).

Em média o procedimento brega e estrambólico se estendia por meia hora; correspondendo ao somatório da soltura dos explosivos e da cantoria (relatado pelo amigo "Mirri", que por diversas vezes participou presencialmente do evento). Então, quando a última porção de pólvora fosse queimada: "Pronto! Agora sim entrará o único e legítimo Ano Novo do nosso bairro".

Isso fez-se um fenômeno demasiadamente pesado na mente das pessoas que de longe ou ao vivo presenciavam — em cores — ficando encarceradas sem encontrar talvez uma única definição que coubesse naquilo tudo. O mais próximo que arrisco sugerir seria: "Tudo muito triste!".

Nosso pirotécnico, através de outras facetas que portava, foi apelidado no "bar do Nézio" de "bomba de chimarrão", pois sempre se enfiava no assunto alheio (suas opiniões apresentavam uma utilidade simplesmente sonolenta, que em maioria precisavam continuar dormindo).

Já no futebol — sua recreação predileta — era conhecido por "pé redondo", abalando tanto seu ego que quando o chamavam por essa alcunha ficava "P" da vida, compartilhando esse azedume pelos momentos seguintes (é dele a façanha de ao bater um "tiro de meta", jogando pela equipe do A.U.M., marcar aquele exuberante "gol contra". Sim, algo muito deprimente!).

Era ótimo em resolver problemas dos outros, ao ponto de tornar-se especialista em criá-los para si (ficou uma semana hospitalizado no HPS por tentar levar para casa um enxame de "marimbondo de fogo" — aquele inseto alado que tem um ferrão na extremidade traseira, cuja espetada produz ardência e dor penosa. Até hoje ninguém explica o motivo de ter levado a bicharada para a cozinha da moradia).

Era um ser "não religioso", pois beijava tanto a mão do padre da igrejinha da Padre Reus quanto a dos raros "pais de santo" existentes na época. Quando o assunto era casamento sentia-se entediado, indócil e simplesmente dizia: "Sobre isso, sou como um nadador que se vê preso nos juncos".

Também apreciava de maneira avassaladora contar histórias macabras acreditando cegamente nas coisas que não conseguia entender! Disse que em determinada madrugada viu o enorme esqueleto montado no cavalo branco correndo na sua direção e que tentava arremessá-lo num poço de fogo que ardia, existente na calçada do muro do Cemitério da rua Liberal (salvou-se, pois o cavalo tropeçou e ao cair espedaçou todo aquele conjunto de ossos que montado em si trazia).

Certa vez perdeu o isqueiro de metal que guardava com todo o cuidado quando caminhava pela Praia da Pedra Redonda. Dias depois com outros amigos foram bem cedo pescar no mesmo local... Mas nesse dia assim que chegaram perceberam que não dariam sorte pois nem "lambari" estava disponível. De volta para casa encontraram o famoso "peixeiro" vendendo um exemplar muito grande que acabara de tirar do lago Guaíba. Assim, comprou e levou! Ao chegar em casa mal pode acreditar; ao abrir a barriga do peixe lá estava aquele seu isqueiro perdido bem brilhoso como se houvesse sido lustrado e ainda funcionando (o que aconteceu depois ficou difuso até os dias de hoje; mas fatos são fatos!).

Não era como nós que começamos a correr desde o nascimento e vamos assim até a morte. Adorava parar, se sentar debaixo da figueira em frente à Igrejinha da Padre Reus e ficar ali aproveitando o silêncio da paisagem (e isso poderia durar horas inteiras). Era aquele que saiu da estrada da existência — na qual toda a procissão está andando — mas que nunca desejou voltar para esse caminho. Jamais na vida tentou se tornar alguém mais do que achava que era. Simplesmente permitiu que a vida o levasse para onde ela quisesse (e assim também creio que foi a forma como morreu).

Jamais conheci pessoa igual a ele — será que existe? Se não existe, passo a acreditar que todas as suas formas de se comportar agora são cadáveres, flores mortas e nada mais.

POR QUE NOSSO BAIRRO SE DENOMINA "TRISTEZA"?

Infinitas vezes escutei fartas versões quanto à origem desse nome, inclusive uma destas veio do meu pai quando eu era adolescente (idade em que não havia abolido ainda os privilégios familiares). Recordo-me que por vezes a memória de quem contava a origem do nome se tornava vaga sobre certos detalhes, com o tempo concluí que a admiração quase supersticiosa do morador pelo seu bairro o levava na maioria das vezes a zonas de mistério beirando a ficção. Mas vamos aos principais capítulos dessa novela, pela qual experimento uma apaixonada admiração toda vez que a menciono, parecendo ter sido banidas as noções de neutralidade, mas juro que não.

1ª versão) Foi trazida pelo meu pai, que contava a respeito de um tal de "José da Silva Guimarães", um dos poucos moradores do iniciante bairro. O sujeito, já idoso, comprou uma lasca de terreno onde passou a morar. Era um homem silencioso com fisionomia sempre melancólica (a verdade é que não era má pessoa, mas espalhava pessimismo sem exceção achando que qualquer acontecimento era uma "TRISTEZA"). A população — de cerca de seis famílias residentes — se designava muito alegre, o que fez nosso amigo, por sua constante desesperança, tornar-se popularmente conhecido pela alcunha de "Seu TRISTEZA". E do morador o apelido teria passado para aquele lugar com poucos habitantes — sem nome definido até aquele momento —, ficando a região simplesmente conhecida como "TRISTEZA".

2ª versão) Esta passei a tomar conhecimento no início do ginásio, no antigo colégio Padre Reus, por meio de uma professora que contou a seguinte história/estória: existiu uma corpulenta viúva — não lembro a região em que residia —, beirando uns 30 anos, que foi moradora na mesma época do "Seu Tristeza". Morava nas proximidades de uma casa de pedra e era possuidora de enorme contentamento, amável e conversadeira, o que provocou um grande escândalo e oposição nos demais moradores, justificando que aquele comportamento da viúva era uma verdadeira TRISTEZA para o lugar (a força de repetir o nome se popularizou a ponto de passar a identificar o local).

3ª versão) Foi passada por um morador octogenário do bairro lá pela década de 1970: contou que esse tal de "José da Silva Guimarães" era proprietário de terras; mas não era aquela mixaria de quintal não. Seu terreno principiava desde o morro do Itapuã (Viamão) até o atual bairro Menino Deus; no entanto ele teria fixado residência na presente Praça Comendador Souza Gomes, da Tristeza, ou proximidades, originando que outros colonos se estabelecessem ao redor, quando por volta do ano 1900 passou a ser procurado da mesma maneira por veranistas vindos do centro de Porto Alegre. Sua única filha se casou com apenas 12 anos de idade, deixando o pai isolado, saudoso, abatido e triste, razão pela qual os moradores passaram a chamá-lo de "Juca TRISTEZA" e as suas terras de "sítio do Juca TRISTEZA". O nome se popularizou até a chegada dos primeiros veranistas e permaneceu o "sítio do Juca TRISTEZA", que mais adiante sumariamente ficou "TRISTEZA".

4ª versão) Esta assume um cunho histórico documental sobre esse tal de "José da Silva Guimarães", relatada pelo religioso, o Padre Rubem Neis, que foi sacerdote católico, historiador e genealogista — aquele que se dedica ao estudo da origem e sucessão de famílias descrevendo as relações de parentesco entre as gerações. Diz o religioso na sua explicação que: "José da Silva Guimarães" nasceu na Freguesia de São Paio, em Guimarães, Portugal. De início seu nome era apenas "José da Silva", mas por ter nascido em Guimarães, adotou esse sobrenome — procedimento comum na época. Na adolescência migrou para o Brasil indo parar na Bahia em 1800. Passado um tempo veio para Porto Alegre com um amigo para trabalhar como balconista. Com 24 anos se casou e veio viver na atual Vila Conceição, quando o casal ofertou à comunidade seis filhos: quatro homens e duas mulheres. Os dois filhos mais velhos — homens — faleceram pequenos e, quando nasceu a terceira, a tal de "Senhorinha", em 1817, registrou-a com o sobrenome de TRISTEZA, o qual foi dado também aos filhos que nasceram depois... Assim "José da Silva Guimarães" passou a usá-lo, ele próprio, em documentos oficiais, fazendo supor que a perda de seus dois primeiros filhos varões o deixou triste — que nem mesmo o nascimento de uma filha mulher pôde curar (demonstrando a superioridade masculina patente na época). "José da Silva Guimarães TRISTEZA" aos 42 anos de existência morreu prematuramente e suas terras começaram a ser conhecidas como a "chácara do falecido TRISTEZA". A verdade é que "José da Silva Guimarães TRISTEZA" foi para o mundo espiritual devido a um raio vindo da atmosfera que o fulminou. Segundo o dito popular da época, esse episódio foi a derradeira tristeza do "TRISTEZA" (achei esse trocadilho horrível e sem graça, mas...).

As pessoas que tomam conhecimento dessas quatro versões, e são moradores de sempre do bairro, acreditam que existam mais outras. Mas como a lembrança popular vai sendo escrita no tempo, esse tempo permite mudanças sobre os fatos que verdadeiramente ocorreram e até sobre aqueles que nem fizeram parte da realidade, restando muita incerteza, pois deveríamos perceber que o tempo e a memória possibilitam conexões com as recordações e os esquecimentos, sejam estes dos lugares, das pessoas, da família, e fundamentalmente das interpretações do sujeito narrador, o qual por vezes possui asas que voam muito mais alto; ou seja, bem distante da verdade.

Assim, fecho o texto com a dúvida: não terei feito como aquele escultor às voltas com uma argila inútil ao idealizar que existam somente essas versões para o nome do bairro TRISTEZA?

BAILE NO CLUBE

Mesmo na lembrança ainda lastimo a época em que entrar sem ingresso nas reuniões dançantes do Clube Tristezense era exclusividade dos seus "atletas" e dos "personagens mais celebrados" do bairro... (particularmente eu estava longe de pertencer algum dos grupos). Porém, o grosso da manada: "eu" e o pessoal do clube rival, Bandeirantes tínhamos de ficar trilhando pela frente do clube ou escondidos atrás das árvores com estilo matreiro até aproximadamente 2h da madrugada (momento em que alguém substituía o porteiro oficial — que denominaremos "PO" —, permitindo que nesse instante a cambada adentrasse o cobiçado "bate-coxa").

Por vezes, e posso afirmar que foram raras, "PO", quem sabe sensibilizado pelas intempéries do momento — frio e/ou chuva —, amolecia aquele coraçãozinho feito de aço deixando o pessoal do Bandeirantes sorrateiramente entrar. Mas havia uma exceção: eu ele nunca autorizou! (quando olhava nos olhos não demonstrava qualquer sinal de dúvida ou hesitação. Era o legítimo e puro: "Tu não. É isso, e acabou!"). A "cambada" apressadamente entrava restando-me tristeza e solidão, mas como a esperança era a última a dizer adeus, lá ficava à espera por mais ou menos meia hora — muitas vezes guarnecido pela ilusão (depois restava um desistir honrado com a solitária alternativa de marchar para casa suportando a paralisia incapacitante da frustração).

Isso tornou-se tradição e jamais chegou a hora que cansasse de ser pisoteado pelo pé de ferro da rejeição. Muitos indagavam a razão daquele castigo perverso, e a resposta segue até os dias de hoje a mesma: "Juro que não sei!". Para consolo, em exceção, desejei que o real motivo daquele bullying — por assim dizer — estivesse alicerçado com os três segredos de Fátima. Muita soberba? (confesso e desejo que algum dia essa peripécia se perca na densa névoa do esquecimento).

No entanto reconheço que a paixão fulminante e acalorada pelo Clube Bandeirantes pode ter sido o fator determinante daquela "misandria" do nosso folclórico "PO". Elucido que "misandria" é o nome dado ao sentimento de raiva ou aversão praticado contra o sexo masculino.

Saibam que jamais participei de outra equipe do bairro — mesmo que esta remotamente algum dia viesse jogar contra o Bandeirantes (mas existiam outros com meu perfil que nunca foram impedidos de entrar, concluindo que o "bafafá" poderia ser comigo!). O que foi confortante pensar — quem sabe na expectativa de um breve alívio espiritual — é que aquilo tinha origem na rivalidade que havia entre os dois times: o Bandeirantes e o Tristezense.

Certo tipo de rivalidade dentro do futebol nasce com o tempo, contudo não saberia afirmar que existia apenas um fator que definisse a rivalidade entre os dois clubes (além da disputa em campo, ela também estava presente nos torcedores de maneira expressiva). Não lembro de assistir algum confronto de "futebol de campo" entre os dois clubes — então nesse item sou como aquele crítico vesgo... Mas no Futsal fui torcedor e protagonista; por assim dizer! (acredito que na estatística de vitórias ficou equilibrado).

Dois clubes do mesmo bairro tendo em vista mostrar quem era melhor, e a cada disputa que um vencia, o desejo de realçar a soberania perante o outro tornava-se primordial (entre os torcedores as discussões estavam na maioria das ocasiões pouco propensas a lirismos, mas com franca impaciência de vomitar "baixarias). A rivalidade ajudou a construir a história de cada um, pois na derrota germinava a vitória do outro. Contudo o confronto não era exclusividade dentro da quadra de Futsal com os times, com as torcidas se envolvendo nesse jogo de antagonismo. Quando seu time de coração ganhava, você tornava-se alegria, e eram esses acontecimentos que se tornavam assunto do dia e até da semana, tanto para o atleta quanto ao torcedor (afirmo que o futebol não teria graça se não existisse a rivalidade).

Assim, acolho a esperança de que nos tempos mais atuais a rivalidade entre os dois clubes tenha sido aquela falsa rivalidade, tal como muitas crises amorosas em que um grita para o outro "não te quero mais", e se o outro ameaça ir embora você implora para que fique.

A disputa atuava tal qual estopim para que os jogadores tivessem mais garra para vencer, tornando o prestígio do futebol do bairro bem maior. No entanto hoje a realidade é outra, pois poucos acontecimentos fazem com que os moradores se sintam orgulhosos do bairro (até creio que os dois clubes não se enfrentam mais, pois isso não é mais justificável, nem desejável).

Meu desafio ao elaborar o texto foi relatar um cotidiano de emoções, e da mais pura verdade, que mesmo vinda do mesmo caldeirão constatamos que hoje existimos diante de mentes diferentes, que pensam e agem pela própria vontade (sim, o individualismo venceu a disputa contra a coletividade). Uma vez ou outra quando perambulo pelas proximidades dos dois clubes e pelo campo do Tristezense com certo grau de intencionalidade, meu papel nesses cenários é de mero espectador simplesmente passando ao redor, e não gozando de autorização ou poder para alterar ou reeditar aqueles saudosos acontecimentos inexistentes no mundo atual (consiste sempre num monólogo diante de uma plateia inexistente no mundo real).

Alguns preferem dizer que o maior rival é o diabo, mas bem sabemos que somos nós mesmos (antigamente o rival era o time adversário, hoje o verdadeiro rival está dentro de nós). O silêncio, a traição, o ódio, a inveja, a tristeza, a solidão e tantas outras imundícies comportamentais transformaram-se em vida no cotidiano de muitos.

Bem, e o que você sugere fazer?

A você não ouso responder, mas a mim restou ficar em paz comigo, pois cada um faz o seu dever: tem aquele que cura, outro que cava o chão, o que faz chorar, o que alegra, e eu, que permaneço com este dever sublime: o de contar histórias da gente do meu bairro.

O "GOOGLE" DE ANTIGAMENTE

É consenso que a internet fanatizou um número incalculável de amigos... (e com este não foi diferente). Conheci o comparsa na escola, época em que a mentira era coisa muito feia e a previsão era que seríamos constantemente felizes e esperançosos seguindo os ventos dominantes rumo ao sucesso. Estatura mediana, sorriso tímido, muito pouco a dizer e muito a observar. Seu "retrato falado" poderia incluir que era o coringa do baralho, o amigo que se transformava no que precisava para ajudar os outros. Aquele espírito que se passava de bêbado e fumante ou ainda como mulherengo para se aproximar de todos nós virando discreto e divertido... Sabia conseguir a atenção necessária para então nos tocar na essência com palavras bem pensadas e com a sua filosofia de vida enraizada na simplicidade e sabedoria, despido praticamente de qualquer maldade humana.

A internet, que de um todo não faz mal, fabricou o papel de "cupido do reencontro" entre nós... (reatamos então aquele convívio revigorante). Rotineiramente, via "WhatsApp", acolho muitas narrativas sobre o bairro, que segundo o remetente são exclusividade dele ("são narrativas que sacodem o mundo pessoal e secreto de muita gente" — gosta de dizer).

— Aparentemente podem parecer absurdos travestidos de verdades irrefutáveis; mas não são. As informações, amigão César, que lhe despacho são relatos de pessoas muito ligadas ao bairro que não querem sua identificação — afirma (então confio que o material enviado deve ser o resultado de pesquisa detalhada, pacienciosa e intensa).

Diz que está organizando suas remessas com o intuito nobre de uma futura publicação ("estaremos com os dedos cruzados" — respondi). São pequenos relatos (?), como já disse, com finais repentinos e/ou inacreditáveis que mostram situações e atitudes bem peculiares... Gostaria de compartilhar com vocês algumas dessas preciosidades, que segundo o pesquisador, sim, são fidedignas.

1º) O caso da funcionária do mercadinho que ficou durante muitos anos tratando a embriaguez do marido. Contava que quando o "pinguço" regressava para a residência, oriundo dos botecos situados na avenida Wenceslau Escobar, mimoseava com várias taças de café preto e bastante açúcar, não sem antes de meter o amado debaixo do chuveiro para aquele banho bem quentinho. "Depois o pijama bem lavadinho e cheirosinho" — dizia com orgulho. Mas em determinada ocasião a mulher notou que o cônjuge não retornava para casa; foi quando lhe ocorreu de fazer um BO na 6ª Delegacia. Lá chegando encontrou o "fulano" dentro do xilindró — foi quando o policial desvendou o mistério.

— Dona — disse a autoridade —, seu marido não certificou se era mesmo a sua casa e foi entrando pensando que estaria entrando no aconchegante lar, e ao não conseguir abrir a porta ele arrombou. Tirou toda a roupa e jogou-se na cama do casal que ali dormia para quem sabe um futuro "ménage à trois" (foi detido sob suspeita de invasão, vandalismo e promiscuidade).

2º) Conheceram aquele cão — vindo da Alemanha ainda filhotinho — que antevia o ataque epilético de seu dono com uma hora de antecedência, e avisava-o batendo as suas patinhas no chão ou uivando, realmente provando que, sim, era o melhor amigo do homem? Fazia xixi e cocô sempre no mesmo lugar — dentro da lata de um quilo de "Cera Parquetina" existente na cozinha do dono. No cachorro-quente do "Seu Ricardo", escutei que o bichinho até sabia atender ao telefone quando o dono não podia (só dizia "uau"; óbvio).

3ª) Relato de festinhas no interior da Praça Paraíso/Vila Conceição onde a gurizada fumava cachimbo, cujo fumo era a mistura de esterco de vaca, de cavalo e folhas de funcho. Quando dava o barato desejado, esperavam — até início da madrugada — escondidos para badalar o sino da Paróquia Sagrado Coração de Jesus, e sair correndo, por vezes usando capas e máscaras imitando o Zorro da televisão.

4ª) E a família, moradores na proximidade dos Garcia da rua Armando Barbedo, que usualmente devoravam carnes de gambá e lagartos sob a forma de bifes e assados à milanesa (para as pessoas que lá almoçavam era dito tratar-se de "coxão de fora").

5ª) E aquela atleta de "handebol" do colégio Padre Reus que ficava uma semana que antecedia uma competição importante sem fazer higiene íntima, por acreditar que melhorava seu desempenho esportivo? (segundo as companheiras quando se aproximava era "salve-se quem puder").

6ª) O que acham daquela "mãe" que antes de ter relações sexuais com o marido avisava-o de um possível desmaio afirmando que o seu organismo enviava um litro de sangue para a área genital com o objetivo de lubrificar e intumescer os lábios vaginais? (o próprio filho contou a amigos antes do desfile do 7 de Setembro!).

7ª) E da vó do dono de um armazém na Tristeza, que em 1962 morreu e foi enterrado, mas que apareceu viva segurando a bandeira do Brasil em 1970 na final da Copa do Mundo? Isso, sim, foi uma notícia boa para a família! Dizem que morreu em 1977 agarrada a uma réplica da Taça Jules Rimet.

8ª) Do fumante calejado frequentador do "Bar da Lori" que processou a empresa fabricante dos cigarros "Continental" quando descobriu que havia pólvora nestes (parece que ganhou um bom dinheirinho!).

9ª) Lembram daquele vendedor de guloseimas peregrinador pela avenida Wenceslau Escobar que vivia rindo a torto e a direito? Descobriram que sua prótese dentária foi confeccionada com madeira de eucalipto, incluindo dentes extraídos de animais (agora entendem aquele sorriso?).

Bem, a lista de informações (?) é enorme. Em outro momento passo-as aos interessados, pois esse amigo domina a arte da informação como poucos moradores. Mas de tudo a mim fica a imensa alegria de reatar contato com esse velho amigo agora por vias bem mais modernas. E fica aqui sua última mensagem, que dizia: "Estar ficando velho, César, é uma jornada para o amor, uma jornada para o divino, e a beleza de envelhecermos é a de nos tornar mais pacienciosos, mais amorosos e cuidadosos".

ÁLBUM DE COLÉGIO

Todos sabem que a pluralidade quanto ao perfil psicológico dos alunos nas escolas nunca foi apenas aparente, mas sim absolutamente real. Existiam como aquela panaceia desvairada recheada com imensa abundância de atitudes, restando deixar ao leitor daquela época a tarefa de julgar a autenticidade. E no colégio Padre Reus durante a década de 1970 não foi diferente.

Começo com aquele colega vindo do interior que no primeiro dia já recebeu codinome de "Sinaleira", pois era agraciado com peculiar tique nervoso — piscava constantemente quando se sentia pouco à vontade (piscava na sala de aula, no recreio, na rua, na Educação Física etc. Contam que até no "quarto de banho" durante suas intimidades piscava).

E aquele garoto com receio de assumir seu lado feminino desejando negar o que na época era inconcebível? Certa vez esse colega disse: "Lorpa (meu apelido), quando quero falo grosso!". Na ocasião o "pederasta" — atualmente gay ou homossexual — era considerado doente, ou se você convivesse com um "pederasta" isso tornava você também "pederasta", e o mais absurdo: diziam que, quando aplicadas várias "surras" nesse indivíduo, curava a anomalia.

Lembram a garota de olhos verdes que acreditava no invisível, na levitação das bruxas, e em vampiros? (recordo que se espraiou na mente de muita gente e conquistou as bocas e os corações dos colegas que a conheceram — fui um deles!). Certa vez mostrou dentro da "pasta" pedras, que dizia serem mágicas, e um frasquinho, que segundo ela estava cheio de óleo santo, para se redimir do pecado, quando o fizesse. E ainda existia o anel mágico no dedo mínimo da mão esquerda — legítimo protagonista para quando pretendesse manter-se invisível.

E aquele playboy que andava de "calça Lee" e cabelos crespos, que lembrava do Padre Reus como um dos ambientes mais inóspitos da sua juventude? (confabulam que continua até o momento não acalentando grandes aspirações intelectuais nem usufruindo cultura mensurável — colheu o que plantou?!).

Sem contar o melhor jogador de basquete do colégio que se transformou em rato de biblioteca — ou vampiro de manuscritos — depois que aprendeu a ler, assumindo uma direção muito diferente. (lembram?). E a filha da Dona "fulana", que não conseguia ser feliz pelo fato de estar tão preocupada com tudo aquilo que ainda não tinha? (hoje receberia o título de "patricinha"). E aquela colega do sorriso inesquecível e andar de bailarina? Sua aparência era luminosa (uau!). Mas logo se casou... O casamento, nessa época, constituía um grande negócio. Amor avassalador ou até mesmo afinidade sexual não eram levados em conta.

Mas de todos, dando algumas espiadas naquele universo de colegas, o que acabou se revelando mais curioso foi o que morava na rua Landel de Moura bem perto da... (?!). (tínhamos uma amizade sólida ao ponto de frequentarmos um a casa do outro quase que diariamente — tipo irmãos emprestados). Com o tempo duas coisas passaram a existir na convivência: tornei-me seu professor de Matemática — tinha facilidade; e seu confessionário — ele não tinha amigos; nem em sua casa.

Devo descortinar sua intimidade relatando a dificuldade que lhe trazia sérios problemas: apresentava medo incontrolável de urinar "em público". Dizia que a bexiga era como ele, tímida, ocasionando dificuldade de expelir xixi quando tinha alguém por perto (e para completar em casa urinava apenas quando estava completamente sozinho). Certa vez tentei convencer que fizesse xixi durante o banho, oportunidade em que poderia libertar o trauma, além de economizar água — usada na descarga (mas se lançou numa campanha brutal de não aceitação da proposta).

Em uma ocasião fomos acampar com sua família na Ponta Grossa. Local maravilhoso na beira do lago Guaíba, com mato, gramado, mas... não tinha banheiro. E agora? Pasmem, pois enxerguei nosso amigo atrás de uma árvore agindo como cachorro, com a perna levantada expelindo seu xixi com direito a sucessivos esguichos. Posteriormente explicou que além da privacidade aquela forma de urinar permitia que a urina se ejetasse mais alto, oportunizando que o cheiro espargisse mais facilmente no ar e não denunciando aos outros o que estava fazendo.

Resumo: "Ninguém pode esperar pela natureza das coisas. Por exemplo, que o galho de árvore que foi transformado em porrete produza folhas". Poderiam estar se perguntando por que transcorro esse momento filosófico. Bem, o "fulano" casou e hoje tem quatro filhos homens, e sabem o que disse?

— Lorpa! Lembra daquele probleminha que tinha na adolescência?

— Qual? — respondi.

— Aquele de fazer xixi — disse com ar de satisfeito.

— Ah, acho que lembro! — cinicamente balbuciei.

— Pois bem, meus filhos apresentaram o mesmo probleminha, mas transformamos o contratempo em um grande momento familiar. Quando a bexiga inicia seu protesto, caminhamos para trás de uma figueira no fundo do quintal lá de casa, e assim cada um jorra sua urina com a perna direita levantada — tipo posição de abertura de kung-fu. Para felicidade geral executamos ao mesmo instante aquele chafariz urinário; os cinco, de mãos dadas até o esvaziamento total. Curamos o trauma de forma coletiva! — finalizou.

— E a esposa? — perguntei.

— Bem, ela não renuncia à esperança de que em breve possamos, pela fé comunitária, cada um expelir para fora o xixi armazenado — de modo privê — em seu urinolzinho.

Para muitos, essas sugestões são fantasiosas, mas para outros elas continuam a ser levadas a sério. Moral da história: "Todos nós nascemos originais e morremos cópias!".,

A MÁFIA ITALIANA NO BAIRRO?

Sabemos bem que o bairro está apinhado de histórias fascinantes. Algumas até já foram confirmadas por este que vos escreve como verdadeiras, mas apesar de existirem figuras proeminentes e histórias com que já estamos familiarizados, outras narrativas aparentam desaparecidas por completo da memória coletiva — pela razão de não se fazerem contadas ou julgar-se absurdas demais no mundo de hoje (segundo alguns, não passavam daquele empolgante "papo furado").

Saibam que muitos imigrantes vindos direto da Itália — de Vêneto e outras localidades ao norte desse país — colonizaram o bairro fazendo morada na região atualmente conhecida como "Vila Conceição" e arredores. Nesse meio-tempo, em particular, uma família chega de "Palermo" — a maior cidade da ilha da Sicília localizada bem no sul do país, na voltinha da bota do mapa da Itália. Segundo registros orais, a família — o casal e a filha grávida — tinham no currículo ligações com a Máfia Italiana há séculos (apareceram bem no início do século 20 quando sem demora nasceu um robusto "bambino" em solo brasileiro).

O tempo, como fogo em palha, progride e o "bambino" cresce num misto de mundo no qual uns amiguinhos falavam muito pouco do seu idioma, enquanto outros não entendiam "patavina". Mas, à semelhança de uma simples bolacha, em "boca de gente sem dentição", foi se acomodando até conseguir uma comunicação razoável — o que dava para o "gasto", como era dito na época. A maioria dos amiguinhos, brasileiros, faziam balbuciar por vezes entre os pares com voz sumida: "Não gosto desse patrício" (se continha um viés político ou não, ninguém sabia).

Inicialmente, com tal aperto do conviver com dois mundos — o italiano e o brasileiro —, a mente do "já não tão bambino" ficou tão confusa que mal conseguia distinguir o gemido oriundo do "toilette", no ápice de um baile de carnaval, do urro de um êxtase amoroso (mas o seu queixume, esse, sim, vinha lá de dentro da alma). Quando chegou na adolescência diziam que precisava manter-se alerta para perceber quantas caras psicológicas possuía aquele jovem italiano. Inúmeras, todos sabiam; tantas que não podiam ser contabilizadas.

Convivia num ambiente em que problemas — segundo a filosofia do seu "nonno" — estariam resolvidos conduzindo o oponente para o "mundo espiritual" (cristalino apodrecimento ético filosófico daquele "avô"). O "nonno" se notabilizou por ser pedreiro de mão cheia, fazendo uso de um dito ingrediente especial usado na Itália — ovos cozidos —, que adicionados ao cimento garantiam a força requerida para a função esperada (contam que a eficácia da mistura ficava formidável). Mas havia algo ruim no "vovozinho": "de supetão seu humor alterava de gota para dilúvio".

Nos domingos, enquanto pegava em pá e picareta — os famosos "biscates" —, o "italianinho adolescente" assumia o comando solitário de pescar no Guaíba, onde permanecia o dia inteirinho (zarpava de casa na madrugada e só retornava ao pôr do sol). Sua "madre" preparava um típico almoço sempre carregado na mochila para o "mangiare" do sol a pino no meio-dia: polenta, molho de frango com tomate pelado e uma garrafa cheia de vinho. Poucos sabiam que o vinho provinha do Morro do Osso, produzido clandestinamente com videiras da variedade "Izabel", originando vinhos vermelho-rosado vendidos em garrafão — "bottiglia di vino", como era chamado.

O bambino italiano, mesmo bem jovem, era muito popular pelas redondezas de onde morava, por sua enorme habilidade em contar "causos" no qual o avô era rotineiramente o principal personagem. Segundo um longevo morador do bairro, esta é uma das histórias:

Meu "vecchio nonno" — disse o italianinho — conta que de supetão um enorme pássaro surgiu sobre o quintal da casa voando para cima e para baixo, até que veio pousar sobre uma árvore. O estranho ser vivo caracterizado pela presença de penas causou-lhe espanto! (era tão grande que pensou ser uma nuvem cobrindo o pátio). "Oh, mio Dio!" — gritou quando viu aquele negro animal vindo em sua direção. Ficou imobilizado avaliando logo a distância que os separava, e preparou-se para atingir o bichano de penas com porrete que sempre o acompanhava. Mas para surpresa o animal emplumado pousou ao chão no meio do caminho e, de repente, baixou a cabeça e despiu-se de suas penas...

...e foi quando do interior dessas plumagens saiu uma linda mulher. Era "una donna" vestida com elegância, coberta de galantes panos transparentes, com turbante multicolorido amarrado à cabeça, enfeitada de colares e braceletes. A seguir, arremessou o corpo caminhando delicadamente num passo leve em direção a ele... era bela, muito bela! A mais bela mulher do mundo. Sua beleza era tal que, se um homem a visse, logo a desejaria. Totalmente subjugado, só restou perguntar:

— O que queres de mim?

Então a "ex-pássaro", agora uma exuberante mulher, apenas sorriu e recusou sem apelo responder. Mas o "vô italiano" insistiu e disse-lhe que esperaria uma resposta (ele não duvidava que ela aceitasse mais cedo ou mais tarde dizer o motivo). Então, como que tomada de um impulso avassalador, lhe disse:

— Vou me casar com você e viver em sua casa. Mas existem certas regras de conduta para comigo. Essas regras devem ser respeitadas, também, pelas pessoas da sua família. Ninguém poderá me dizer: "Você é uma 'ex-pássaro'", assim como deverão comer sementes de girassol preto, amendoim descascado, frutas, alguns insetos, alpiste e painço, e é preciso que seja construída uma gaiola gigante no quintal para duas pessoas.

O futuro marido (?!) estrangeiro respondeu que havia compreendido as recomendações e levou a "ex-pássaro", agora sem plumas, para o interior da casa. Chegando à sala, reuniu a mulher, a filha e o neto e explicou-lhes como deveriam comportar-se (ficou claro para todos que ninguém deveria discutir as advertências, e ponto final).

Então dessa forma a vida entre os quatro organizou-se de maneira que o "nonno" pescava todo santo dia na Praia da Pedra Redonda ou cultivava o pequeno pedaço de terra em que moravam, a "nonna" a "mama" e o "figlio" então ficaram segurando a situação periclitante de maneira meio que subterrânea, enquanto a "ex-pássaro", em vão, procurava suas penas.

Certo dia o filho e a mãe decidiram desvendar o mistério da origem daquela "maledetta". Combinaram e conseguiram embriagar o "nonno"... depois de "chumbado" até os olhos, não conseguindo mais controlar suas palavras, revelou o tão guardado segredo. Contou que a "donna" era na realidade um enorme pássaro, e que as penas haviam por ele sido recolhidas e escondidas debaixo do porão da casa; mas recomendou:

— Não procurem ver aquela "penachera", pois isso pode nos resultar em problemas, e da mesma forma repito: não digam jamais que é uma "ex-pássaro"!

Na manhã seguinte, quando todos estavam ausentes, bisbilhotando o porão da casa, esbarraram com as plumas dentro do saco enorme. Nisso a "ex-pássaro" surge e de supetão veste imediatamente cada parte do seu corpo retomando seu lugar dentro das plumas. Logo que os três saem ligeiramente do porão e chegam ao quintal, ela sai voando e bufando. Foi um tremendo massacre pelo qual passaram, pois bicou com bastante intensidade e borrifou fezes aviárias nos corpos dos dois italianos — "madre" e "figlio" (sim, um gesto deliberado de raiva e desprezo). Para a "mãezinha" só restou dizer chorando:

— Nostra madre, nostra madre! És tu? Che cosa tene intenzione di fazeire? Che será di nostra famiglia?

Enquanto o "bambino" bravejou:

— "Ahah!", tamo fudere.

Nisso chega o "nonno", e perplexo ao ver a cena tanto sua bexiga como intestino relaxam expurgando líquidos e sólidos calça abaixo (uma cena muito triste). Depois disso, abrindo suas enormes asas e roçando as penas carinhosamente no "nonno", cercado de imundícies, disse-lhe grunhindo:

— Eu vou voltar para o mato; lá é um bom lugar para viver. Mas vou lhes deixar um presente.

Retirou quatro penas do seu traseiro, e entregou-lhes dizendo:

— Quando qualquer perigo lhes ameaçar ou quando precisarem de algo, esfreguem essa penugem em suas vergonhas, pois em qualquer lugar que estiver escutarei suas queixas e virei socorrê-los.

Alçou voo em direção à Mecânica Delta, e nunca mais foi vista!

Então muito, mas muito tempo depois, em certa tarde, o italiano vô, já carcomido pela idade, acobertado, estava no quintal — debaixo das árvores — quando pegou uma xícara fumegante de café preto recém-passado, recostou-se na cadeira preguiçosa, tirou a lendária pena de dentro das cuecas, baixou totalmente a bombacha e a esfregou na genitália... após, abraçou um silêncio que não lhe era peculiar, e foi desfrutar do sono eterno.

ARMAZÉM DO "SEU ADAIL"

As belezas do nosso bairro, e afirmamos que foram muitas, eram acessíveis quase que exclusivamente a seus moradores — o que sem dúvida é uma lástima para a história no geral. Um dos seus pontos determinante e característico seguramente foi o "Armazém do Seu Adail" — uma verdadeira usina de acontecimentos e diversificação de materiais. Naquele tempo não havia tanta tecnologia, os armazéns (ou "vendas") existiam em cada esquina, e esses pequenos mercados de conveniência eram a maior, e às vezes a única fonte de mantimentos aos moradores da proximidade.

Residentes que conheceram o proprietário — o "Seu Adail" — eram unânimes quando diziam que incorporava aquela pessoa sedenta de objetivos, e que qualquer erro da sua parte era um argumento para que ele fizesse mais, não menos (fazia o conceito de "confiança" ir às nuvens). Acreditava que a bênção do universo brilhava sobre suas atitudes, e o sexto sentido exigia que a toda hora avançasse. E assim seguiu em frente, vivendo como sempre determinado a vender suas diversas mercadorias com empolgados palavreados.

Uma raridade: soube que o "Seu Adail" era "esperantófono", isto é, falava o Esperanto. Língua internacional planejada que foi lançada em 1887 com objetivo de facilitar a comunicação entre os povos de diferentes países e culturas. Na adolescência arrisquei aprender tal linguagem, mas "dei com os burros n'água" (motivo? Segredo familiar — risos). No entanto revelações que permanecem até o momento bem guardadas sobre o comerciante — como onde nasceu, quantos anos carregava no costado, como iniciou seu comércio e outros detalhes denominados de etc. — tornaram-se fantasiosas, muito contraditórias, ou permaneceram como desculpa para atiçar ainda mais fogo na situação de quem ele realmente era. Com personalidade forte e amorosa conduzia-se sem titubear mesmo sabendo que os resultados no trato com os clientes e visitantes do estabelecimento poderiam não ser favoráveis.

Meu pai adorava ver o seu Adail dizer — mesmo aos que não desejassem ouvir — que sem exceção "odiava o ódio!" (meu pai era considerado cliente "vip" pelo proprietário). Certa vez contou que o dito comerciante seguia fidedignamente o infalível lema: "A ideia central é acreditar **que** se **o** cliente gosta, volta e recomenda. Essa é minha maior propaganda!" — finalizava a publicidade.

Sobre o ambiente de trabalho, no qual era "chefe supremo", o próprio salientava que "a confusão era tanta lá dentro, que se entediava durante as raras temporadas em que a situação se acalmava". No cotidiano, com os clientes, assumia a personalidade do ferrenho vendedor compromissado em mercantilizar — custasse o que custasse (até usava a "chatice" da arte de vender para alcançar triunfo — mesmo que fosse para negociar um prego).

Do jeito diferente do geral — tal ocorre numa clássica batalha histórica entre gregos e espartanos, ou entre Wellington e Napoleão, como exemplo —, na maior parte, era vitorioso pelejando com o comprador. Empurrar mercadoria para os frequentadores do armazém parecia igual ao trabalho minucioso e preciso de relojoaria — "Homero Frantzesky" que o diga.

No entanto, em frente ao Armazém do "Seu Adail" muitos se reuniam para jogar conversa fora — uma panaceia de histórias, estórias, lendas, mitos etc. —, como esta ocorrida entre o dono de uma fruteira próxima com meu avô Dim. A história se espalhou rápido entre a família Veiga e demais tristezenses da época, como incêndio, e o avô contou que o dono da bodega emanou a seguinte cultura:

— Se o sexo é vida — disse o bodegueiro —, consequentemente, o celibato é a morte. Essa é uma lógica simples, porque o celibato não é natural, é contra a biologia, é contra a fisiologia, é contra os hormônios humanos. Além disso, o corpo não sabe se o indivíduo é um monge cristão, nem que é celibatário, e continua a produzir espermatozoides. O que ele vai fazer com esses espermatozoides? Não pode continuar a contê-los dentro de si, devido ao pouco espaço, e uma vez cheia a sua bolsinha escrotal precisa liberá-los. Os espermatozoides têm pressa para serem disponibilizados, porque também querem sair para o mundo e ver o que está acontecendo do lado de fora. É assim que você vem ao mundo, é assim que todos vêm ao mundo. Ainda bem que os pais de muita gente não foram monges. Se apenas algumas pessoas, tais como o pai do Buda Gautama, o pai de Moisés, tivessem sido monges, não teria existido religião, exceto o cristianismo... pois o pai de Jesus não teve nada a ver com o nascimento de Jesus e nem monge era!" (avançada teoria para que fosse aceita na época, mas que sempre impressionava os ouvintes).

Após escutar cada relato, e isso era como rotina, o avô expunha, tirando de dentro da bombacha, o seu "fumo de corda" — comercializado em longas cordas, comumente de cor negra, pela riqueza de nicotina, vendidas por peso, chamado também de fumo de rolo ou fumo crioulo, que é um tipo de tabaco torcido e enrolado, normalmente utilizado para confeccionar cigarros de palha, mas que também pode ser consumido mascando-se pequenos pedaços. Acendia aquele tabaco com palha, e apachorrado ficava olhando para o nada (só Deus sabe o que pensava).

Outra vez em fim de tarde um marido ausente da família estava com o grupo papeando no mesmo local quando sua atarracada esposa se aproximou e ofertou no esposo um tabefe — bofetada aos letrados —, muito forte, que encontrou aconchego no lado da fronte direcionando para distante a prótese que dissimulava sua total falta dos incisivos superiores (são os dentes mais importantes na articulação das palavras para emissão de sons). O estampido dos fingidos dentes pulando pelo chão preencheu toda a curta calmaria que se seguiu, enquanto o olhar do esposo decepcionado escoltava atenciosamente o apetrecho dentário até seu repouso — ficando soldada ao chão como uma vela. Então a esposa, como se nada estivesse ocorrido falou:

— Amado marido! — vociferou badalando os braços para o céu. — Como pode ser burro deste jeito? Basta dessas atitudes de cérebro de minhoca; chega de ficar coçando os badalos na esquina — disse, num gesto de espanta-mosca.

Nesse momento, num arrojo temerário, o marido resolveu dar também a sua opinião.

— Mas, Fofoleti... — disse ele, sentindo arder nas orelhas o ferro em brasa do olhar da esposa. — Tá bom! Vou para a nossa "toca de amor" fazer a comida, lavar a louça de ontem, e a patente.

Saiu apressadamente "à francesa" com o rabo no meio das pernas (sim, sob olhar perplexo e temeroso dos demais na plateia). A seguir a esposa recolheu a prótese, deu um sopro, guardando a "endiabrada dentadura — vulgo perereca" apressadamente dentro da bolsa, e sorrindo de forma contida ao pessoal manobrou na direção do bar da Lori, que lá estava com seus inúmeros gatos de olho no desenrolar da cena.

Uma lástima essas conversas e situações de antigamente acontecidas no bairro se degradarem de forma irremediável. Hoje com certeza são consideradas incompatíveis com a modernidade, fazendo-nos crer que "nada é permanente", e que sempre poderá ser pior.

NO CEMITÉRIO MUNICIPAL

"Dona Henka" deveria ter uns 8 ou 9 anos, e nessa idade para a maioria dos adultos mais parecia uma criança das estrelas (seu objetivo: "Jamais abandonar os sonhos!"). Uma menina franzina, curiosa, cabelos castanhos curtos, lisos, orelhas abertas, dentes enormes, curiosa e tímida, com a reputação de alguém que via coisas que outros não conseguiam antever. Gostava de sair de bicicleta carregando no bolso, como arma, seu inseparável estilingue — também denominado de atiradeira, bodoque, funda — e caroços de "mamona", para atirar nos meninos (atitude que jamais era objeto de nenhuma publicidade). Motivo? Defender o irmão de 5 anos; o mais moço (moravam no Morro do Osso próximo à Paróquia Sagrado Coração de Jesus da rua Padre João Batista Reus).

Se apelidava "Magrela" e diferente da irmã mais velha, que era toda linda! — nos contou. Mas quem sabe concebendo que a transformação não viria de uma hora para outra, desvencilhava-se dessas ideias na frente do espelho grande da sala destinando saltos empenhando-se em imitar a bailarina "Lúcia Gabardo", a quem "Dona Henka" admirava, depois de tê-la visto numa performance — apresentação de ballet clássico no Theatro São Pedro.

Lúcia — tia do médico João Gabardo dos Reis, nosso conhecidíssimo amigo morador do bairro —, loirinha, de rabo de cavalo, vestida de roupas e sapatilhas de bailarina, já com seus 12 anos de idade, deixou-a fascinada. Nossa amiguinha "Henka" também trilhou uma produtiva e promissora carreira precoce de cientista-mirim, contribuindo sem dúvida com belo lustro no seu prestigioso futuro sempre procurando desvendar outros horizontes!

Diante disso em certo dia foi até o Cemitério Municipal da Tristeza — aquele no final da rua Liberal — em razão de bem conhecida do administrador, o seu Viana, que por vezes cedia o telefone para que ligasse para o pai — como a maioria, não tinham telefone ainda instalado na casa (saliento que também Seu Alcides e Seu Fraga — os coveiros — desenrolavam uma acalorada simpatia por "Dona Henka").

Dessa forma, segundo o pensar de Dona Henka, o terreno estava perfeitamente adubado para abiscoitar como fruto aquela boa e nova proeza. Para seu Fraga — o filho foi meu colega de aula —, ela costumeiramente doava livros da escola dos quais já não mais precisava, mas de barganha certa vez pediu um favor (havia nessa garotinha a necessidade de investigação exaustiva). Para fins de estudo, precisava conhecer bem o local sobre o qual ouvia narrações a respeito deste mundo, e de qualquer outro possível (pensava que naquele "campo santo" existiria turbilhão de situações novas a experimentar, que por vezes quase nem dormia imaginando).

No início o pobre homem vacilou, pois duplamente lutava com a insistência da menina e os livros de francês e inglês com que "Dona Henka" o presenteou. Mesmo assim, respondeu: "Aqui não é lugar de criança, vá para casa, pois sua mãe deve estar preocupada com você!" (fato do qual se pode extrair o exemplo salutar de profissionalismo responsável do funcionário).

"Dona Henka", tomada pela frustação, e ao mesmo tempo pelo desejo científico (?!) esperou pacientemente que o cemitério encerrasse o expediente... Foi quando voltou e pulou o muro lateral para alojar-se no novo laboratório — por assim dizer (para muitos essa atitude pode ser recebida com antipatia ou tomada por insensatez, mas prefiro dizer que foi atitude recheada de incandescência de uma criança que amava sonhar acordada — para ela o corriqueiro ficava no segundo plano). Mas não retornou sozinha à necrópole; retornou escoltada com a prima (o motivo da acompanhante seria medo ou desejava depoente? Não sabemos!).

Inicialmente, como previsto, foi arrebatada pelo vislumbre da paisagem fúnebre com flores novas, muitas nem tão novas e outras já falecidas pelo tempo. Emoldurando aquele quadro horripilante, encontrou fotografias diversas — as de crianças deixaram "Dona Henka" temerosa, mas pensou que uma cientista faria tudo pela descoberta —, túmulos suntuosos, túmulos simples, pórtico, escadarias, buracos recém-cavados e o crematório na parte alta do cemitério, que inicialmente achou ser a "igrejinha".

"Dona Henka" não soube dimensionar o quanto durou o "tour", e quando transcorrido o decurso, quando questionei "se aconteceu algo estranho", prontamente respondeu sem titubear: "Nada!". Mas a aventura não havia terminado! Ao sair do cemitério naquele final de tarde, pelo muro lateral, já estava escuro e dava para ouvir o vento gemendo entre as copas dos eucaliptos. Sim, as duas audaciosas meninas passaram pelo muro largo e baixo de alvenaria segurando firme a máquina fotográfica do pai de "Dona Henka" acondicionada num velho saco de papel pardo de armazém. Descreveu que a máquina fotográfica era uma "Voigtländer Vito B", que o pai considerava tal qual a Taça Jules Rimet. Ninguém tocava e sequer podia ver — a não ser no Ano-Novo quando tirava fotos da família.

Devem saber que a “Taça Jules Rimet” foi o nome que recebeu o troféu confeccionado para premiar a seleção vencedora da Copa do Mundo da FIFA. Após o Brasil ter conquistado a posse definitiva do troféu, passou a ser exibido na sede da Confederação Brasileira de Futebol. O desleixo para com o troféu fez com que uma réplica fosse trancada num cofre, enquanto a taça original ficou exposta, sem muita segurança. Em 20 de dezembro de 1983, o troféu foi roubado, e alguns dias depois a imprensa noticiava, com assombro, que o mais importante símbolo das conquistas futebolísticas do Brasil havia sido derretido (triste!).

Saindo na rua ao lado, com calçamento de paralelepípedos, foram surpreendidas pelo pai da “Dona Henka”, vindo do trabalho, em seu “Renaux Gordine” — marrom (?!). Ao se deparar com as meninas logo suspeitou que algo errado sucedia! (conhecia muito bem seu eleitorado — pelo menos uma das sufragistas!). Parou o automóvel, e quando entraram imediatamente “obrigou” a mostrar o que havia no interior do embrulho.

— É só umas pedrinhas — Dona Henka nervosa adiantou (bem sabemos que a resposta foi um negacionismo científico usado por motivo nobre).

Assustado — por sorte das meninas — o genitor nem quis olhar o interior do embrulho, falando rapidamente:

— Isso é uma profanação! Voltem agora e devolvam imediatamente ao local as pedrinhas que encontraram! (e assim foi. As duas fizeram o caminho inverso, ficaram um pouco dentro do cemitério sem nada fazer — com os olhos esbugalhados e corpo trêmulo —, e após retornaram).

Uma coisa ficou bem iluminada para Dona Henka e a prima: trabalhando a partir daquela evidência, muito provavelmente partiram do cemitério para nunca mais voltar. Segundo a própria Dona Henka, o resultado apresentou-se evidente: “A realidade intelectual minguada da época conspirou contra aquela iniciativa”.

A ÁRVORE CONTINUA NO MESMO LUGAR

Fui um adolescente escoltado de inúmeras amizades no bairro, mas de todos os amigos poucos perturbaram com tanta intensidade o tempo de escola ou desapareceram tão rápido do meu convívio como este. Preservava sem constrangimento um comportamento cheio de sutilezas e lorotas... Com certeza, uma verdadeira biblioteca dos absurdos com excessos morais, éticos, sociais e sexuais (no último quesito desfrutava da fama de indecente).

Em certa oportunidade no recreio da manhã em frente à "confeitaria Rony Francês", mandou entregar um bilhete a estudante do Três de Outubro contendo algumas ilustrações com pormenores depravados ("isso oportuniza satisfazer meus baixos apetites" — foi seu comentário). Nessa atividade de missivas indecorosas — não muito comum na época — como hábito guardava sistematicamente cópia das mensagens, pois as originais eram escritas com papel carbono, e quando findado um decretado tempo revelava a dita missiva na íntegra aos mais íntimos (tratava as meninas como punhado de células manipuláveis).

Porém, ficou assustado quando lhe disseram o quanto eram perigosos esses segredos materiais... e dessa forma parece que calhou um faiscar de lucidez naquele cérebro fazendo com que concedesse sumiço a toda aquela papelada luxuriosa e desvairada. Saibam que as cópias com as respectivas dedicatórias ficavam arquivadas ordeiramente e salpicadas com talco Palmolive — por razões obscuras... Bilhete após bilhete, dia após dia, semana após semana, mês após mês por quase um ano, gradualmente atulhando a gaveta do bidê.

Mas não vamos olhar somente o ponto escuro no quadro branco da existência desse amigo, razão pela qual, e ortografo isso, em determinada época foi partidário de primeira hora de vários procedimentos religiosos. Quem regularmente trocava a água benta no interior da igreja para evitar que fosse condutora de contaminação? Hein? Quem segurava o livreto — escrito em latim — para o padre abençoar a água santificada? Hein? Quem ia buscar hóstia para os fiéis, vinhos para celebrações, incenso para missa e velas religiosas? Hein? Quem ajudava a limpar a igreja? Hein? Quem? Quem? Quem? (vocês já sabem a resposta! Sim, o próprio).

Às vezes apelava para atitudes escandalosas apenas para chamar atenção, e dependendo do dia também era capaz de assumir a personagem bem dramática e imprudente (isso mesmo, para que as pessoas mencionassem pelo bairro as "proezas" que executava). Certa vez estávamos saindo da "banca do Seu Esquerdinha" e afoitamente ele não resistiu: tornou-se "pioneiro em movimentar-se virando cambotas". Ofertava cinco passos e virava uma cambota; cinco passos e virava uma cambota... (e dessa forma foi até o "bar da Lorilai" — situado na avenida Wenceslau Escobar à direita de quem sobe, esquina com a rua Dr. Mario Totta).

Tinha recaídas comportamentais e iniciava então a fornecer assuntos sem fundamento, transbordantes de insignificâncias mesmo que os próximos não desejassem escutar. Exemplo? Contava que o tio afirmava que "o homem de verdade não fica olhando para o lado quando outro também está urinando" (enorme tempo perdia justificando a opinião do parente). Uma vez homenageou a Rainha do Colégio com uma espécie de amuleto confeccionado com osso craniano de gambá (segundo o próprio, o apetrecho era honraria que poucas possuíam).

Seus movimentos eram limitados devido a desde a infância ter visão deficiente. Na frente do bar Tolotti chamou o contrabaixista da banda "Atlantis" de "senhora", achando estar diante de mulher (bem, houve ressalvas, pois o músico usava farta cabeleira pelos ombros). Por vezes era tão apalermado que alguns poucos membros da comunidade, que não o conheciam, acreditavam que era retardado.

Numa brecha, estava perambulando pelo campinho das "Pereiras", onde havia muitos cavalos pastando, e estacionou num lugar cheio de pequenas elevações de estrume rico de moscas por toda parte. Portava seu violão naquele momento — quem sabe seja o motivo pelo qual parou por lá. E mesmo com nuvem de insetos à sua volta principiou tocar e cantar uma canção feita de improviso sobre aqueles insetos, seus zumbidos e o que isso de fato significava (cheguei a escutar a dita música. Um verdadeiro lixo sonoro!).

Na sua opinião, um amigo nada tinha a oferecer além do vazio, e sentia-se bem convicto de que não existia nenhuma vantagem que pudesse receber do bem-querer alheio. Esse o motivo pelo qual corriqueiramente era tratado friamente por todos, e inserido como por obrigação naquele ambiente de paz e amor reinante da época entre amigos... Mas pelo menos não estava machucando ninguém. Era egoísta assumido, porém inofensivo (nos grupinhos, para quem tinha contato, ele representava somente mais um naquele bando de pacifistas cabeludos tornando-se praticamente invisível aos julgamentos). Quando estava solitário um comportamento selvagem tornava-se abundante, no entanto o lado humano, nunca.

Certa vez mostrou onde morava. No portão de entrada em imensa tábua dependurada você enxergava escrito em letras garrafais: "Lugar exclusivo da Vovó". Intrigado perguntei qual o objetivo dos dizeres na placa, já que morava sozinho? "Quando vovó reencarnar, facilmente encontrará sua casinha no mundo físico" — justificou.

Uma moradia constituída de singular peça diminuta com interior ornamentado por: cama, armário, mesa, uma cadeira, fogão a lenha, banheiro com chuveiro, urinol e pia. Um ambiente primitivo e sem qualquer traço de modernidade, fazendo da casa algo similar ao fim do mundo. No quintal nenhum sinal de arrumação e era necessário cautela checando cada passo para não deparar com cobras, lagartos, escorpiões etc. Como a comida era manufaturada em fogão a lenha, necessitava cortar a matéria-prima para alinhavar as refeições (trabalho terrível de realizar no meio do matagal extremo).

Depois fiquei ciente de que outros jovens também considerados fora da casinha (?!) — ou dentro (?!) —, fugitivos das multidões sedentas por sangue nos bairros mais populosos, eram atraídos aos fins de semana até o lar do nosso amigo na busca de experiências da alma (certa noite fui convidado a participar de um dos encontros!).

Afirmavam que em algum lugar do quintal, no meio do matagal espesso reinante, havia um buraco escondido sob a vegetação que levaria a túneis maravilhosos, permitindo que qualquer humano viajasse para diversos lugares do mundo, e que todos — sem exceção —, precisamente naquela noite encontrariam essa bendita abertura. A ideia desse suposto portal (?!) escondido, imediatamente excitou a todos, já entorpecidos pela cachaça que rolava solta — como não gosto dessa espécie de manguaça, fui o único a continuar sóbrio —, mas confesso que questionei: "Isso está se tornando um mistério ou uma bela história para passar a diante?" (infelizmente não poderia ser verdadeira, mas particularmente adoraria que estivesse realmente ocorrendo). Resumindo: permanecemos até o amanhecer e ninguém achou o tal do buraco... (fui para casa e nunca mais falamos).

Ocorridos trinta e cinco anos, lembrei desse amigo e resolvi visitá-lo... (não lembro por que cargas d'água decidi essa tolice). Em meados de fevereiro de 2008 realizei a visita levando as suas predileções que recordava: cuca e uma réstia de linguiça — ele ficou bem feliz! Ainda mantinha os velhos hábitos e continuava sendo o velho amigão de sempre (a avó ainda não havia encarnado e a placa continua lá flamante). Tivemos uma conversa ótima e bastante desinibida, foi quando desabafou algo inesperado:

— César, lembra daquela noite de 1973 que ficamos procurando o buraco?

— Sim! — respondi.

— Pois bem, naquele momento estava presente um casal de amantes fervorosos — o fulano e a sicrana —, mas como a família da moça era contra o relacionamento assim que souberam do colóquio mudaram-se para outro estado brasileiro com mala, cuia, a rapariga e o animal de estimação — um "porquinho-da-índia".

Mencionou que o rapaz após saber da fuga não aceitou o abandono forçado da amada voltando no dia seguinte e dizendo que ficaria próximo à árvore onde haviam trocado fluidos corpóreos até ela voltar.

— Permiti — disse —, pois achei que em breve iria embora (mas durante 20 anos ficou ao lado daquela árvore, com a mãe levando diariamente os pré-requisitos para sua sobrevivência).

A árvore cresceu horrores e se nutrindo precariamente pouco a pouco o amigo foi definhando ao ponto de ficar grudado à árvore (a explicação é que permaneceu tanto tempo com a árvore que lentamente se tornou parte dela). Soube ainda que vez em quando, no profundo silêncio da noite, se escutava sair da árvore um ruído que aparentemente clamava: "Fulana, você está demorando muito. Quando vai voltar?".

— Então pasmem, pois a amada apareceu aqui em casa numa noite de 1999 — falou esse também contador de histórias.

Disse que descreveu para a garota em detalhes toda a ladainha, e que apressadamente ela rumou até o famigerado vegetal lenhoso de porte imenso. E, sim, no mesmo instante ouviu a voz do amado sentindo a alegria das boas-vindas (mas não conseguiu ver onde ele estava escondido devido ao matagal). Entrou esbaforida nas folhagens ao redor da famigerada árvore e com grande dificuldade descobre que seu amante de fato se tornara parte da árvore (sua silhueta em alto-relevo estava bem definida). Não pensou duas vezes: contratou uma retroescavadeira, e arrancou totalmente a árvore — o amado, desculpem! — do chão com galhos, tronco e raízes, levando o vegetal humano, por assim dizer, para onde residia. Tempos depois — o ano passado — contou-me que o casal está vivendo muito bem! ("a cada nove meses nasce uma 'muda' de orquídea" — finalizou o relato).

O DESAFETO DO PALHAÇO "CAREQUINHA"

E aquele menino tirano que esbofeteou o palhaço "Carequinha" — lembram dele? — quando o "dito cujo" compareceu na Praça da Tristeza divulgando um singular produto da época? Quando criança, e depois como adolescente — cujos avós eram inquilinos na rua Antônio Tessera —, não carregava tão somente esse ponto preto no quadro branco da sua vida. Na real seu viver até então fazia parte daquele quadro muito escuro com despercebido e diminuto pontinho branco — bem escondidinho —, lá no cantinho. Transcrevo algumas das traquinices do amigo com o propósito de clarear sua memória possivelmente há muito tempo mergulhada no esquecimento.

Bem, apreciava deveras colocar "cocô de cerâmica" no assento dos colegas — em especial na aula de Artes Industriais, cuja professora em estipulado dia igualmente foi agraciada com inacreditável artefato marrom adornado com miçangas pretas (o professor Evan — responsável pela disciplina na época — por um triz não o expulsou da escola, pois, quando questionado a respeito do ato insano cometido, simplesmente replicou: "Foi sem querer, 'favorito catedrático'!").

Por outro lado, considerava prazeroso plagiar com os lábios ruídos de "pum" quando um adulto agachava. Certa oportunidade deixou o Seu Mário — o da banquinha — constrangido ao executar tal peripécia, pois grudada ao balcão estava uma cliente idosa (nessa fui testemunha ocular e auditiva). Suspirava guarnecido com silenciosa alegria quando podia imitar gestos de pessoas mais velhas no momento em que papeavam. Sua vítima predileta era o Seu Pipoca — do trailer de cachorro-quente.

Considerava exuberante pedir algo no armazém, e quando o atendente virava para buscar, sumir das vistas deixando o bodegueiro "a ver navios" (no "bar do Almerindo" e no "açougue do Seu Neco" executou por diversas oportunidades essa brincadeirinha inocente; por assim dizer). Sua predileção para o fim de semana era soltar bombas — rojão — presas em cigarro aceso no banheiro do Cine Gioconda (o maior estrondo foi conseguido durante o filme *Marcelino Pão e Vinho*. Acenderam as luzes e a película ficou suspensa por 20 minutos para depois a normalidade voltar a reinar).

Gostava de ficar estacionado na parada de ônibus contemplando o movimento dos automóveis e pedestres. Foi numa dessas ocasiões que abriu o pacote que trazia debaixo do braço e largou nada mais que o filhotinho de gambá pela porta de trás do ônibus "Serraria", quando foi aberta, lotado de banhistas no domingo de verão, que procedia da Praia de Ipanema (libertou o marsupial já raivoso na parada da esquina da rua Padre Reus, mas o ônibus só cessou o trajeto em frente à 6ª Delegacia de Polícia — rua Armando Barbedo com avenida Wenceslau Escobar —, pois o bichano ocasionara descomunal "forrobodó").

Aplaudia a si mesmo quando escrevia cartas de amor entre pessoas conhecidas como se fosse uma delas (originou algumas situações amorosas agradáveis, mas a maioria foram catastróficas). Mas sua simpatia benquista era quando colocava enchimentos por dentro das calças, na área genital, para parecer bem mais abastecido, passeando dessa forma despretensiosamente pelo bairro (o maior rebuliço foi no 20 de setembro ao hastear a bandeira do Rio Grande do Sul no pátio do colégio Três de Outubro perante toda a comunidade escolar e o representante eclesiástico — o padre Aleixo).

Esse "traquina" viveu onde toda a sua formação foi marcada pela prática das ruas — local em que muitas vezes o prudente se torna avoado; o ingênuo, esperto, e o passivo, brigão, mas permanecendo fiel a essas ambiguidades pouco aparentes para os que vagamente o conheciam. Existiu — creio que ainda esteja vivo — "fora da casinha", pouco se aproximando à "regra" para contentar os demais, admitindo que no caso dele os padrões nunca valeram nada.

Submeteu-se à única prova que julgava adequada, o "divertimento próprio", jogando toda a sua energia nesse comportamento (uma receita individualista, mas festiva). E por consequência mantinha-se "intensamente vivo" — sorrindo alegava —, pois seus sonhos sempre eram reais.

Certa vez perguntei o motivo desse seu jeito; foi quando de imediato falou:

— Lorpa (meu apelido), não sei distinguir uma ideia maluca de uma atitude genial; então, simplesmente estabeleço alguma vontade e sigo em frente.

O CACHORRO QUE FALAVA

Contam que certo morador do Morro do Osso e frequentador assíduo do campo do Tristezense aos domingos possuía um anel que lhe dava o poder de conversar com diversos animais (sim, era com "Pirata" — seu fiel cãozinho — que mais tagarelava). "Pirata" era um **animalzinho** vadio, magrelo, desmilinguido, sem raça definida (mas que por outro lado também era adorável, inteligente e supercompanheiro).

Um dia indaguei como havia descoberto que podia conversar com os animais.

— Bem, certa manhã "Pirata" olhou fixamente meus olhos, e dessa maneira ingressei nos dele, como amantes admirando um ao outro — e isso apenas com meio metro de espaço vazio entre nós. Coloquei minha mão esquerda sobre sua cabeça, e ele imediatamente colocou a patinha direita sobre meu peito. A conexão que "rolou" foi indiscutível — pudemos ver como éramos idênticos. Achei tudo aquilo surpreendente, maravilhoso, e isso deu uma intensa sensação de parentesco e proximidade como eu nunca tinha tido antes com qualquer ser vivo... Então tiramos nossos corpos daquela proximidade física, e ele voltou à cozinha para terminar de comer seu rango, enquanto fiquei aproveitando aquele momento de torpor espiritual que inundara minha alma assombrosamente — nosso amigo sempre ficava muito emocionado quando noticiava esse momento mágico, fui testemunha presencial.

Seu discurso era de que, mesmo que não saibamos exatamente como é ser um animal, podemos ter alguma compreensão de como a mente deles funciona; podemos entender que a vida de um cachorro, por exemplo, é vivida rasteira ao chão, às vezes dormindo à hora que der vontade, e em parte se comunicando pelo abanar do rabo, uivos e latidos. "São seres sentimentais complexos que merecem nossa percepção e respeito" — sempre dizia.

Certa vez o nosso amigo, ao invés de dormir na sua caminha bem fofinha e quentinha, preferiu passar a noite inteira abraçado ao "Pirata" em sua humilde casinha que ficava lá no fundo do quintal. "Foi uma noite inesquecível" — contou emocionado.

— A única maneira de saber como é ser um animal é ter hábitos de animal, e conceitos de animal (frase que seguia tão a sério que vez ou outra se vestia de cachorro e campereava quintal afora cavando o chão, levantando a perna e fazendo xixi em alguma árvore e até uivando para algum vizinho bisbilhoteiro).

Em segredo contou:

— César, consegui até ter uma simples conversa por telefone com o "Pirata". Só não sei como aprendeu a atender a chamada!

Gostava de dizer que "Pirata" não pedia apenas por este ou aquele objeto; ele podia também transmitir sofrimento, por exemplo, por meio de gestos das patinhas no rosto imitando o fluxo de lágrimas. Quando soltava seu bichano na rua e o via acompanhado de diversos cães, dizia:

— Olha eles fofoqueando — com bela gargalhada se deliciava.

Afirmava que os cães não apenas geram barulho... tanto que o próprio conversava igualmente por meio de granidos e uivos com seu amigão "Pirata". Contava ainda que seu cãozinho: tinha comportamento que muitas vezes era indício de memória; resolvia problemas envolvendo soma e subtração; com a maior facilidade, abria pacotes de presentes; descascava bananas; aprendeu como escapar do banho, andando de ré, justamente quando seu guarda humano não estava olhando; tinha uma certa antipatia ao "Anselmo", filho do "Seu Canani", esguichando-o com "urina" em todas as oportunidades que podia (principalmente quando seu desafeto se dirigia ao animal dizendo "gran puta").

Certa vez disse que "Pirata" estava com o hábito de mentir regularmente. Quando questionei esse provável absurdo, prontamente respondeu:

— Eu ficaria surpreso se ele não fizesse isso.

Certa ocasião, quando cheguei na residência em que moravam, encontrei os dois sentados na frente da casa (ambos nas suas respectivas "cadeiras preguiçosas"). Dei um "oi", mas "Pirata" nada demonstrou (parecia feito de gesso). Repliquei indagando qual o motivo de o "Pirata" não ter expressado o mínimo movimento que fosse, em razão de possuir inúmeras qualidades especiais...

Prontamente seu proprietário respondeu:

— Ele só conversa com as pessoas que são do signo de Virgem. Como eu — finalizou (olha que azar, sou capricorniano!).

MELHOR DA MEMÓRIA

A BENZEDEIRA

Antigamente quando criança era comum a comunidade conhecer alguma "benzedeira", e recorrerem a ela quando não tinham acesso a médico e hospital com facilidade. Atualmente sabemos que é raro encontrar na zona urbana essas curandeiras que por meio da reza e o benzimento conseguiam (?!): afastar o mal, resolver desarmonia familiar, eliminar energia negativa do ambiente, quebranto, mau-olhado/olho gordo, febre, tristeza, dores em geral e outros males promovendo e auxiliando a cura (elas também desfaziam feitiços e algumas eram chamadas para realizar partos). Ainda lembro algumas doenças agregadas às suas especialidades cuja cura se prestava como remendo à saúde: espinhela caída ou carne quebrada, cobreiro, doenças nervosas, mijacão, bicho de pé, furúnculo, inflamação, mancha da pele, bicho geográfico etc. (sim, tinham a solução para tudo isso e muito mais).

Minha mãe contou que a nossa conhecida estava de posse da missão de divulgar o conhecimento recebido por meio oral da mãe; que recebera da avó; que recebeu da... ...tornando-se responsável por entregar toda aquela "barafunda" à próxima geração da família — a sua filha! Recordo que, em certo cerimonial executado na sala da minha casa, usou da oração utilizando o terço e incluindo ainda buquê com ramos de ervas e galhos de arruda, com o crucial objetivo de atingir o problema que desejava resolver (o ritual era gratuito, embora minha mãe continuamente ofertasse gêneros alimentícios básicos).

Dona "fulana" contava com seu alicerce composto de humildade, justiça, solidariedade e a forte ligação com o sobrenatural (sim, sua logomarca). A cura — dizia ela — é resultado de muita fé, oração, desejo de fazer o bem e da força espiritual sobre quem precisa. Para isso é importante que aquele a ser benzido deseje o ritual, mas não precisa ter a mesma crença de quem aplica (e desse jeito prometia saúde ao corpo e paz do espírito ao atendido).

Certa ocasião eu estava ao lado quando Dona "fulana" benzeu nosso cachorro Sheik — vivia latindo e uivando a noite inteira —, e depois, a porta de entrada da casa (quando esse benzimento específico terminou, as ervas que foram utilizadas queimaram, pois serviam para dispersar a energia indesejada).

Lembro que uma vez masquei uma plantinha que era para dor de barriga. Tinha um amargor terrível! (fiquei bom, pois esqueci a dor de tão agoniante que foi macerar aquela planta avinagrada). Era tudo nessa base! Para qualquer coisa havia uma erva — normalmente amarga — correspondente (atualmente para alívio das crianças os remédios têm até sabor. Uau! Que bênção).

Outra vez passei por um tratamento "porreta" que incluía: espremer dentro do ouvido através de uma mamadeira um troço oleoso, besuntando o pescoço com banha todas as noites, e ao entardecer banho diário em uma bacia contendo capim, arruda e guiné, acompanhado de rezas — um terço completo — que minha mãe cochichava (nunca soube a origem do problema para aquela panaceia desvairada que fui obrigado a recepcionar).

Numa madrugada de domingo, que jamais esqueci, meus pais pediram à minha irmã Irene para se dirigir rapidamente à casa da benzedeira e chamá-la. Motivo? Havia tido um pesadelo e acordei berrando violentamente ao ponto de acudir a vizinhança — os vizinhos: Osmar e Loni, Seu Mário e Dona Rita. Lembro Dona Fulana chegar e se sentar ao meu lado na cama... ...rogou aos meus pais que queria ficar a sós comigo, e dessa forma com olhos entreabertos acendeu o "palheiro" dizendo:

— O que houve, "gafanhotinho arteiro"?

Sem delongas e censuras contei em detalhes microscópicos o que havia sonhado (quando terminei vi sua perplexidade). Levantou-se do assento e foi conversar na rua com meus progenitores... (curioso fui silenciosamente escondido para ouvir o que ela tinha a dizer). Então consegui ouvir:

— Ele não precisa de nenhuma benzedura, meus filhos, mas o que pode resolver o caso dele é...

Como meu cachorro Sheik latiu naquele exato momento estrondosamente, não pude escutar a parte final da frase — triste!

Um familiar contou que atualmente, quando se deseja recorrer a uma benzedeira, e não se conhece alguma na comunidade, é possível localizar no Google uma indicação no local desejado ou nas proximidades (é a modernidade invadindo o mundo espiritual).

QUANDO OS MORTOS SE LEVANTAM

O texto se propõe a aludir a algum milagre espiritual? Não... Tão somente irei desandar pelas bandas daquele mito popular, mesmo sabendo que o assunto origina temores profundos, sobretudo nos homens. Um momento de forte sentimento de plenitude na nossa relação com as mulheres é quando podemos nos exibir mostrando que estamos prontos para fazer amor... ...é alguma sensação extraordinária? ...admirável, espantosa, maravilhosa, fabulosa, fenomenal, grandiosa, incrível, sensacional? (acredito que seja tudo isso atado).

Então vamos ofertar três "hip, hip, hurra" para essa situação inarrável... Vamos lá, todos juntos:

— Hip, hip, hurra! Hip, hip, hurra! Hip, hip, hurra! (você também, minha amiga leitora!).

Quando vislumbramos nossa fêmea desnuda, os estímulos no cérebro emitem um sinal para os nervos do corpo cavernoso, o músculo esponjoso do pênis, que então libera óxido nítrico. Isso relaxa o músculo que atua como porteiro, e o sangue então pode penetrar os tecidos, fazendo-os intumescer e produzir aquele arquear rijo e divino!

Ao desinformado e inexperiente que acredita que o vô beltrano não faz mais aquelas brincadeirinhas com a vovó, pois já é um senhor de idade e não cabe mais a ele pensar nisso, certamente é uma puríssima crendice das carolas... O que normalmente ocorre é que o desejo de sexo pode muitas vezes ser frustrado, sim, pela incapacidade do homem de manter ou mesmo obter uma ereção. Quando isso ocorre na fase da velhice, pode não ser delicado; no entanto, quando estamos antes dela: "*vixe, Maria*", a situação muda de figura (creio então que você tenha de buscar auxílio especializado).

Minha amiga "fulana" contava que o marido "beltrano" — moradores da Zona Sul — ficava com seu "pipi" ereto quase que a noite inteirinha sem que tivesse consciência disso... (e com orgulho frequentemente acordava com sua "bichochinha" em prontidão...). Se Freud fosse vivo, diria que o "beltrano" deveria estar experenciando sonhos sensuais ou mesmo sonhos carregados de muito simbolismo sexual... Mas "beltrano", com muito conhecimento de "causa", simplesmente rebateria dizendo que o mais provável seria que a "linguicinha" ereta estivesse causando os sonhos sensuais (e a medicina e a química assinariam favoravelmente em prol desse amigo querido!).

A tia se gabava para as outras mulheres da vizinhança que o marido tinha um "ferrolho" muito entusiástico, e segundo ela o "Viagra" seria uma persona bem distante, e não muito afável na vida deles... (pelo menos ela achava que seria!). Em um piquenique na Praia do Cachimbo de final de ano, realizado exclusivamente pelo grupo fechado de amigos, "beltrano" depois de tomar algumas cervejas perdeu o rumo das ações... Após saber que um dos presentes possuía o tal de Viagra, não se deu por rogado e pediu uns comprimidinhos, e após se retirou ficando quieto que nem tartaruga ao sol... Como sabia que alguns do círculo de amizade não davam crédito ao que "fulana" dizia, preparou a eles uma surpresa de que jamais se esqueceriam...

Tomou o dito *comprimido milagreiro* e ficou esperando exatamente por uma hora. Quando notou que o losango azul começara a surtir efeito, levantou-se da cadeira, abaixou a calça da roupa de jogging que usava e exibiu para toda a audiência aquele maravilhoso efeito produzido. Toda a gente ficou perplexa... (até a vó de um dos convidados deixou cair a ambrosia que comia!). Não contente, caminhou pelos demais grupamentos presentes, convidando outros homens a palpar sua "pistolinha", para provar que ela não era mantida por alguma prótese. Ficou mais de vinte minutos com aquela exibição apoteótica, e assim destemidamente o "beltrano" passou para os "*anais*" do grupo... E minha amiga contou posteriormente que quando em casa chegaram ainda deu para usufruírem de alguns cavacos daquela proeza que o amigo manteve, segundo ele, com extremo esmero.

Como muitas drogas, o Viagra — *nome comercial do citrato de sildenafil* — foi descoberto, no final da década de 1980, de forma acidental, pois era para o tratamento de angina. Por que o nome Viagra... Já se perguntaram? Dizem que, além de o nome ser de memorização instantânea, ele rima com Niágara. A gigantesca catarata famosa por suas copiosas e ensurdecedoras quedas d'água, e por ser o destino favorito para casais em lua de mel na América do Norte. E a cor azul do comprimido? Porque confere uma cor peculiar e facilmente identificável (*qual a cor do enxoval dos bebês homens?*).

O Viagra não é afrodisíaco e só funciona em resposta à estimulação sexual. Tradução: é recomendável uma parceria! Mas se você, meu amigo, está querendo se turbinar mais, outros existem... Alguns prolongam aquele efeito por até 12 horas... (que maravilha levar uma caixa destes para aquelas férias na praia com a patroa, hein?).

Mas a vida é muito mais que isso... Certamente há infinitamente mais tipos de viver prazerosamente disponíveis ao nosso redor do que possamos imaginar. Assim acredito que... a verdadeira ereção é a da alma, e ela é medida por sua paz e alegria do agora.

SONHANDO

Depois de tomar algumas "biritas" no Bar Tristeza Antiga, ele corriqueiramente apreciava finalizar a noite filosofando na esquina da rua Padre Reus com a avenida Wenceslau Escobar — sempre havia fiéis espectadores (em algumas delas até compareci como olheiro atento e interessado). Nosso pensador noviço estimava dizer que "a verdade nunca estava na multidão, mas sozinha... ...porque a multidão nunca encontrou nenhuma verdade. A verdade só foi encontrada na solidão ou na boa vontade das pessoas". (... lembrando que ainda hoje essa questão permeia a sociedade, gerando opiniões conflitantes. Seria um futurólogo esse amigo?).

Uma atividade em que igualmente se especializou foi de contar episódios ocorridos no bairro, que inicialmente pareciam existir tão somente no mundo do "faz de conta", mas que, sim, segundo o próprio eram legítimas. Sua principal característica sempre foi a do legítimo malandro tornado santo pela maioria que o conheceu. Não era apenas o que enganava e o que se apropriava do que era do outro para seu proveito e projeto pessoal, e sim tinha a altíssima habilidade de redefinir as regras de um jogo, segundo ele, que lhe eram injustificadamente desfavoráveis! (genuinamente um perito nessa arte).

O semblante não era do rapaz bem apessoado, pois mesmo na juventude tinha uma barriga que lhe dava "um ar de gravidez", e quando salientavam aquela protuberância de gordura, logo lascava: "Isso, meus amigos, é um calo erótico!". Mesmo muito jovem já exercia a função de comparsa inseparável daquele lambretista famoso na década de 1960 do bairro, e irmão do maior jogador de cartas que se conheceu na época dedicado exclusivamente a viver a vida. Aparece como coautor de várias melodias em conjunto com um hippie do nosso estimado arrabalde (alguns até alegam que o hippie entrara com a música, e "ele" com a cachaça — risos).

O próprio achava as histórias (?!) que relatava, sim, merecedoras de películas, pois corriam o risco de conquistar sucesso. Atrevo-me a relatar umas e outras:

"Determinado dia revelou-se a mim 'Iemanjá' lá na Praia da Pedra Redonda" (como se Benito, o Mussolini, estivesse incorporado). E seguiu o relato... Estava pela manhã do sábado bem cedinho na praia preparando "caipirinha" para mais tarde comercializar, quando uma mulher comum — trajando biquíni, chinelos de dedos, cabelo longo bem abaixo do "bumbum" — lhe chamou pelo nome, e no piscar de olhos foi em sua direção afirmando que a partir daquele momento trocaria por dinheiro os dez litros de "caipirinha" por ele preparados numa bombona azulada.

Passado um tempo, quando a praia estava cheia de visitantes, próximo às 11 horas, ela saiu pela beira da praia com seu isopor lotado de elixir alcoólico ocasionando que um povaréu de gente viesse espontaneamente até a caridosa vendedora comprar aquela manguaça (as pessoas só dela compravam, não adiantando apresentar nada que estivesse fora do bendito isopor. Foi a derrocada dos demais vendedores ambulantes). Depois de reabastecer por diversas vezes o isopor, acabou exaurindo todo o estoque... Assim entregou ao nosso amigo, na última viagem, isopor miraculoso vazio com monte de dinheiro. Ele guardou a verba e quando se virou para agradecer à tal mulher... ...já não estava mais ali. Mesmo assim comprovou que pouco distante caminhava apressadamente, não mais com o traje de banho, e sim agora com vestido longo azul-claro, seus adornos e vaidade. Ainda pôde gritar à mulher:

— Eu sou seu filho, minha santinha. Odoyá, minha mãe Iemanjá!.

Ela bruscamente se virou e respondeu:

— Fica na tua, bicho, que tô indo no fim da linha do ônibus Barquinha/ Assunção, pois vô ao Mercado Público comprá canjica, sagu e doce de leite". (e assim sumiu para sempre!).

Este próximo relato foi na sua casa durante um churrasco do seu aniversário (compareci ao evento). Disse que certa vez estava na sala falando com a tia, no recém-chegado telefone residencial ao bairro, quando sua mãe, como de hábito, levantou-se da cama e ligou a eletrola para ouvir música (não sem antes pegar uma banana na cozinha para comer). Ele, distraído ao telefone, mas de frente para ela, observou que bruscamente sua mãe jogou-se ao chão ficando deitada de barriga para cima — "até achei que ela tava brincando" — contou. No momento em que percebeu a mãe em estado anormal, ou seja, ele estava passando por uma transformação facial, largou o telefone e foi vivenciar aquele cenário peculiar e assustador. "Quando deparei com minha mamãezinha, fui capaz de sentir sua fisionomia diferente. Fiquei perplexo" — relatou. Sua mãe então repentinamente ficou de pé, pegou um dos chinelos de dedos — como se fosse microfone —, e a partir daí não teve dúvidas de que ela havia se transformado em outra pessoa, com o rosto todo retorcido.

— Quem tu é? — perguntou o adorado filhinho.

— Não está me conhecendo, guri? Sou o Vicente Celestino! — com voz rouca, a mãe, ou o Vicente Celestino, espraiou-se.

E sem mais delongas mandou ver a música *O ébrio* de forma completinha, para o deleite do filho e do seu gato Kiko. Terminada a música desincorporou (ou deixou de fingir), e foi comer outra banana (nunca mais algo semelhante ocorreu com a sua sagrada genitora). *O ébrio* é um filme brasileiro de 1946 dirigido por Gilda de Abreu e escrito por ela e seu marido Vicente Celestino, que protagoniza o filme. O famoso clipe *O ébrio* é cantado num bar nas cenas finais do filme.

Mas a história que representava a sua efetiva neurose residia no fato constante de sonhar com um padre "Palotino", que são aqueles que pertencem ao tipo de vida apostólica da Igreja Católica. Esse padre "Palotino" e seus irmãos católicos coabitavam numa chácara da atual Vila Conceição cujo proprietário era o seu "José da Silva Guimarães Tristeza" (os registros antigos transcrevem que no local até senzala para os escravos existia).

No sonho, o tal religioso, sempre ao seu lado, acompanhou até chegar a uma pequena capela — existente na época —, na rua Nossa Senhora Aparecida, na já mencionada Vila Conceição. Nesse cenário específico, nosso dorminhoco, de maneira discreta, iniciou a trabalhar silenciosamente suas observações sobre o motivo que o levara lá — como faz o fermento numa massa de pão. Um secreto incômodo atormentava o cotidiano do nosso amigo: o fato, por assim dizer, de assumir a postura de "virgem reciclado" — aquela pessoa que um dia foi promíscuo, ou sexualmente desnorteado, mas que elegeu se abster até o casamento. Seu lema: "Permanecer sob vigília, pois estava determinado a esmagar esses pensamentos pecaminosos sem a mínima piedade".

Aquela região foi povoada por imigrantes, na maioria italianos com algumas filhas lindas; e no sonho, de supetão, entra na capela uma jovem... Nossa! Era um "combo" de atratividade: braços longos, coxas grossas com vestido cor vermelha sinalizando aquela receptividade sexual, e cuja presença por entrelinhas enviava paixão, energia e excitação aos olhos. Ofertava cabelos longos e lisos insinuando saúde e fertilidade, e como adereço o sorriso exalando aquele efeito profundo e intenso de perplexidade a quem estivesse enxergando. Sem contar aquela cintura bem-feita e o "bumbum" avantajado certificando que era uma mulher pronta e fértil, carregando consigo aquele caminhar recheado de sexualidade.

Resumo dessa ópera: uma fêmea demonstrando ganância, violência e o desejo ardente de poder e posse, mas... era uma pessoa não compromissada com a "verdadeira" fé cristã. Mesmo assim, quebrando qualquer barreira de vigília, os dois não tinham como evitar os olhares! Nem queriam, cientes da fogosidade reinante, da exalação hormonal e juventude (ele já se orgulhava de ser visto ao lado daquela "bambina").

Assim já despidos — no sonho, é claro — correm para os braços um do outro, e é nesse exato instante que o padre "Palotino", creio que enfurecido com o momento, arremessa um enorme crucifixo — 150 centímetros feito de ferro — na cabeça do nosso sonhador. Então... Bem, o nosso amigo acorda — já eram 5h30 —, e vai para o banheiro liberar suas necessidades fisiológicas, assim como escovar os dentes.

FIM!

Não me envergonho de dizer que, levado pelo meu entusiasmo desse momento, mentalmente caí de joelhos e agradeci aos céus, do fundo do coração, por ter-me concedido a fortuna de viver em tal bairro e poder rememorar essas narrativas.

IL REI ITALIANO NEL BAIRRO

Os moradores centenários revelam que o povoamento de parte do bairro foi feito inicialmente do loteamento na área que abrangia a atual Otto Niemeyer e a Wenceslau Escobar. Um outro aldeamento ocorreu na atual Vila Conceição, onde até existia a tal de "Casa do Imigrante", adquirida pelos padres "Palotinos" em 1865, quando foi fundada uma escola para atender os filhos dos imigrantes, na maioria italianos atraídos pela possibilidade da aquisição de lotes de terra. Dessa maneira tanto fertilidade do solo como a proximidade com o centro consumidor de Porto Alegre fez que esses imigrados atraíssem outras famílias italianas vindas de modo direto da Itália — região de Vêneto/fronteira com a Áustria — e de outras colônias do Rio Grande do Sul (a maioria assumiu a postura de barco que pela primeira vez segue surfando as ondas em seu antecipado vento favorável).

Muitas das primeiras famílias italianas ainda têm descendentes morando no bairro Tristeza. Entre estas os Beachi, Ditadi, Pellin e Tolotti — mas existem outros mais. Existiu um figuraça que pertencia a uma dessas família que marcou a história do bairro pela metade do século 20. Italiano robusto de mais de dois metros de altura que ninguém sabia quantos anos carregava no costado, nascido na Vila Conceição muito antes de haver qualquer número relevante de moradores. Sua frase predileta: "Sono um galo em mio quintale!".

Na época os moradores pertenciam a essa comunidade quase sem mudanças, onde todos faziam a cada dia quase a mesma coisa, tempo em que nosso amigo ítalo vivia puramente livre e desimpedido (legítimo "observador do céu" que dizia que a alma e os seus pensamentos eram mais brancos do que qualquer neve). Mas para ele nem tudo era como a neve...

Certo momento a partir do seu aniversário começou todas as noites a sofrer do mesmo feitio anormal de pesadelos: divulgou que sentia como estivesse em algum tipo de balé esquisito. Espíritos femininos ficavam dançando ao redor nas pontas dos pés acompanhadas por homens afeminados em mantos flutuantes, e todos compondo o quadro de um mundo fantástico com atitudes errantes.

Até houve em outro sonho (!?) aparição de um "*Gallus gallus domesticus*" com bico enorme, crista carnuda, pernas escamosas e asas curtas e largas. Sim, era gigante, no qual se podia abancar e atentar para o Morro do Osso abaixo. Essa ave — o que é uma exceção — voava mais rápido que qualquer raio e podia até atravessar as poderosas águas do lago Guaíba para um lugar onde moravam anões malignos. Um verdadeiro horror! (quando acordou desse turbilhão fantasioso — contou à irmã —, expressou tormentos íntimos como se houvesse fumado aqueles cigarros que não eram vendidos em armazéns e com a cabeça fervilhando como se estivesse dentro do forno).

Sem contar que era um debatedor ferrenho e radical político sem consciência — não saberia dizer se de direita ou esquerda —, pois achava que o bairro deveria se livrar de sua infestação de certos moradores, principalmente daqueles que não pensavam como ele. Foi protagonista de diversas histórias lindamente ilustradas — ou porcamente, se você preferir — por seus desafetos espalhados nas proximidades da Vila Conceição e do campo do Tristezense. Saliento que o "fulano" se comunicava em **Talian** — é a mistura do dialeto vêneto com a língua portuguesa — e apesar disso os mais chegados compreendiam o rumo da sua prosa.

Quando passada sua adolescência um dos atrativos era o "quarto de banho" dos amigos mais afortunados, principalmente os que tinham um esplêndido e enorme vaso sanitário com tampa de madeira — situação incomum, pois a maioria possuía aquela casinha no fundo do quintal recebedora de dejetos humanos. Sentado na privada, contava que se sentia exatamente como "Rei" e rapidamente promovia a mãe ou a irmã do conhecido a "Rainha" e o comparsa a "Príncipe", herdeiro do trono. O botão que servia para puxar a descarga, no seu imaginário, adequava-se para chamar os empregados, e devido a isso ficava puxando a descarga inúmeras vezes até que alguém da casa aparecesse. Assim que alguém aparecia dizia: "Mande entrar o próximo!".

Quando depois do almoço entrava na sala do trono — banheiro do amigo — permanecia sentado sempre de porta aberta para todos verem no irreal trono efetivando cumprimentos com a cabeça a quem cruzasse, concedendo fictícias audiências para o vazio e brindando com a mão para beijar — alguém jamais identificou a quem —, até que algum dos presentes impacientemente o intimasse a sair, porque outros queriam entrar, ou então pelo motivo de o cheiro dos seus dejetos ser inaceitável.

Dessa forma, sob protesto — tal qual qualquer monarca que conhecemos —, procedia com o ritual costumeiro de higiene íntima, vestia as cuecas, a calça e se despedia encantadoramente e solenemente com a frase: "*Fino alla prossima settimana i miei soggetti, o quando avrò un mal di pancia non programmato*". Na tradução livre do português popular e desaforado: "Até a semana que vem, meus súditos, ou quando tiver uma dor de barriga não programada".

De acordo com a neta, moradora do bairro, atualmente ele permanece no corpo físico, e continua o manipulador barato das emoções humanas. E em nome da família ela mandou que transmitisse o seguinte recado a você leitor: "*Se dexairi até pacoti di merda ele vendere alla tuti gente*". Outra tradução livre do português popular e hiperdesaforado: "Se deixar, até pacote de merda ele vende a todo mundo".

MITO OU HISTÓRIA?

Histórias estranhas que seguido planejei decifrar foram as que envolviam o fechado e comedido morador das cercanias onde posteriormente se fixou o "Artesanato Guarisse". Esse lá domiciliado era moço gentil, claros olhos verdes, sorriso doce e tímido, que amiúde trajava roupas justas, bigode ralo e inconsistente, com cabelos volumosos chegando aos ombros formando assim uma espécie de protótipo masculino da época. A moradia incluía um gramado exuberante — sempre aparado — circundado por um oásis de folhagem todo tempo regado por paz de espírito (muito fui jogar "botão puxador" com esse amigo). Sobre quem estou escrevendo?

DICA: estudei com a irmã no colégio Padre Reus durante todo o ginásio... Fui um, entre vários, que diziam que estar perto dela era estar colado a um cabo de alta tensão caído: superperigoso, soltando faíscas — no caso dela, de luxúria — que eram aspergidas em todas as direções (tudo isso emoldurado com aquele corpo bem bronzeado, exuberantemente torneado e rosto belíssimo — uma exímia nadadora). Mas vamos voltar ao que não interessa!

Esse amigo tinha um passatempo: registrava tudo que fosse estranho no seu ponto de vista em papel de pão com lápis "Johann Faber" preto que sempre à vista acompanhavam. "Sou os olhos e os ouvidos da vizinhança" — sempre que possível manifestava (atualmente "fuxiqueiro de prontidão").

Contava, por exemplo, que nas cercanias da "Floricultura Winge", durante violento temporal, houve exemplar desmoronamento daquela chuva de pedras com tamanho de paralelepípedos, enquanto os postes próximos encurvaram ao ponto de tocarem no chão — sem quebrar. Na época prevalecia uma mentalidade supersticiosa e apocalíptica segundo o sobrenatural, o maravilhoso era a regra, e não a exceção. Nosso contador de histórias afirmava sarcasticamente que, viajando por aquelas bandas — na época uma chácara —, era mais fácil se deparar com uma mula sem cabeça do que com ser humano.

Houve determinada fase em que exerceu o "Curandeirismo" — supostas raízes que permaneceram gravadas na cultura oral dos mais íntimos e secretos amigos, e amigas da época —, originando uma linha divisória entre lenda e história, entretanto, tenho que admitir que são relatos admiráveis e adaptáveis à toa ao diferente. Os não convertidos em íntimos discípulos revelavam que as narrativas eram assunto de meias verdades, confusão, fantasia ou genuína invenção... Porém, e "porém" é decisivo aqui, o lícito a concluir é que as verdades que essas narrativas escondem são mais fantásticas do que qualquer ficção (já outros dizem que são acontecimentos 100% reais).

Ante suas proezas, posso dizer que a veracidade inicialmente conduz à estranheza, no entanto, ouvindo até a conclusão, se transformam em informes cativantes e descomplicados. Contam que curou cegos e paralíticos passando uma mistura de saliva e carvão moído nas pálpebras dos doentes (houve época em que seu cotidiano era operar milagres. Chegando a, depois da morte física de sua avó, ressuscitá-la, fazendo a idosa viver por mais cinco anos).

Sua irmã confidenciou-me durante um recreio festivo no colégio: "E veio ter com ele crentes, que traziam coxos, mudos, e outros muitos, e os puseram aos seus pés, e ele curava nesses casos simplesmente borrifando a mixórdia de arruda, água de cheiro, catinga de mulata e pedaços de tripas intestinais frescas". Um observador divulgou que o viu andar sobre as águas do lago Guaíba — da Praia dos Jangadeiros até a Praia do Cachimbo — demonstrando assim que Deus Pai estava disposto a dividir o poder divino não só com seu filho Jesus. Também multiplicou pães "cacetinho" e "salsichões" empanturrando inúmeras pessoas durante evento. O fenômeno — ou milagre — calhou na frente do Clube Comercial da Tristeza durante o baile de carnaval. Os foliões iam saindo e enchendo a pança; saindo e enchendo a pança... (sobraram no final doze "salchipão").

Outro exemplo interessante é o da pesca sobrenatural ocorrida na Praia da Pedra Redonda: subiu no barquinho junto ao amigo de pesca e foram remando levando consigo uma rede. A cem metros da beira do lago Guaíba, depois de alguns minutos prostrados, resolveram puxar a rede para o interior da embarcação (ficaram perplexos, pois para surpresa de ambos havia 97 grandes peixes — 33 jundiás, 18 traíras, 15 bagres e 31 corvinas).

Também fez o filhote de ovelha — confeccionado em gesso que fazia parte do presépio — tomar leite, e materializou uma bombacha vermelha — do nada — durante um pula-fogueira na Festa de São João da Paróquia São Vicente Mártir no bairro Camaquã.

Mas, apesar de toda essa assistência espiritual, no mundo físico não teve o mesmo amparo. Certa noite compareceu ao bar "Tristeza Antiga" com um "buquê de flores". Abordou a primeira moça desacompanhada e perguntou:

— Você é a fulana? — Ela balançou a cabeça negando. Após outras tantas tentativas malsucedidas — foram oito —, sentou-se ficando cabisbaixo e solitário numa mesa (bem no fundo do estabelecimento...). Passado poucos minutos, uma moça — quem sabe supliciada — se aproximou e perguntou o que havia acontecido.

— Levei um bolo da garota que iria encontrar!" — lacrimejando relatou.— Óóóóó! — ela balbuciou.

Então aproveitando o momento "piegas" mandou esse torpedo verbal:

— Como é difícil encontrar uma garota legal hoje em dia; principalmente quando se é virgem e totalmente contra o sexo antes do casamento.

Bem, não preciso detalhar o resultado desse encontro! (atualmente os dois têm uma família com quatro filhos, seis netos e dois bisnetos). Encontrei o amigo no início de 2022 em frente à Veterinária do Dr. Cação e família... Um belo encontro no qual me deixou esta frase antes da despedida:

— Antônio, a fórmula do sucesso é ampla, pois depende do que você entende por sucesso; mas a do fracasso com certeza é você chegar na velhice e ninguém gostar de você. (prontamente concordei com ele).

Assim houve nosso "até a próxima"! E a você que pacientemente e angustiado leu até aqui gostaria de dizer que: "As pessoas que gostam das minhas publicações são mais bonitas e felizes, segundo um estudo que acabei de inventar".

A DEFUNTA "VIVA DA SILVA"

Hoje é aquele dia em que — olhando pela janela do local onde escrevo — permito-me sair a viajar pelo passado... para aquele tempo em que existíamos e em que os malfeitores e os corruptos tinham tudo a temer, e os elogiáveis podiam o todo esperar. Então com essa liberdade vou escavando nas catacumbas da memória na busca das lembranças seguindo pistas que recuam bastante no tempo até se encontrar nas areias da história que vou revelar pela primeira vez. Na família desse conhecido todos sabiam que sua vinda ao mundo se efetuou "sem dificuldades e sem dor", tanto que a mãe costumava dizer as outras: "A dor do parto do 'fulano' foi uma dor que não feriu, que não deixou marcas. Foi uma dor de vida".

Vizinhos na época acreditavam que a casa da família era habitada por uma energia espiritual maravilhosa da qual dependia o sossego e a tranquilidade das pessoas que nela viviam (e muitos realizamos felizmente essa mesma crença; de receber bem aquela energia vinda não sabíamos de onde que transformava nosso dia a dia em felicidade e alegria). Contavam que no aconchego do lar partilhavam as carícias dos pais, as farras dos irmãos e uma significativa parte das afeições dos moradores da redondeza!

Mas chegou o dia, não como qualquer outro, em que a valente nuvem espiritual obscura, vinda não se sabe de onde, com ignorância e malícia começou a perturbar a paz doméstica... À vista disso, fez com que o amor, a amizade, a reputação, e todos na casa comparecessem ao jogo da anarquia. Essa energia, denominada "demônio familiar da nossa casa", que muitos conhecemos, se materializou em forma humana, a qual como ilusionismo os familiares passaram a enxergar e conviver — tudo ocorreu na velocidade da luz deixando a todos embasbacados.

Sim, era um homem de carne e osso, pele branca como a neve, presumidos 30 anos de idade. Rosto estreito com forma alongada, nariz também estreito, longo e reto, com o queixo angular. Olhos de tipo europeu, tamanho médio, cor azul, brilhantes e impossíveis de se resistir à sua firmeza pela impressão incômoda do estrabismo duplo, e por não saber o que era emanado por trás daquele magnetismo infernal. Cabelo loiro exuberantemente escorrido sobre a cabeça grande, acompanhada nas faces por cicatrizes profundas possivelmente recebidas nos tempos do pretérito. Dentes brancos, alvejantes, pontudos, com caninos que pareciam ostentar-se ameaçadores. A boca se apresentava, pois, mal fechada por três lábios; dois superiores completamente separados, e um inferior perfeito — o sorrir, aliás, desse ser hediondo era "algo assustador", com a barba retorcida e pobre que tinha mal crescida no queixo como erva mesquinha em solo árido, que em vez de ornar desfigurava a aparência. E finalmente braços longos prendendo-se a mãos descomunais que desciam à altura dos joelhos demonstrando possuir resistência e boa força física, tornando a forma e o aspecto repugnante da figura ainda mais antipáticos.

Nosso amigo resistiu a esse convívio durante quatro meses contínuos. Então por desespero aos 17 anos fugiu e foi morar na casa de uma parenta residente na rua Dona Paulina próximo da "Aldeia Infantil Brasileira SOS" (mas a existência do amigo nunca mais foi a mesma). Supõe-se que foi no bar do seu Almerindo que provou pela primeira vez "cachaça". Saboreou o elixir estalando com a língua feliz, e gargalhou como se possuído estivesse.

Na privacidade do lar — um galpão de "Eucatex" nos fundos da casa daquela que o acolheu — era um juramentado "minimalista" (sem roupa na plenitude do tempo, pois considerava andar vestido algo marginal). Aos leitores leigos traduzo resumidamente que o estilo de vida "minimalista" se baseia em diminuir drasticamente os níveis de consumo adquirindo apenas os objetos necessários para vida plena (na janta assentava na esteira e comia com a mão, pilotando depois a refrescar o corpo com banho de bacia regado com **sabão** mecânico em barra "Chauffeur").

Evangelizava a seguir o único mandamento da religião que criou: "Tome três goles de pinga e vá dormir que amanhã é outro dia". Agradecia à bisavó por ter ensinado a falar com as folhas, com os pássaros e com as pedras... e ao cumprimentar alguém assoprava as mãos (se algo não dava certo, o erro nunca era seu). Se achava tão injustiçado que resolveu "dar uma segunda chance a Deus". E "Ele" o escutou!...

Certo sábado, à tardezinha, em frente à Pira da Praça da Tristeza, viu aquela coisa: morena, vestida de amarelo, cabelos volumosos e corpo exuberante ofuscando sob o sol do bairro. Só poderia ser descrita como linda — sim, realmente a garota de tirar o fôlego. Lembrou-se de ouvir um amigo sussurrar no seu ouvido que ela nunca havia namorado (então sua pele se comprimiu com toda a força contra os ossos. Era difícil até de imaginar que aquela fenomenal criatura existia). Pensou que iria fazer seu nome impressionando a única garota que importava e, no final das contas, permanecer focado em seu verdadeiro objetivo: ser o seu namorado (ou, quem sabe, se um dia tudo desse certo, o primeiro homem da sua vida).

Imediatamente, sem aviso prévio, confeccionou vários saltos mortais para trás e igual número para a frente, terminando com um "espacato" — aquele exercício em que se abrem as pernas com máxima amplitude e afastamento até um ângulo de aproximadamente 180 graus. Estava feliz da vida só por ter conseguido chamar a atenção da garota (uau! Que boa-ventura!). Se aproximou começando com aquela conversa que sugeria uma leve paquera (conhecida na época como "conversa pra boi dormir").

Iniciara a se reinventar apresentando para a moça apenas uma versão resumida de si mesmo. E isso fez com que ela permitisse namorar com ele, não sem antes confessar que havia tido um caso amoroso e intenso com um primo que morava no interior do estado do RS. Entretanto isso não o incomodou, tanto que brevemente noivou e se casou! (mas a esposa por um destino amargo morreu logo após o casamento).

Mas o seu primeiro amante — aquele parente interiorano, lembram? —, duvidoso de sua morte, veio para Porto Alegre e a desenterrou algumas horas após o féretro encontrando-a viva. Imediatamente a retirou da sepultura e se casaram no cartório da rua General Andrade Neves — no Centro Histórico de Porto Alegre. Meio ano após o fato, o viúvo — nosso amigo — a reconheceu na fila do açougue do "Seu Neco" — avenida Wenceslau Escobar com rua Padre Reus — e reclamou na justiça os seus direitos de marido enganado.

O casal, contudo, ganhou a causa em juízo argumentando que o casamento era uma aliança que durava até a morte, e como a moça havia falecido, o casamento não mais existia (e dessa maneira foram felizes até hoje residindo no bairro Ipanema). E o nosso amigo? Bem, esse, depois disso, não mais foi visto!

VOLTOU AO TÚMULO PARA FICAR

Sempre que visito o perdurável bairro Tristeza, sou intimado pelas recordações a viajar na imaginária máquina do tempo! Então, através das ruas, sou transportado à época da mocidade, e a tudo o que simbolizou, existindo plenamente submisso ao que vivenciei. Por esse poder mágico, visitar aquela região urbana se torna mais especial e merece espaço na minha história e perfil! (sem dúvida o bairro foi onde meus sonhos foram primeiramente sonhados!)

Um lugar em que, quando você não desejava levar vantagem em qualquer atitude, significava que você "era honrado". Onde roupas novas não valiam mais que abraço, e o gibi, livros, cadernos, estojo, pão com salame e a margarina existiam no lugar dos celulares dentro das mochilas das crianças, tornando-se nossos companheiros de jornada (mesmo com a obrigatoriedade dos cintos nas calças, éramos mais livres!). Recordo que pela janela do quarto podia sair para a rua, pois não havia grades, sem contar que nas noites quentes de verão deitava-me na varanda e dormia com a porta aberta — assistido pelo meu amado cachorro: "Duque"!

Confesso que gosto atualmente de andar pelo bairro, pois volto a lembrar do verdadeiro tempo na minha existência, descomplicado como o vento, limpo como aquele céu somente repleto de estrelas, e incomum como o pôr do sol do Guaíba... (e indiscutivelmente estupendo tal qual namorar na Praça da Tristeza). Caminhando pelas calçadas retorno ao meu mundo descomplicado e modesto no qual existia amizade, coletividade, ética e sinceridade como alicerce do cotidiano (por vezes desejo ser aquele "menino" — mas quem não?!).

Na infância assistia a jogos de futebol de verdade entre o "Bandeirantes" e o "Tristezense", em que os jogadores eram nada menos do que ídolos que podíamos ver, escutar e conversar. Por vezes também gostava de falar com os vizinhos da rua onde morava — pessoas que provavelmente nunca tinham se aventurado mais do que alguns metros em qualquer direção a partir do local onde viviam (o caminhar mais longínquo que se aventuravam a ir era o armazém a duas quadras).

Mas bem sei que estou pertencendo à categoria dos novos idosos... aqueles que ainda têm projeto de vida, saúde sob controle, sexo prazeroso, felicidade, amor, liberdade e beleza única. Tenho gratidão, pois estou numa fase da vida repleta de descobertas, de novas amizades, e de intenções. Meu saber e as minhas aptidões são valiosos e supercapazes de se adaptar ao mundo moderno e dessa maneira existo no desejo de continuar idoso... mas aquele idoso jovem com capacidade de escrever uma crônica, de praticar atividade física e muito lúcido com aqueles que fazem parte da minha vida.

Muitos declaram com firmeza que nostalgia é o coração pedindo para reviver; então me contágio explorando o passado, tentando atingir um conhecimento mais profundo sobre minhas emoções no presente (algumas lembro como se fosse ontem, mas com saudade acumulada de 50 anos).

Em frente ao novo Espaço MW na Tristeza — antigo supermercado Real —, encontrei um amigo do colégio Três de Outubro que disse algo muito interessante, fazendo pensar:

— César, meus filhos foram viver a vida deles, então fui obrigado a dar minha vida a mim mesmo, pois não existe a necessidade de dar a ninguém mais. Em resumo, me transformei nos meus pais, conseguindo dessa forma sentir que nasci novamente... e mesmo que por vezes acredite ter perdido alguma coisa, desfruto do enorme prazer em saber que ainda carrego minha história e meus sonhos assim como você. Simples assim! — concluiu...

Recordo que esse mesmo amigão gostava de contar histórias, principalmente de religiosos, pois seu tio era sacerdote, e muitos acontecimentos vivenciados relatava ao seu pai, e que sem cerimônias passava a esse amigo nas horas de almoço ou janta... (eu recebia os relatos em 3ª mão — tudo isso na nossa juventude).

Uma das histórias é sobre um religioso que havia encomendado uma sela de cavalo, porém faleceu antes do prazo de entrega prometido pelo artesão, que devido à morte do clérigo interrompeu os trabalhos. O padre, indignado, teria voltado à vida para cobrar pelo que havia acertado e não usufruído. O artesão, então, se recusou a entregar o que devia, pois o padre segundo todos estava morto. Enfurecido, o clérigo lhe excomungou e o golpeou na cabeça, causando sua morte alguns dias depois. Segundo testemunhas — trabalhadoras do cemitério —, após o evento, o padre nunca mais saiu do seu túmulo, voltando a ficar morto (quem sabe, até os dias de hoje!). Quando a família do artesão foi exumar o corpo, anos depois, lá estava o cadáver intacto como se houvesse morrido naquele instante expondo somente os olhos selados...

A explicação foi que: os corpos daqueles que são excomungados não apodrecem, mas se tornam extraordinariamente inchados, como tambores, e não podem ser corrompidos nem reduzidos a cinzas, a não ser após terem recebido a absolvição de seus bispos ou de seus padres (sobre isso, não soube o desenrolar dos fatos ocorridos posteriormente. Quando souber, prometo que revelo).

Mas, como está frio, saibam que minhas lembranças do bairro são como um abraço quentinho em dia bem gelado!

O ROTO E A ESFARRAPADA

Uma alegria que não consigo descrever foi quando criança me deparei com o fato de existirem livros, enciclopédias, gibis, revistas etc. mesmo que tão só entendesse as gravuras e criasse outras histórias em harmonia com minha interpretação. E o outro contentamento, bem mais simples, se abreviava no acompanhar as "formigas" nas variadas caminhadas quintal afora.

Lembro perfeitamente de ter ouvido desde a infância narrativas que faziam parte da tradição oral do bairro. Muitas delas, talvez a maioria, eram originadas do lugar e fazem parte desse inesgotável baú de tesouros que confiando na lembrança agrupo sob o título de "Gente do meu bairro". São inúmeros os moradores com que travo diálogo na memória, mas existe o que representava o papel daquele personagem que esse "fulano" conhecia muito bem: "Ele mesmo!".

Não vou especificar o local da vigília para manter sigilo, mas todos os dias que lá passava, sem exceção na mesma hora, quer dizer, tanto podia ir às 6h da manhã de um domingo como às 18h da tarde de uma sexta-feira, efetivo estava — imóvel como estátua no lugar de sempre (isso durante os anos 1960 e 1970, quando o bairro Tristeza era uma "comunidade urbana efervescente").

Lembro que na frente da casa onde ele morava — parte interior do quintal — havia gigantesco cachorro com olhos do tamanho da tampa daquelas latas de banha antigas com afetuoso apelido: "Bob King Kong" — segundo o dono, comia estritamente muito feijão com leite ("Bob" tinha o modus operandi de atacar e depois estraçalhar tudo que se movesse — inclusive plantas ao vento).

Ao passar pelo "Bob", entrando na casa — no teto da sala — havia uma placa, onde se lia: "POR QUE RAIOS VOCÊ ESTÁ OLHANDO AQUI PARA CIMA?". E, atrás da poltrona — onde o "fulano" recebia os amigos, outra placa: "NÃO CONVERSO COM TORCEDOR DO ESPORTE CLUBE BANDEIRANTES. FAVOR NÃO INSISTIR".

Segundo sua tia — Dona Eronildes —, quando estava sozinho, ficava lá na poltrona aconchegante, lendo passagens da Bíblia e entoando marchinhas de carnaval. Aos amigos de escola, quando convinha, desfrutava o hábito de narrar acontecimentos recheados de apartes maliciosos daquela época em que se aprendia a dançar com as vizinhas um pouquinho mais velhas. Uma "delícia"! (e é bem verdade que era uma coisa muito luxuriosa).

Contou-me que na galeria das vizinhas que tatuaram sua mente existia a loira que mancava de uma perna ("parecia estar sempre disposta a fazer alguma safadeza" — afirmou!). "Aquele vestido apertado na cintura, sutiã com bicos pontiagudos, anágua, meias de nylon e debaixo daquilo tudo uma calcinha — hoje considerada calçola — que escondia sua vergonha repleta de excessivos fios de cabelos" (com a boca expelindo saliva, repetidas vezes fez-me prestar atenção nesse relato). Dependendo da ocasião, complementava a descrição com: "Os cabelos eram brilhantes e encaracolados graças ao 'óleo de fígado de bacalhau' que aquela deusa utilizava".

Como eu também a conhecia, sempre que questionada a respeito do relacionamento dos dois a tal loira veementemente enfatizava: "Somos exclusivamente amigos, César, e desfrutamos uma relação comum e felizmente não sexual" (apesar de que o nosso amigo atento permanecia em vigília pronto a pular para cima da mínima chance).

Ainda lembro do mexerico sobre ela: "Bah, é daquelas garotas que a gente não esquece". Em várias ocasiões, outros amigos reafirmaram rumor de que ela evitava desodorante usando somente aos domingos quando frequentava a missa. Igualmente diziam que ela confessara que não tinha o hábito de escovar os dentes duas vezes por dia... na verdade, não escovava os dentes nem uma vez por dia ("Toda vez que tenho que falar com ela é muito desconfortável" — tristemente um namoradinho disse).

Um colega do Padre Reus cochichou que dançou com essa moça numa reunião dançante no Clube Comercial e garantiu: "Beltrana é uma das minhas melhores amigas, honestamente acho 'uma brasa, mora', mas no meio do "bate-coxas", quando roubei uma "bicota" — conhecido atualmente como selinho —, parecia que havia comido alho, atum e salsicha. Foi muito triste e nojento" — finalizou.

Mas a atitude mais "sui generis" da nossa amiga foi relatada pelo seu primeiro namorado fixo — o "Canjica" para os íntimos: "A fulana consome argila para limpar de dentro para fora desinfetando as entranhas, mas apresentava como única desvantagem que seu cocozinho e o xixi assumiam odor metálico ou outro cheiro dependendo da fonte que a argila fosse extraída".

E por hoje era isso! Desejo que todos tenham desfrutado de boa leitura, mas derrubando as estatísticas, e sim ao oposto, esses dois personagens não trilharam caminhos diferentes, pois ela e "Canjica" se envolveram com forte atração corpórea e emocional até os dias de hoje quando completaram 47 anos de um feliz matrimônio... (fui à comemoração). Sim, ambos não mais conservando o frescor juvenil, mas até este momento residindo no nosso querido bairro.

O VIRA-CASACA

Na atualidade esse "amigo" acha-se quase totalmente esquecido, mencionado apenas e a contragosto pela família. Contudo seguramente confirmo que foi o jovem que no cotidiano sempre andava acompanhado daquela sombra misteriosa (mas desejando ou não quem o conhecia sabia que tinha perfil daquele solteirão juvenil com sucesso!). Dizia abertamente que por fim obteve a conclusão de que a melhor maneira de arruinar uma boa amizade feminina era entrar num relacionamento romântico. E com essa declaração extirpou tudo o que havia sido como colega, no lugar disso deixou em cada garota que conquistava a ferida que daí em diante sangraria todos os meses ao comando da lua. Detinha comportamento que, embora criticável, incluía certo carisma! Resumindo, uma figura ímpar sem nenhum limite; ou melhor, com caráter variável adaptável ao seu individualismo, e vira-casaca.

Esse "amigo" confidenciou ter em mente uma classificação das garotas que conhecia. Conquistador ativo, após um tempo dividiu-as em dois grupos: as que se insinuavam ao rapaz e as recatadas (esses critérios nem sempre tiveram o apoio da realidade). Tinha toda classe de truques para apoderar-se da atenção das garotas. Quando na hora do recreio ao ver par de gurias interessantes tomava rapidamente minha mão e fingia interpretar suas linhas com gestos misteriosos. Então caminhávamos para a proximidade das garotas, que normalmente suplicavam que lhes lesse o destino. Ao isso fazer obrigatoriamente lhes tomava as mãos acariciando-as excessivamente e sempre o futuro lido prognosticava uma visita a sua casa — quando na residência antecipadamente sabia que não haveria ninguém, é claro (que eu saiba nunca houve alguma visita).

Cabe dizer que não usufruía daquela aparência de artista de cinema; tanto que pela opinião dos mais íntimos ficou bem mais bonito quando levou um soco e foi agraciado com olho escuro e inchado. Relatou que em certa ocasião foi arrebatado por um episódio considerado excepcional... mas peço que não se engane, em razão de que por trás das suas descrições às vezes romanceadas e mesmo distorcidas havia muita verdade sendo descrita. Suas histórias tinham poder de hipnotizar os ouvidos, e as fontes interrogadas certificaram-me que com raras exceções, decorrentes de limitações dos pontos de vista da época, ele contava mentiras.

Nesse episódio contou que depois dos 15 anos tornou-se acostumado com o escuro extremo e apreciava consideravelmente soprar a luz e ser engolido pela crescente escuridão do dormitório. Determinada noite, havia recém apagado a luz quando deteve a súbita sensação de que alguém entrara às pressas no quarto. O impacto parecia vir do telhado, e foi tão forte que saltou na cama. Uma ligeira corrente de ar passou pelos aposentos, e o que quer que tenha sido moveu-se e sentou-se na cadeira em frente à cama. A cadeira rangeu levemente. Assustado, ele virou-se e acendeu uma vela, e viu...

...sentada à cadeira apresentou-se uma mulher baixa, seminua, escultu-ralmente bela com casacão comprido totalmente aberto na frente e chapéu desabado que não deixava ver o rosto — que mais escondido estava igual-mente pela gola levantada do casaco — sem contar com a névoa branca que circundava todo aquele "ser" (nunca em sua vida havia visto fantasma. Não era dado a ver coisas do mundo espiritual). A mulher fantasma ergueu-se indo direto na sua direção. Ele deu-lhe a mão tirando-a para uma contradança narrando posteriormente que bailaram a noite toda (quando pela manhã acordou estava com as pernas doídas — sim, parecia verdadeiramente que havia dançado muito).

Afirmo que tinha demasiadas superstições, entre algumas: ao vestir os sapatos, colocava o sapato direito primeiro, e ao tirá-los, primeiro era o sapato esquerdo; quando sentava de pernas cruzadas em oração, a perna direita deveria se posicionar sobre a esquerda; se você tivesse duas namora-das, deveria dividir o tempo igualmente entre elas. Na vida adulta foi aquele que de repente encontrou todas as portas fechadas, exceto as da igreja...

...mas antes que algum leitor acolha a ideia de que as histórias que transcrevo da nossa geração sejam erudição vazia ou recreação literária, não importa, pois mesmo assim encerro esta narrativa dizendo a frase preferida desse "amigo" que se tornou diácono da Igreja Católica: "Ser feliz é ficar triste quando o dia acaba!".

A CABEÇA COM MÚSCULOS

Se existe ferocidade fora da selva, certamente encontrou morada nos meandros da década de 1970 neste peculiar amigo. Homem másculo até mesmo quando comparecia na "patente" para ir aos pés... (saibam que o único lugar no mundo — de língua portuguesa — em que chamam de "patente" o assento sanitário é no Rio Grande do Sul). Minha prima namorou por dois meses esse sujeito e com repugnância relatou: "Primo, por saber deste hábito antecipadamente e que iria em casa visitar, comprei alguns lencinhos umedecidos descartáveis e coloquei em cima da caixa da descarga. Resumo da ópera: nas diversas vezes em que foi ao 'quarto de banho' nem ao menos tocou nos lencinhos e no papel higiênico". No entanto na outra visita finalmente mencionei os lencinhos umedecidos descartáveis que tinha colocado no banheiro — achei que ele não havia reparado. Ficou endemoniado e gritou comigo. Disse que um homem de verdade não mexe no bumbum ou abre ele por nada. Homens não abrem as nádegas para limpar... nada pode entrar ali; somente a sua gloriosa mãe poderia tocar naquela região" (saiu imediatamente e nunca mais voltou. "Que Deus o tenha!" — disse que pensou com seus botões).

Depilava o corpo para que os espectadores mirassem nos detalhes seus músculos quando vagueava pela Praia da Pedra Redonda... Para isso não usava qualquer metodologia indolor; simplesmente arrancava os pelos com a foice superafiada de cortar grama! (ufa, que coragem). Nunca usou perfume, normalmente jogava um pouco de pólvora sobre o corpo — material esse comprado na ferragem do seu Adail... Desodorantes?... Só um pouco de chá-da-índia umedecido com algodão para não perder aquele odor inato de animal selvagem...

Adorava expor o corpo seminu. Para isso passava banha de porco para ressaltar a silhueta da forma física — o problema eram as moscas... Mas ninguém nunca disse nada, certamente por medo de represálias! (não posso acreditar que não avistavam aquela nuvem preta seguindo-o). Vestia sunga vermelha ou amarela — todas diminutas... Por vezes estas adentravam a região glútea, dando a impressão de inexistir algum pano naquele local... (mas tal fato passava em brancas nuvens pelos demais — nunca ninguém também ousou dizer algo. O motivo já sabemos! Sim, a sua ferocidade).

Em certo concurso de fisiculturismo, um grupo ingênuo de marmanjos começou a gritar alguns "fuxicos" maldosos direcionados à masculinidade deste quando o calção microscópico que vestia teimosamente adentrou lá aquele lugar sagrado... O chefe da equipe da emergência do Hospital de Pronto Socorro da época teve de requisitar mais funcionários durante aquele plantão, pois nosso amigo esbofeteou perversamente aquele grupo de malcomportados deixando-os com marcas corpóreas bem profundas.

Acordava às 5 horas da manhã... O lanche era regado com uma dúzia de ovos crus, dois abacates, um litro e meio de leite puro e cinco bananas recheadas com aveia... Depois havia uma sessão de duas horas manuseando imensas pedras; as de construções adquiridas na Pedreira Pelin... Não era raro levantar transeuntes conhecidos à altura da cabeça durante longos minutos e ficar falando fiado sobre assuntos diversos com eles! Atendia nas horas de folga no portão da casa da família vendendo verduras diversas... Nunca houve qualquer problema no atendimento; a gentileza era lei por parte dos clientes!

Ainda mais sagrado que cuidar da parte atlética, era zelar pela donzelice da única irmã... (estudou comigo no ginásio e no científico). Mas como por vezes estava mais com o olho na missa do que no padre, ela ficou grávida sem se casar... (uma bomba familiar!). Alguém disse que o abusador salafrário arremessou um pó mágico na virgem coitada ficando esta inconsciente nas mãos do patife... (mas por obra divina transcorridos dois dias o matrimônio efetivou-se com os noivos superfelizes!).

Aos fins de semana, aquele passeio de "Simca Chambord" amarelo, do tio, que se tornou acontecimento turístico... Era poético: o Simca Chambord tinha o apelido jocoso de "*O Belo Antônio*" — bonito, mas seguidamente apagava nas subidas. Lembram?!

A perambulação pelo bairro tornou-se momento no qual o masculino sem rédeas era dominante. Sim, dirigia de sapatos, sunga e óculos escuros — comprado na banquinha do Seu Mário —, e assim ficava desfilando pelas ruas do bairro, esbanjando bíceps, tríceps, tensores, adutores e demais. No rigor do inverno então: bermudas, chinelos de dedos e sem camisa... (esse era o uniforme oficial, sua marca registrada!). Quando passeava entre os moradores com o amarelão — assim chamava o Simca Chambord —, aqueles que peregrinavam pelo trajeto — todos sem exceção — acenavam amorosamente... (pessoas gentis para com nosso amigo! Apesar de o visual dizer aos desconhecidos o contrário!).

Quando o passeio era na beira da Praia de Ipanema, nos domingos, o comportamento mudava: parecia um viking peçonhento vindo de uma festa destemperada; daquelas alimentadas pelo vinho e pela música dos "The Jordans". E assim percorria desde o início até a sede do Clube do Professor Gaúcho, cantando, gritando, fazendo brincadeiras ou atacando outros com zombaria e insultos (triste!). No entanto sempre estava disponível para ensinar o pouco que dizia saber e aprender aquilo que de muito o mundo podia ofertar-lhe. Todos nós deixamos alguma coisa aos outros...

Executou muito além de histórias para os demais contarem sobre ele... (foi muito além disso!). A família jamais desistiu dele mesmo e nem daqueles a quem ele amava... Sempre o vi executando aquilo que fazia o seu coração cantar, sem se preocupar com o imediatismo do resultado. Simplesmente prosseguia vivendo... Querem maior legado do que esse? Saudades desse amigo! (faleceu no início de 2010).

UM NAMORO A TRÊS?

Este é o tipo de história que a lenda conservou, mas é possível cogitar hipóteses um tanto diferentes do que é narrado como verdade. Nesse caso vejo o compromisso de desembaraçar os fios multicolores que constituíam o emaranhado desses relatos ainda desconhecidos da maioria de vocês. Essa meninota, quando abriu os olhos para a existência dos adultos, obteve a filosofia e o comportamento engomado pela avó de 82 anos, moradora antiga da parte baixa do nosso bairro que exercia múltiplas funções: curandeira, benzedeira e por muitos anos atuou como parteira; empreendia ainda atividades como leitura da sorte, dar passes e fazer mesa branca com os conhecidos todas as 4ª feiras à noite. Quando fez 17 anos se casou e espalhava aos demais sua determinação: "O amor sublime está disposto a todos os sacrifícios e para isso não tenho intenção que meu marido encontre outra mulher, mas não me importaria se isso ocorresse, caso fosse castrado".

Nesse meio-tempo continuou obedecendo aos ensinamentos da avó, que se resumiam a: "fazer qualquer coisa para não perder o marido" (o principal consistia em arremessar hortifrutigranjeiros sobre toda mulher que se insinuasse a "ele"). A outra artimanha foi se fantasiar de homem a fim de salvar seu nobre casamento indo espionar nos diversos lugares que o esposo frequentava. Por vezes arriscando a própria vida!

Certa vez seguiu o marido até a "zona", ou se preferir: "o puteiro"... (não confundir com cabaré, visto que este é, grosso modo, uma boate). O fato de tal local envolver sexo não constava — segundo o esposo — dos seus objetivos de lá comparecer; esse era um componente opcional por parte dos outros frequentadores ("vou para escutar música, comer sanduíche aberto e beber refrigerante!" — dizia). Aos que nunca entraram nesse tipo de local, saibam que os prostíbulos eram na maioria administrados por mulheres mais velhas popularmente chamadas de cafetinas — geralmente ex-prostitutas —, que assumiam a liderança da casa onde tinham trabalhado.

Essa proprietária carinhosamente era chamada pelo nosso personagem de "mãe" ou "mãezinha" e usufruía de prestígio e respeito de todos os funcionários e clientela. Quando certa noite furtivamente a cônjuge vestida de marmanjo seguiu o marido até aquele local suspeito e entrou, a curiosidade e os olhares indiscretos provocados pela sua aparência inicialmente não passaram desapercebidos. Vestia um comprido casacão com mangas largas de grosso pano azul que lhe cobria os joelhos, chapéu de feltro marrom, com abas enormes — quase similar a um sombreiro —, colete confeccionado de tecido xadrez, camisa de veludo preta com gola virada para cima e sapatos pretos aos pés para que parecesse o usado normalmente por homens. Escolheu uma mesa vazia para sentar e pediu aquela Brahma gelada e dois ovos duros.

Logo veio uma jovem escultural, bem torneada, seios bem redondos, cabelos curtos um pouco acima dos ombros, pretos — do tipo Femme Fatale — e disse: "Vamos sair daquele seu cardápio trivial com a esposa?". A nossa amiga "agora transformista", que gostava apenas de fazer papai e mamãe, e jamais ousou pensar que existia aquele algo mais diferente permaneceu perplexa, e foi quando teve que ouvir da cortesã: "Pare de se sentir como se estivesse fazendo sexo com uma boneca inflável e vamos fazer você soltar uns rugidos básicos. Saia desse feijão com arroz que tem em casa e venha comer um espeto corrido; ou você é do tipo que gosta de trabalhar sozinho?". Sem dizer mais nada, trocaram sorrisos safados e de mãos entrelaçadas galgaram ao andar superior.

Moveram-se para dentro do quarto e entre as quatro paredes deu-se início a um dos mais temidos eventos que podem acontecer entre dois seres resultante da combinação de uma vastidão de fatores corpóreos e psicológicos. Os efeitos foram rapidamente sentidos com a devastação dos pudores, e o registro de quebra de inúmeros tabus. Circularam sobre a alcova com movimentações libidinosas em estonteante troca de carícias e posições nunca vivenciadas pela nossa "agora transformista" resultando dessa maneira uma atmosfera de pecado imensurável revoando sobre os dois corpos.

A situação foi tornando-se cada vez mais aquecida com elevado índice de promiscuidade, e com a produção de gemidos e ruídos corpóreos íntimos que foram convertidos numa explosão de fluidos de prazer íntimo individual. O resumo da ópera diz que a garota de programa posteriormente foi adotada pela "transformista" e ficou morando com o casal por muitos anos.

Bem, vamos contar um pouco do marido da "agora transformista": era um "Zé Balaca", se achando a combinação de rei, papa e profeta; tal qual uma figueira que se eleva até o céu (dizia que até tirar férias era para ele um "saco" — nunca trabalhou!). Mas perante a família vestia a pele do cordeiro e numa tentativa de ser o que não "era" controlava a vida cotidiana das pessoas da família proibindo palavrões, jogos de cartas, promiscuidade e até mesmo bebida alcoólica.

Além disso, insistiu que todos passassem uma vez por dia na igreja e rezassem cinco "Pais Nossos" e cinco "Aves Marias". Quando algum dos filhos soltava "pum", era condenado a peneirar farinha para a mãe e fazer um bolo no qual o peidorreiro não lambiscaria (particularmente comi muitos bolos oriundos dessa sentença familiar). Mas, quando abandonava seu rebanho familiar, causava, sim, alvoroço e desavenças intermináveis com Deus e todo mundo.

Saía de casa ao raiar do dia e voltava depois de escurecer — isso durante os dias da semana. Quando trabalhava em casa, mandava colocar biombos e toldos à sua volta de modo a ficar totalmente oculto à visão alheia. Afastado de todas as relações com outras pessoas, exceto alguns amigos íntimos com quem ainda conseguia se alegrar, encontrava alguma compensação no jogo de carta no bar do... (?). Mas àqueles com quem não convivia gostava de informar que "sua leitura favorita era a Bíblia", e segundo consta se deliciava da mesma maneira com aquelas obras conhecidas pela gurizada como "catecismo".

Os quadrinhos eróticos de Carlos Zéfiro fizeram a alegria da molecada nas décadas de 1950, 60 e 70. Durante mais de 30 anos, o autor criou as revistinhas de sacanagem em segredo e, curiosamente, elas eram conhecidas em São Paulo como "catecismos", pois eram vendidas e distribuídas pelas bancas dentro de publicações religiosas.

Aos amigos casados, gostava de dizer: "Assim deve ser a mulher; tão amiga de estar em casa, como se ela e a casa fossem a mesma coisa". Um confidente — bem, não é certo que o admirasse sem ressalva — contou que o nosso amigo certa noite chegou em casa e flagrou a esposa — a "agora transformista" — com a jovem anteriormente prostituta de regabofes sexuais (curioso não resistiu e bisbilhotou através da porta semiaberta do quarto do casal). Após os rugidos fantasmagóricos de prazer ofertado pelas meninas, ficou arrasado como se houvesse voltado daquela sombria descida ao reino dos mortos... Então silenciosamente saiu de casa e resolveu se condenar ao exílio.

Até os últimos dias da sua vida, viveu como monge itinerante pela beirada do lago Guaíba entre o Clube Jangadeiros e a Praia da Pedra Redonda coabitando numa pequena barraca, tão estreita que mal tinha espaço para um único vivente dormir (sua cama era um quadrado de pano revestido por uma camada de junco cortado). E como moldura da sua mortificação ostentava uma pesada placa de madeira no peito em que se podia ler: "Arrependei-vos" (ah! E como adereço pesadas cordas presas aos braços como pulseiras). Em breve estarei com novidades mais trepidantes envolvendo esse trio amoroso.

A INVEJA É UMA "M"

Quando escrevo antigas histórias do bairro, saibam que me aproximo de vocês não como em geral fazem os vendedores com seus produtos e sorriso político, mas sim com o coração repleto de saudosismo, isento da razão, abarrotado de sentimento, sem indiferença, mas com desmedido carinho por todos, pois queiram ou não vocês fazem parte desses relatos. Amo o nosso bairro como muitos de nós, e amando é que narro a minha e a nossa juventude, e ao relatar convido todos a escutar com a alma nosso maravilhoso passado. Mas como nem tudo é festa e alegria hoje vou lhes contar uma história não muito risonha.

Mil novecentos e setenta e dois seria um ano excitante para ele, o mais promissor de até então, pois seu objetivo nesse ano seria tentar realizar o mais novo sonho: possuir uma fatiota confeccionada por alfaiate para comparecer aos bailes do Clube Tristezense. Ficou tão entusiasmado com o futuro sucesso de borboletear com aquela vestimenta que começou a mover-se de modo tão bombástico pelas ruas que mais parecia um pavão (quem sabe pensava que assim como nos filmes do Gioconda também teria um final feliz com as garotas nas reuniões dançantes).

Estava tão doido de orgulho dele mesmo que começou a correr diariamente pelos arredores do campo do Tristezense — tal qual o "Rui Jacaré" nos jogos dominicais —, dando a crença doentia de ser superior a qualquer dos outros moradores do bairro que não possuíssem tal vestimenta. Entretanto parecia um homem civilizado caindo em estado de selvageria quando se reunia com amigos no Bar de Pedra a beberem vinho, comerem morcilha preta, fumar palheiro e remexerem os miolos à cata de histórias dos outros (tornavam-se cidadãos pedintes de métodos mais drásticos para com seus modos — por exemplo, alguém disposto a ofertar uma "tunda de pau no lombo").

Na época um rapaz bem-apessoado, queimado de sol e com seu 1,90 metro que não se satisfazia em ser elevado — julgava-se ainda mais alto. Bem musculoso, tipo fisiculturista: roupas bem justas, quase sempre escuras, ombros largos, o tórax enorme com quadris torneados resultado do treinamento com "pedras de obra". Também, por assim dizer, era um músico de qualidade, mas não tocava nenhum instrumento. Na verdade, era um apetrecho musical; uma ferramenta de sopro — arriscaria dizer qualquer maestro mesmo que fosse amador.

A elasticidade do músculo localizado na parte terminal do aparelho digestivo — aquele que permite a liberação de excremento ou dejeto de alimento não digerido —, era digno de premiação... Isso sem levar em consideração a ventosidade anal, que podia ser ruidosa ou não (excluí comentários detalhados que por vezes chegavam assessorados de cheiro fétido). A plasticidade do referido músculo permitia que ele produzisse sons que variavam de um trovão ao rasgar de tecido (elevou a emissão de gases a uma forma de arte). Seria interessante frisar que ao acordar purgava o interior do corpo de maneira singular, não ficando doente um único dia da vida.

Numa população de pálidos e esquálidos jovens do bairro, aquele rapaz que fazia saltar os músculos dos braços era corroído com os olhos das moças. No verão, com sua camiseta de listras vermelhas e pretas, sem mangas, aos 17 anos, era um banquete às olhadelas femininas (para conquistá-las bastava um olhar e uma frase do tipo "Oi, boneca!"). Mas o olhar e a frase na maioria das vezes eram irrelevantes, porque ele era quem decidia deixar-se conquistar.

Até os inimigos eram fascinados por suas artimanhas de conquista; por exemplo, quando era apresentado a qualquer garota lançava mão do seu truque engenhoso de ficar olhando diretamente para o olho feminino com comoventes olhos de cachorro abandonado ("só assim alcanço a águas mais profundas!" — dizia).

Particularmente, o que marcou minha memória foi que certa feita ao entrarmos no Cine Gioconda ouvi no meio de um grupo de meninas — estavam onde ficava a venda de guloseimas — o clamor: "Esse homão faz o meu tipo, até a última poeirinha". Mas havia um "senão", o homão era meio cego, e para ler tinha de usar óculos tão grossos que parecia até que estava espiando através de bolas de vidro (por vergonha usava aquele fundo de garrafa apenas no interior da residência).

Mas esse amigão fez parte daquela época — começo dos anos 70 —, que iniciava no bairro o hábito de frequentar a Praia da Pedra Redonda a todo momento: para desfrutar do lazer ou mesmo aspergir volúpia, mas não ultrapassando a visitação da meia-noite às quatro da manhã, pois era exclusividade aos fins "religiosos" (e assim deitou e rolou com suas conquistas amorosas).

Apesar disso a qualificação "o mais bonitinho do bairro", como de praxe, despertou a inveja dos seus pares, e talvez por isso a fama de "pederasta" tenha começado a se espalhar pelas redondezas como trovão assassino... Bem, mas isso é outra história!

O LOIRO DO CABELO VERDE

Sua distração? "Arrancar suspiros femininos" — principalmente entre as mexeriqueiras mais recatadas. Já aqueles do gênero masculino uma vez ou outra deixavam escapulir ondas de ciúmes até agudos, o que despertava no loiro rapaz, naturalmente, sentir-se não muito à vontade com os de igual gênero do Morro do Osso, pois deveria ruminar que éramos provenientes de "outra praia" — por assim dizer.

O rapagão pertencia aos de aparência agradável sem chegar a ser deslumbrante, agindo como um caçador de emoções para quem jovens como ele eram apenas mais uma aventura. Dizem que andava armado com um revólver com tambor de seis câmaras que o fazia dono de proezas, e de vivência que não carecia em nada aos mitos mais possantes do Velho Oeste americano (apresentava aquele caminhar característico de cowboy, e constantemente saudava os amigos com o peculiar abraço de urso — descreviam os mais íntimos).

Durante o verão detinha o cabelo com impostora coloração verde — sim, do cloro, devido a muito banho de piscina (seu codinome: "Marciano"). Ainda jovem apaixonou-se "até a raiz dos cabelos" por uma menina "very" graciosa do bairro. Para começar o colóquio, enviou à pretendente uma mecha de cabelo — não verde, mas o loiro original — e uma belíssima compota de doce de aipim feito por sua avó. Ansioso por imediata resposta, começou a peregrinar diariamente, andando como ioiô para cima e para baixo, diante da casa da donzela... depois manobrava repentinamente para casa a escrever cartas de amor (ela tinha 13 e ele 16 — isso por volta de 1968).

Mas a paquera iniciou oficialmente por meio de amigos comuns aos dois em frente à Pira na pracinha da Tristeza. Quando já conversavam despretensiosamente — como objeto dessa paixão avassaladora —, achou que devia contar certos episódios do seu passado (falou-lhe então sobre certas patifarias cometidas). Embora tivesse apenas 13 anos, ela reagiu como uma verdadeira moça prendada e possessiva. A futura namorada perdoou dignamente, até efusivamente, mas também lhe passou um pequeno sermão, colocando-o no lugar de homem redimido pela pureza do amor.

E então palestrou: "Como água da torneira, desejo pensar que seu passado já foi para o esgoto. Nesse mundo até Jesus — o Cristo — foi atraído pelas libidinosidades da matéria, e entendo que quando pirralhos nem sempre podemos lutar contra o pecado e sobreviver orando, mas, se nos arrependemos, o mundo espiritual nos receberá com alegria...". Tomando um fôlego a moçoila culminou: "Absolve minha tagarelice, filhotinho de passarinho amado, pois meu amor por você fermenta como o pão do seu Canani pela manhã, e os detalhes das suas atitudes luxuriosas, acredite, amoleceram meu coraçãozinho... tenho apetite em ser tua na noite do casamento, amado lobinho sapeca".

Como qualquer rapaz apaixonado, não saiu da exceção, lotando constantemente sua escolhida florzinha de abreviadas missivas, do tipo: "Anjinho do céu, meu coraçãozinho foi regaçado por ti, e assim colei suas asinhas transparentes com cola de polvilho. Agora você não mais vagueará ou fugirá voando. Dentro dos nossos corpos para sempre o amor cantará: Hip-Hip-Hurra!". "Dorme suavemente, deixando que as ondas suaves do pensamento embalem seu sono. Seu Anjo da Guarda vigília por você. Um beijo respeitoso, terno e inocente nessa rosada face". "Sou todo seu", escreveu, "você é minha, disso esteja certa. Você está trancada em minha vida, e a chavezinha foi perdida nos colmos de areia na Praia da Pedra Redonda, e agora você tem que ficar aqui comigo para sempre". "Estou aqui com a minha santa mamãezinha ajudando esse querido 'ser humano' nas lidas domésticas. Quando terminar vou fazer uma cuca de goiaba e mandar a você, meu querido elixir da longa vida".

Dizia que o perfume da amada podia penetrar até as entranhas da sua medula, então certa ocasião impulsionado pelos odores hormonais de ambos — numa reuniãozinha de garagem — deu o ultimato: "Querida florzinha, nas relações amorosas não me deixo vender em fatias; ou é tudo ou nada" (e dessa forma começaram a namorar oficialmente).

Completado o primeiro mês do oficial namoro, ela foi visitar a casa do seu príncipe; então quando adentrou o quarto dele descobriu que havia um diário. Abriu e imediatamente começou a escrever nele também — procedimento que a cada visita se tornou rotina. Essas anotações a princípio eram curtas: "Muitos beijos saudosos de amor em seus lábios ardentes, apreciado coelhinho arteiro"; "Deus o abençoe, minha criancinha peluda, para sempre, sempre"...

E a cada posterior visita seus recadinhos foram progredindo para versos e orações: "Sonhei que seria sua esposa, e quando acordei avistei que era o que sonhava, e assim agradeci de joelhos ao Papai do Céu. Meu amado, o nosso amor é um presente do Todo Poderoso ofertado diariamente, mais forte, mais profundo, mais completo, mais puro. Aleluia!".

Um amigo frequentador da esquina do bar do Seu Canani — que conhecia o rapaz — contou que certa vez ouviu dizer: "Sonho algum dia casar-me com aquela princesinha filha do seu (?!)" (ela estava com 17 anos e ele, com 21 — idades em que jovens se apaixonam perdidamente e os benditos hormônios vivem em ebulição).

E após dois anos a vida ofertou os desejos do casal. Recordo que aquele casório foi como bomba atômica — na época já descoberta — que caiu sobre os coraçõezinhos dos rapazes e das moças do bairro (tem gente que até hoje não se recuperou daquela devastação na alma).

SEM NENHUMA SIMPATIA

Como se encontrasse camuflada de Thor, o deus da mitologia nórdica, ela golpeou o coração desse amigo morador da rua Professora Cecília Corseuil com seu martelo possante, carregada de aparência vistosa, muito bela e admirável, com ânimo e alegria que estimulava nos rapazes espécie de prazer obsceno e descomedido. Certa oportunidade, através dos sentidos, tomei discernimento daquele já "lixo com pele humana", amontoado sobre o chão do arvoredo da pracinha da sua rua tal qual saco de batata que tomba. Quando me aproximei e chamei, limitou-se a lançar um olhar mortalmente gélido. Motivo? Balbuciou que havia visto aquela garota ao portão do colégio acompanhada de outro rapaz, dando ao jovem a certeza de que o bairro era concebido como lugar exclusivo de relações amorosas mais ou menos castas, leves e inconsequentes habitualmente destituídas de sentimentos profundos — definido como "flerte" na época.

Nesse exato momento essa mesma garota estava passando por ali — correu na direção do meu amigo e acariciou seu rosto — ainda "sem pelos" — como se fossem milhares de mãos arrancando dos seus olhos lágrimas de êxtase semelhantes a pequeninas gotas de ouro — presenciei ao vivo e em cores essa lamúria. Passado o instante, falou tão afinada como um violino: "Fulano, seremos amigos pela vida inteira!". E foi embora. Fechou seu coração de tal maneira ao nosso finado amante que caso fosse o super-homem não entraria (um acontecimento que torra a minha memória até hoje).

Depois de ocorrido um tempo considerável, a moça refez a frase, a quem quisesse ouvir, no balcão do Posto Dioga saboreando uma caipirinha feita com cachaça "Tremapé" e um ovo em conserva: "Eram lágrimas, agora sei, de crocodilo daquele baita patife!" (referindo ao ocorrido no passado na pracinha de rua Professora Cecília Corseuil).

Bem, qualquer pessoa não precisava conhecê-lo para antipatizar no grau adequado. Arrogante, mal-humorado, bruto, rude e em tudo ameaçador. Sem dúvida o último ser vivo com quem alguém gostaria de encontrar numa rua escura (fui exceção). Agia como exemplo clássico daquele coroinha desencaminhado — uma cobra sorrateira e assassina, diziam seus adversários. Depois tornou-se mestre em fazer jogatinas sentimentais com a nossa ofuscante amiga. "Eu preciso engolir algo, minha querida, amada e idolatrada estrelinha do céu, pois estou desnutrido" (recitava essa petição com olhos de cachorro abandonado quando a pança roncava). E lá estava a pobrezinha para oferecer um "prato feito" transbordando — normalmente adquirido no bar do Tolotti.

Quando era pressionado pelas pessoas a respeito da idade, pois sempre pareceu bem mais velho do que declarava, sua reação costumeira era "se fazer de desentendido". Alegou que, no dia do nascimento, o tio nordestino que aqui morava comemorou o evento entalhando seu nome e a data numa árvore da Praça Comendador Souza Gomes. "O problema", afirmou, "é que derrubaram a árvore".

A casa onde residia era um barraco precário e superlotado... gelado no inverno e quentíssimo no verão (por diversas vezes fui jogar "bolinha de gude" naquele nicho familiar). Começou a trabalhar aos 8 anos como auxiliar de leiteiro. Seu pai acreditava que, se o filho apresentava idade suficiente para se sentar à mesa, tinha idade também para trabalhar para complementar a renda familiar (segundo contou, era submetido a jornadas diárias de mais de 12 horas e o salário correspondia à quinta parte do salário de uma pessoa adulta).

Caso o pai — que era fantasticamente gordo aliado à sua aparência de sapo — se esquecesse de espancá-lo um dia, prontamente ele perguntava: "Por que, papai, você não me bateu hoje?". Ao que o progenitor respondia: "Esqueci, meu bebê! Vai depressa lá no quarto, pega minha cinta e te aprochega".

Na adolescência normalmente aprontava e acabou dormindo por diversas noites na frente da 6ª Delegacia, onde ganhava sanduíches de salame e outros cuidados dos transeuntes da madrugada tristezense. Mas havia noites em que tinha que mandar seu estômago calar a boca — contou. Viveu os anos pós-puberdade sob o espectro da falta de dinheiro.

Oh! Se você leitor tivesse visto, como eu, com os braços magros e esquálidos caídos ao longo do corpo e com suas grandes mãos pendidas até os quadris, certamente teria fechado os olhos para não ver, e procuraria tirar uma soneca para esquecer.

Certa vez fui ao bar do Tolotti pagar um "prato feito" ao dito cujo... Seu apetite era de um ser que devorava o alimento de forma animalizada; bebeu abaixando a cabeça e submergindo os grossos lábios na água de uma caneca enorme que trazia sempre consigo. Após aquela apresentação surrealista, saiu do bar acompanhado de um andar pesado e vacilante como se a racionalidade não interviesse; seus olhos vagavam sem expressão pelos objetos, como se nada refletisse em sua alma. Quando falou, emitiu alguns sons guturais acompanhados de gestos, dando a entender que desejava responder às suas necessidades mais urgentes: "Quero largar um 'barroso'".

Cabe confirmar aos demais que ele nunca ria, e jamais seus olhos depois da adolescência derramaram lágrimas — mesmo no velório de pessoas queridas. Era campeão de expressar prazer com gritos e a dor com gemidos (dramático aos que presenciaram!).

Na escola seu raciocínio jamais desabrochou — era lento e custoso —, mas, no entanto, tinha uma vontade exclusivamente coberta pelas sombras do instinto (flatos e eructações eram seu "modo operante").

Enquanto isso sua musa encontrava-se alegre e jovial, mas foi por pouco. Fiquei aterrorizado ao saber que tentou suicídio metendo a cabeça dentro do fogão a lenha quando descobriu que o salafrário ficou noivo no bairro Vila Nova. Quando recebeu a notícia — na hora do recreio — de uma "mui amiga" da escola, suas mãos tremeram e a boca abriu-se num uivo que se uniu ao coro dos que dizem "sim" à decepção.

Ao vê-la concluí no momento que somente lhe restava ser aquele beija-flor tentando apagar o fogo de uma casa com o pouco de água que conseguisse carregar no bico. E dessa maneira o "biltre", sabendo que não teria qualquer resquício de privacidade por parte dos seus desafetos — que eram numerosos — e nem lugar para se esconder, pôde ver claramente identificado que passara a ser "persona não grata" por todos.

E qual foi a opção? Isso mesmo, "clareou a pata" para um destino oculto. Ninguém, sequer a família, tinha ouvido falar daquela iniciativa covarde, e nem seus conhecidos, com exceção de um, "esse que vos escreve", não saberiam do seu paradeiro por mais quatro anos.

Fiquei perplexo quando sua mãe contou que o volume de cartas que recebia era tremendo (a maioria de garotas dos diversos bairros da redondeza). Com uma delas — moradora da Vila dos Sargentos, no bairro Serraria — teve uma relação de longa data. Assim tensões começaram a surgir na família da moça, quando souberam que ela não era mais moça... os pais prontamente denunciaram aquela atitude aos interessados como exemplo de atrocidade amorosa ao coração da sua filhotinha e à honra de todos da família ("quem vai querer um sapato furado?" — disse o pai).

Já os pais do cafajeste tinham um sufoco em mãos, pois era um acontecimento difícil de manter em segredo. Na missa do domingo, após estourar essa bomba ao conhecimento de todos, era exclusivamente o que se comentava, trazendo de volta grande parte do véu de segredos que pairavam sobre as atividades devassas daquele predador atrevido.

A turma da Vila dos Sargentos mobilizou-se: quando encontrassem o famigerado abusador, primeiramente o esbofeteariam para "a posteriori" oferecer como presente aquela deliciosa "coça de laço no lombo".

Certa vez o "fugitivo confiado" contou ao tio que a namorada reclamou dos seus carinhos como pertencentes aos afoitos e lascivos. O tio — aquele nordestino que plantou a árvore que depois cortaram —, que era um grosso que nem dedo destroncado, pronunciou ao pé de ouvido do sobrinho: "Você é um cabra destemido e bem-disposto, e se há um talento nesse gaúcho que você representa é o de cavalgar crises".

E prosseguiu com a orientação (?!): "Amado filho da minha irmã, quando o burro começa a escoicear, é bom dar um murro na cabeça para o bicho ver que tem gente em cima".

Triste!

MUÇUM ENSABOADO

Altura superior à média — pouco mais de 1,70 metros —, e sempre com saia pouco acima dos joelhos. Com seu tom de voz e gestos que conferiam um certo toque masculino à sua maneira de se comunicar, o que não roubava nada do seu odor de fêmea — isso segundo seus colegas mais chegados. Quando vagueava pelo bairro quem sabe indo ao Cine Gioconda, participando de reuniões dançantes etc., seguia o conselho da mãe devotamente: "Jamais chamar a atenção ao se vestir, pois as outras garotas ficarão com inveja, mas tampouco faça-se despercebida. Para progredir na conquista promissora, minha filha, fique bem no meio, na massa quase anônima".

Enquanto os alunos travessos do colégio Três de Outubro maquinavam procedimentos de mau gosto nas escadarias do colégio — como espiar as meninas de vestido curto —, ela ficava no toilette esperando bater, quando, após uns 5 minutos, certificada de que não havia ninguém bisbilhotando, pilotava então aquele "corpo parrudo" para a sala de aula. "Prefiro chegar atrasada na aula a mostrar a quem não devo as partes sagradas do corpo" — revelava.

Com a companhia das amigas sapecas, aprendeu também um tipo de lealdade, camaradagem e uma maneira peculiar de encarar a amizade que manteria por toda a vida — simplesmente seguir a boiada, fosse para onde fosse (sempre absorvendo as boas influências e neutralizando as más). Mas acompanhada delas seu instinto de propensão à traquinagem aprofundou-se e dessa maneira passou a ter o prazer de subverter toda autoridade (em casa sua indisciplina era recompensada trabalhando com a vassoura e, quando isso não era suficiente, lavando a louça e patrocinando comida para as galinhas, o porco e os pombos).

Para os mais experientes, era deveras precoce sexualmente. Considerava o sexo uma forma de desfrutar a vida. "Um tipo de impulso vital" — gostava de dizer — que desafiava a moralidade convencional sem se deixar intimidar pelo semblante franzido dos colegas de escola e moradores mais conservadores.

Certa vez na esquina do armazém do Seu Canani, um dos mais velhos e experientes da turma, este foi categórico: "Essa jovem não é mais uma menina inocente. Em todas as vezes que a enxergo, reparo que encara diretamente a gente, com olhar desconcertantemente firme e inabalável, transparecendo a nítida mestiçagem de sexualidade com a sombria ironia que certamente reaparecerá em muitos dos seus relacionamentos".

Mas chegou o dia em que ela conheceu alguém que perturbou sua inabalável fama de comandar o coração dos outros. O tal rapaz, famigerado orador brilhante e carismático, divertido contador de histórias, estudante dedicado, e bom atleta. O garoto era também bonito: testa alta, olhos pretos e de expressão suave, nariz grego e lábios de formas robustas. Suas maneiras eram sofisticadas e um pouco delicadas. Quando proseava, fosse sobre o time do Botafogo — do Seu Telmo —, os Irmãos Cadila, da betoneira, tricô ou croché ou mesmo sobre as fofocas da escola, suas ideias fluíam com a mesma facilidade da água corrente; contudo, para ele a conversação era uma arte, e ele orquestrava cuidadosamente seus silêncios, sempre mantendo a plateia extasiada e absorta.

A voz melosa do jovem tribuno, seus braços graciosos desenhando arcos no espaço e cruzados sobre o peito, olhos cheios de paixão olhando para o alto em busca de inspiração eram cativantes (dizia que havia crescido para amar os grandes seres humanos — fossem quem fossem). Toda vez que abria a boca, as garotas silenciavam. Ele tinha o controle da plateia feminina só de olhar para elas. Era uma qualidade mágica daquele ser humano. Com os cabelos brilhantes, cheio de juventude, era um rapaz intenso.

Contam que aos 5 anos de existência já tinha sido nomeado pelos conhecidos como "a enguia humana", graças a viver se contorcendo aos domingos nas laterais do campo do Tristezense. Odiava que o círculo feminino o chamasse de namorado. Preferia autodenominar-se de "amigo íntimo" ou "jovem amante".

Certa vez perguntei à nossa amiga, ainda adolescente, sobre seu "amigo íntimo", e ela afirmou: "Ele tem um jeito cheio de frescor, talvez ingênuo e infantil, mas ao mesmo tempo ele é intenso e dramático em sua ânsia de descobrir a vida". Gentil e cavalheiresco cortejava sua "criança traquinas" — como ela se referia a si mesma — com flores e frases espirituosas. Depois da aula costumavam ser vistos peregrinando juntos a prosear sem parar (trocavam bilhetinhos, e toda vez que estavam longe um do outro, cartas).

Acompanhei seu desenvolvimento e transformação de menina em adolescente e, finalmente, mulher. Uau, e que mulher! (em relação ao nosso amigo, nada tenho a declarar). Uma vez que o relacionamento dos dois não era aprovado pelos pais dela — ele era frequentador do clube Bandeirantes e o pai fazia parte da diretoria do clube Tristezense —, o casal começou a se encontrar clandestinamente (ela inventava desculpas para sair de casa, e voltar tarde da escola). Já que sua mãe era perspicaz e perguntava para quem a filha estava escrevendo, ela invariavelmente escrevia na cama, à noite, ou rabiscava às pressas bilhetes na fila dos correios. Quando ficava doente, precisava recorrer a uma amiga de rua, cúmplice nem sempre disposta a cooperar, para enviar suas cartas ao namorado — desculpem, ao "jovem amante".

Ele foi morar um tempo no Rio de Janeiro e, para que pudesse receber cartas dele, pedia que assinasse "Rebeca da Silva". Ela prometia escrever todo dia, como prova de que não o tinha esquecido. "Avise-me se não me amar mais, 'amigo íntimo', pois o amo mesmo que não me ame mais do que a uma bactéria" (sempre terminava suas cartas com essa frase). Para provar ainda mais a sua afeição, ela recheava as cartas com beijos e expressões afetuosas. Às vezes desenhava um círculo perto da assinatura, explicando: "Um beijo da sua criança traquinas" ou "Meus lábios ficaram colados aqui um tempão".

Passado o tempo ela ficou mais mocinha e começou a usar batom — já não precisava mais das legendas —, mas continuou para o resto do relacionamento desenhando o contorno dos lábios nas cartas enviadas. Passado meio ano não recebeu mais cartas do seu "jovem amante", e foi quando descobriu que ele havia conquistado matrimônio com um tal de Horácio, de apelido "Ferrolho". A mim — que já éramos bem próximos — a pobrezinha somente disse: "Bah, meu amigo, errei a mira. Poxa, que cagada eu dei!" (e nunca mais falamos do assunto).

Mas o trauma ficou tatuado naquela criaturinha querida, e assim comunicou às pessoas mais íntimas que estava deixando de residir no bairro para sempre. "Vou para o Chapéu do Sol, pois aqui sou uma Zé sem nome" — disse. O "Chapéu do Sol" é um bairro da região do extremo-sul de Porto Alegre. Sua mãe contou-me que a filha sempre tivera certeza do seu destino antes de vivê-lo, mas que a sua vida foi invadida sem a devida permissão por aquele tal de "jovem amante", que ocupou espaços que não lhe eram autorizados, e dessa forma restou à pobrezinha ingressar na ocupação de amansar "cavalos chucros". Sim, creio que a nossa amiga se consolou na mesmice dos dias.

O SEMINÁRIO

Conhece a "Igreja Sagrado Coração de Jesus"? Bem, é aquela capelinha que fica na rua Padre João Batista Reus, 1133, com a tal de "figueira" enorme em frente. Lembrou?! Ali, fui batizado em 1955 (mas não é sobre isso que desejo narrar)... Ao lado dessa igrejinha, nas décadas de 1960-1970, funcionou um "seminário", orquestrado — não tenho certeza —, pelo lendário padre "José". Alguém sabe dizer se é "fake" o fato de ele falecer durante uma missa?

Os internos — grupo de pelo menos dez seminaristas —, haviam deixado as cidades que nasceram para seguir nesse local o prelúdio da vida religiosa (estavam no lugar certo! – acredito "eu"). Logo fiz amizade aproximada com um candidato que deveria ter uns 17 anos (?!) (sempre carreguei curiosidade a favor do que se mostrava "diferente").

Formalizava visitas com a intenção de jogar "pingue-pongue", "bola" e principalmente "ouvir histórias" (e por vezes contar minhas verdades — ainda turvas — sobre o mundo fora da devoção católica).

Esse amigo seminarista contou sobre o desejo de criança de tornar-se sacerdote, mas considerava que seria um sonho demasiado difícil de realizar. Então, depois de tanto insistir com os pais, e com o pároco da sua cidadezinha, para que o auxiliassem na realização do encantamento, certo dia — para sua surpresa —, foi aceito.

Confessava que não era aluno inteligente, necessitando de muito empenho para conseguir acompanhar os estudos dos demais internos no sentido de adquirir capacidade de sagrar-se padre no amanhã (muito auxiliei na matemática — meu forte na escola).

Enquanto enchia meu amigo de cálculos, operações e equações, este revidava com frases bombásticas:

"Aqui você sabe bem quais são as regras e as leis de Deus, até mesmo os 'deve' e os 'não deve' do mundo aí fora" (da minha parte restava só esboçar sorriso constrangido, amarelo e temeroso). "Devemos nos consagrar apenas ao 'Todo Poderoso' e dedicar nossa vida ao sacerdócio" (talvez o seu desconhecimento do mundo sugerisse pensar dessa forma). "É bom para o homem abster-se da mulher" (afirmava que "elas" como cobras peçonhentas envenenavam o espírito do religioso).

Era contra bebidas alcoólicas, a Pepsi-Cola — na época a Coca-Cola era uma raridade —, café e chás com cafeína. Também condenava quem fumava cigarros — aqueles vendidos em armazéns ("a sociedade está infestada de tóxicos" — dizia).

Contou-me sobre um "seminarista" que havia desfrutado do romance furtivo com uma donzela da sua cidade... Foi descoberto pelo mundo espiritual católico e, como castigo, em todas as noites de quinta para sexta-feira, o jovem — ainda não religioso juramentado —, transformava-se num "bode" que galopava e saltava sem parar, enquanto bombeava constantemente o ar acumulado do seu sistema digestivo para o ambiente (triste punição, não acham?).

Dizia que todos no seminário da "Padre Reus" eram conhecedores e temerosos das consequências dessa história, então, se alguém externasse a sensação de barriga inchada, ligeiro desconforto abdominal ou arrotos constantes, por exemplo, urgentemente começava a rezar o "terço".

Alguns alimentos como ovo, couve-flor, alho, cebola, feijão, repolho e ervilhas, assim como chicletes e refrigerantes eram considerados "nada deleitosos" para a dieta do pessoal no seminário. Um dia perguntei o que fazia quando sentia a germinação de "gases" em seu abdômen? Respondeu que existiam várias formas de eliminar esses indesejáveis "ares intestinais" presos, porém uma das mais simples e práticas consistia em tomar um "chá de funcho com erva-cidreira" e caminhar durante alguns minutos, pois dessa forma era possível estimular o funcionamento do intestino eliminando os "sapecas traidores" de forma natural, enquanto regia aquele caminhar inocente (afirmou que uma curta caminhada — do "seminário" até o armazém do "Nézio" — era o suficiente para expelir as imundícies gasosas).

Bem, de resto não lembro quanto tempo o seminário da Padre Reus funcionou, o que sei é que lá aprendi que toda religião acha que as outras religiões foram criadas pelo demônio e que por vezes o ser humano acredita mais rapidamente naquilo que ele gostaria que fosse a "verdade".

...e assim passei aceitar que: "multi credunt, clade peritura" (em português: "muitas crenças estão condenadas ao desastre").

Abraços a todos (em latim: cubantem piis foveamus amplexibus omnibus)!

CARTA AO MUNDO ESPIRITUAL

"Sicrano" foi permanente morador na Praia da Pedra Redonda durante os verões (no inverno ficava invisível). Entre seus prazeres, não podiam faltar a cigarrilha — vulgo "baura" —, cerveja, os "faixas/amigos" e suas conquistas femininas momentâneas. Como mistério, seu passado ninguém enxergou um milímetro mais longe que o "nos dias de hoje", mas o que todos sabiam é que esse amigo não havia domesticado os maus comportamentos. O que percebemos é que existem pessoas mais alucinadas e delirantes do que outras, e "Sicrano" moldurava esse tipo (amado por uns, recusado por outros tantos). Um contador que dava vida às suas admiráveis histórias (fato que particularmente apreciava)!

Entre os diversos relatos que rotineiramente esbravejava a torto e a direito pelas areias — ainda não contaminadas — da Praia da Pedra Redonda, transmito uma em especial...

Contou que certa vez escreveu uma carta para Deus, pois ele e seus comparsas desejavam comprar uma barraca nova e não tinham dinheiro (então pediram a Deus $ 300 — não lembro qual a moeda que circulava na época).

Nos correios, quando a carta chegou, os funcionários ficaram boquiabertos, pois: para onde enviar a "quantia" se ninguém sabe onde mora Deus? O que fazer com a correspondência então? Rejeitar?

Bem, após a devida autorização, resolveram abrir a "missiva" e com dó do remetente decidiram fazer uma "vaquinha" para coletar alguma "grana" e assim enviar de volta. Embora o pedido fosse de $ 300 conseguiram arrecadar não mais que $ 100, que em seguida foi enviado ao endereço fornecido na carta.

Meses depois chegou aos correios nova carta endereçada a Deus, em que estava escrito:

"Estimado Senhor Deus, por favor, da próxima vez que enviar dinheiro, remeta diretamente a mim, não mande pelo correio, pois eles embolsaram uma comissão de $ 200".

Tenho visto coisas...

BPM
BRIGADA